KB197418

먹의 흔들림

미우라 시온
장편소설

임희선 옮김

먹의

墨のゆらめき

흔들림

영혼을 담은
붓글씨로
마음을 전달하는
필경사

하빌리스

차례

墨のゆらめき

1

생전 처음 게이오선 전철 시모다카이도역에 내렸다.

전철 안에서 읽던 문고판 책을 가방에 집어넣고 핸드폰을 꺼냈다. 업무용 컴퓨터로 도다 가오루 씨와 주고받은 이메일은 핸드폰으로도 읽을 수 있다. 어제 마지막으로 받은 도다 씨의 이메일은 아주 간결했다. '다마 전철 선로 왼쪽 길을 따라 산겐자야 방향으로 5분쯤 걷다 보면 그때까지 보이던 건물 중에 제일 낡은 집이 나오는데 거기입니다.'

달랑 이게 다였다.

너무 막연하다.

하지만 나는 이래 봬도 호텔리어다. 까탈스러운 고객들도 최대한 만족하도록 만반의 준비를 하고 고객을 대하는 자세가 항상 몸에 배어 있다.

도다 씨는 고객이 아니지만, 만반의 준비를 하고 대한다는 자세에는 변함이 없다. 그래서 '다마 전철'이 도큐 전철 세타가야선을 가리킨다는 사실 정도는 미리 다 알아보고 왔다.

핸드폰을 여름용 양복바지 주머니에 넣은 다음, 인사차 준비한 선물 봉투를 한 손에 들고 게이오선 전철 플랫폼에 서서 주변을 두리번거렸다.

울타리를 사이에 두고 바로 옆에 간소한 플랫폼이 있고, 거기에 두 칸짜리 전철이 서 있었다. 버스처럼 아담하니 귀여운 느낌이었다. 이게 세타가야 전철인 모양이다.

인터넷으로 찾아보니 지금은 일반도로하고 확실하게 분리된 형태로 철길이 나 있었다. 하지만 원래는 노면 전철 지선이었다고 하니 이렇게 차량 규모가 작은 것도 충분히 이해가 간다.

플랫폼은 나란히 있는데 그 사이에 있는 울타리에 오갈 수 있는 틈이나 문이 없었다.

일단 게이오선 전철 개찰구를 통해 나갔다가 다시 다마 전철 쪽으로 들어가야 하는 모양이다.

바로 옆에 있으면서도 은근히 멀다. 어쩌면 게이오선 전철과 도큐선 전철 사이에 전철 사기업들끼리의 미묘한 경쟁심이 작용하고 있는지도 모른다.

어쩔 수 없이 게이오선 전철 플랫폼의 계단을 올라 육교 위에 있는 역 건물 개찰구를 통해 밖으로 나왔다.

지상으로 내려가는 계단의 방향을 보아하니 역 앞 상점가 쪽으로 내려가게 되어 있는 것 같았다.

그쪽이 아니라 다마 전철 선로 옆길 쪽으로 가야 하는데 이 계단으로 내려가는 게 맞나 싶어 개찰구 앞에서 어정쩡하게 망설이고 있었더니 장을 본 음식들이 가득 담긴 에코백을 손에 든 할머니가 고맙게도 "어디 찾아요?" 하고 물어봐 주었다.

이상하게 길에서 남들이 나를 잡거나 물어볼 때가 많다. 어렸을 때부터 그랬다.

학교 끝나고 평소처럼 집으로 가고 있는데 "너 집에 가는 길 몰라?" 하고 처음 보는 아저씨가 느닷없이 나를 붙잡고 물어본 적도 있었다.

어른이 되어서도 남녀노소와 국적을 불문하고 나한테 길을 묻는 사람들이 부지기수였고, 약속 장소에 서 있다가 이상한 종교 모임에 끌려갈 뻔한 적도 있었다.

도쿄에서 약속 장소로 제일 유명한 시부야의 하치코 충견 동상 앞이었고, 주변에 사람들이 북적이고 있었는데도 이상하게 나한테만 말을 걸어왔다.

그러고 보니 학생 때 길을 가다가 건달이 시비를 걸어와 돈을 뜯긴 적도 종종 있었다. 요즘도 산책하는 개 옆을 지나치려고 하면 영락없이 나를 향해 으르렁거리며 짖어대곤 한다.

그러니까 좋게 말하면 순하게 생겼고, 나쁘게 말하자면 모든 생명체가 함부로 대할 수 있을 만큼 쉬워 보이는 모양이다.

하지만 내 직업상으로 보자면 '말을 걸기 쉽게 생겼다'라는 점은 손해보다 득 되는 일이 많다.

가까이 다가갈 수 없을 정도로 험상궂게 생긴 사람은 손님들에게 좋은 인상을 줘야 하는 호텔리어가 될 자격이 없다. 덕분에 미카즈키 호텔에서 근무한 지난 15년 동안 족히 5만 번 이상 손님들에게 화장실이나 흡연 구역을 알려드렸던 것 같다.

언제였던가 다른 사람들도 다 그런지 갑자기 궁금해져서 동료 직원에게 물어본 적이 있다. 그랬더니

"에이, 설마! 진짜로? 그렇게까지 자주 물어보지는 않던데. 화장실도 그렇고 흡연 구역도 그렇고 표시가 다 되어 있잖아요?"

하는 대답이 돌아왔다.

그래도 말을 걸기 쉬운 인상과 분위기 덕분에 손님들에게 도움이 될 수 있다면 나로서는 오히려 다행이라고 생각한다.

이번에도 내 체질이랄까 특기가 유감없이 발휘된 셈이다. 덕분에 친절한 할머니가 다마 전철 플랫폼으로 내려가는 계단이

어디 있는지 알려주었다. 그 계단으로 내려가서 다마 전철 플랫
폼을 가로질러 선로 옆길로 나가면 된다고 했다.

건달이나 지나가는 개한테 걸려서 곤욕을 치르기도 하지만 이
렇게 친절한 사람이 말을 걸기도 한다. 그러니 나처럼 쉬워 보이
는, 아니 순해 보이는 분위기를 내뿜는 것도 나쁘지만은 않다는
생각이 든다.

"다마 전철 개찰구로 들어가지 않아도 플랫폼을 지나칠 수 있
어요?"

"그럼. 이름만 플랫폼이지 콘크리트로 만든 통로나 마찬가지
야."

할머니는 시모다카이도역 앞 상점가와 게이오선 전철역 건물
안에 있는 가게에서 장을 본 다음 다마 전철을 타고 집에 가는
길이라고 했다. 할머니의 에코백을 들어 드리고 다마 전철 플랫
폼으로 통하는 계단을 함께 내려갔다.

한여름 오후 시간인데도 그쪽 계단은 약간 어두침침했다. 그
래서 할머니의 걸음걸이에 맞춰 한 발짝씩 내려가다 보니 어디
지하 비밀 벙커 같은 데로 들어가는 기분이 들었다.

"저 게이오선 전철역 건물이 육교 위로 옮겨 가기 전에는……"

할머니가 입을 열었다.

"이렇게 계단을 올라갔다 내려갔다 할 필요도 없었는데 말이

야. 아직도 그 당시 흔적이 있기는 한데 그냥 상점가에서 어느 쪽이든 적당히 들어가면 되었거든."

적당히 들어갔다는 말이 믿어지지 않았지만 그래도 고개를 끄덕이며 경청했다.

"세상이 점점 편리해지는 건지 불편해지는 건지 도무지 모르겠네."

"그럼 역 건물이 언제 이런 식으로 바뀐 거예요?"

"글쎄……. 한참 전 같기도 하고, 얼마 안 된 것 같기도 하고. 기억이 오락가락해서."

플랫폼이 가까우면서도 먼 데다 시간까지 뒤틀려 있다니.

후끈한 더위까지 보태져서 살짝 현기증이 날 지경이었다. 짐 무게 때문에 에코백 손잡이가 가늘게 접히며 손가락 마디를 파고들었다. 이런 짐을 할머니 혼자 집까지 들고 갈 수 있으려나 하는 걱정이 생길 즈음 겨우 다마 전철 플랫폼에 당도했다.

게이오선 전철역 건물이 위에 있어서 그런지 플랫폼도 동굴 안처럼 어두컴컴했다.

할머니와 나는 인사를 나누고 헤어졌다. 할머니는 여전히 느린 걸음걸이였지만 에코백을 들고 가는 모습이 그다지 힘들어 보이지는 않았다. 버스 승차권 판매기처럼 작은 개찰구를 지나친 할머니가 다마 전철에 올라탔다.

자리에 앉은 할머니가 손을 흔드는 모습이 창문을 통해 보였다. 나도 손을 흔들었다.

전철은 곧바로 출발해서 슈욱, 덜컹덜컹하는 소리를 내며 플랫폼에서 빠져나갔다.

어릴 때 가지고 놀던 건전지로 움직이는 장난감 기차가 생각났다. 열심히 움직이려고 하는 모습이 사랑스럽게 느껴지던 장난감이었다.

저만치 달려가는 다마 전철을 뒤따르듯이 나도 플랫폼에서 선로 옆길로 나갔다.

한 발짝 나가자마자 강렬한 햇살이 내 정수리를 때리면서 땀이 순식간에 확 솟았다.

"어우, 더워."

나도 모르게 중얼거렸더니 신기하게도 조금 전까지 들리지 않던 매미 울음소리가 귓속으로 쏟아져 들어왔다.

가방을 다른 손으로 바꿔 들면서 손목시계를 들여다보았다. 그러면서 '어쨌든 5분만 참으면 되니까' 하고 되뇌었다.

그런데 걷기 시작한 지 3분 만에 문제가 생겼다. 선로 옆길이 없어져 버린 것이다. 선로에 딱 달라붙은 형태로 집들이 늘어섰고, 길은 선로에서 점차 멀어지며 주택가 안으로 이어졌다.

체온 때문에 뜨뜻해진 핸드폰을 바지 주머니에서 꺼내 이메일을 다시 확인해 봤다.

방금 걸어온 길을 돌아봤지만, 작은 빌라와 담배 가게가 나란히 서 있을 뿐 특별히 '낡았다'라고 할 만한 집은 보이지 않았다.

아무래도 도다 씨네 집까지는 좀 더 가야 하는 모양이다. 그런데 '어디로' 가야 하느냐 말이다.

일단 길을 따라가며 선로에서 멀어졌더니 열 걸음도 채 가지 않아 급격하게 길이 좁아지면서 눈앞에서 다섯 갈래로 갈라졌다.

더구나 그중 하나는 도랑을 길처럼 쓰는지 꼬불꼬불한 데다 몇 걸음 못 가서 양쪽 집들의 돌담이 바짝 붙어 사람 하나 간신히 지나갈까 말까 할 정도로 좁아졌다.

'선로 옆길이라며? 이게 무슨 길이야? 저 다섯 갈래 중의 어느 길이 맞는 거야?'

"에이 참, 도다 가오루~!"

혼잣말치고는 꽤 큰 소리를 냈지만 대답하는 사람은 물론 없었다. 내 목소리에 놀랐는지 바로 옆집 창가에서 작은 애완견이 짖어댔을 뿐이다. 어쩌면 친절하게 길을 알려주려고 짖는 것인지도 모르지만 나로서는 개의 언어를 알아들을 길이 없다.

누군가에게 '도다 서예 교실'이 어딘지 물어보고 싶어도 주변에 걸어다니는 사람이 아무도 없었다. 너무 더워 다들 뻗어버린 모양이다. 이래서야 내 체질인지 특기인지도 발휘할 방법이 없다.

어째서 도다 씨는, 아니, 속으로 이미 반말을 해버렸으니 그냥 도다로 하자. 아니, 도다는 왜, 서예 교실씩이나 한다는 사람이 이메일에 홈페이지는 고사하고 주소나 전화번호 하나 올려놓지 않느냐 말이다. 서예가면 예술가라고 볼 수 있으니 일반적이지 않고 상식에서 약간 벗어나 있을 수도 있다고 나름대로 이유를 생각해 봤다.

하지만 아무리 그래도 그렇지, 보통 '선로 옆길을 따라 5분'이라고 되어 있으면 외길이라고 생각하는 게 당연하지 않은가? 이런 말도 안 되는 일이 어디 있느냐 말이다. 도대체 이 도다라는 작자는 어떻게 생겨 먹은 사람인지 정체를 모르겠다. 혼자 신경질을 내면서 씩씩거렸다. 그런데 새삼 내가 도다의 나이도 성별도 모른다는 사실이 떠올랐다.

그런 내가 어쩌다가 알지도 못하는 사람의 집을 찾아가게 되었냐 하면 사정은 이렇다.

내가 일하는 미카즈키 호텔은 니시신주쿠에 있다. 주변에 초고층 빌딩들이 즐비하게 늘어선 가운데 객실 수가 스물네 개밖에 안 되는 아담한 6층짜리 미카즈키 호텔이 서 있다.

신주쿠역에서 꽤 멀리 떨어져 있는 데다가, 외관도 실내 장식도 중후한 느낌은 있지만 1960년대에 세워진 건물이라 솔직히 말하자면 상당히 낡아서, 최근에 늘어난 외국계 체인 호텔의 세

런되고 화려한 모습에는 도저히 비할 바가 못 된다.

그런데도 미카즈키 호텔의 경영 상황은 비교적 안정된 편이다. 오래된 호텔이기에 객실이 모두 큼직큼직하게 만들어져서 제일 작은 객실이라도 50제곱미터가 넘는다.

게다가 모든 객실 창문으로 신주쿠 주오공원의 푸른 숲과 공원 맞은편에 즐비하게 늘어선 고층 빌딩의 야경을 만끽할 수 있다. 또한 모든 객실 화장실에 고양이 다리 스탠딩 욕조를 비치하는 등 격조 있고 앤티크한 느낌으로 리모델링을 했다.

호텔 스태프들도 시설에만 의존하지 않고 손님들의 모든 요구에 귀를 기울인다는 마음가짐으로 성심을 다해 일한다. 그런 노력 덕분에 값비싼 고급 호텔과 비교해 훨씬 저렴하면서도 서비스 면에서는 부족함이 없다는 좋은 평가를 받고 있다.

미카즈키 호텔이 가진 '예스러움'이 오히려 참신하게 보이는지 최근에는 나이 드신 단골손님뿐 아니라 젊은 손님들도 많이 찾아오게 되었다.

또한 1층에 있는 레스토랑인 '크레셴도'와 6층 연회장인 '미카즈키'에서는 프랑스 유학파인 셰프가 이끄는 요리팀이 활약 중이다. 여기서 나오는 요리들이 하나같이 맛있다는 소문이 나서 '크레셴도'는 점심, 저녁 할 것 없이 손님들로 가득 차고, '미카즈키'에서는 결혼식 피로연이나 기업이 주최하는 각종 행사가 쉴새 없이 열린다. 미카즈키 호텔의 작은 뜰에는 신주쿠 주오공원 나무들을 배경으로 하는 작은 예배당 모양의 건물이 있어서 결혼식도 올릴 수 있다.

그런데 문제는 연회장이다. 큰 호텔에는 각종 연회를 전담하는 연회장 담당자가 따로 있고 그 사람들이 기업들을 상대로 영업을 하기도 한다. 하지만 미카즈키 호텔 규모로는 전담자를 따로 두기가 애매하다. 그래서 일단은 내가 연회장 관련 업무까지 맡고 있는데 프런트 업무도 하고, 체크인이 끝난 손님들의 짐을 방으로 옮겨드리는 일에 숙직까지 하려다 보니 매일 눈코 뜰 새 없이 바쁘다. 이런 상태로는 영업까지 할 여력이 없기에 '그 호텔 연회장에서 파티했는데 아주 만족스러웠다'라는 손님의 입소문에 의지하는 수밖에 없는 실정이다.

그나마 결혼식이나 피로연은 외부 웨딩플래너 업체와 협업해서 한다. 그래도 드레스나 헤어 및 메이크업의 예약 확인, 피로연 음식에 대한 요청 등 호텔이 챙겨야 할 사항들에 대한 정보가 충분히 공유되었는지 확인해야 하고, 그 외에 각종 돌발상황에 대비해야 할 부분도 많아서 일일이 챙기다 보면 업무가 끝도 없고 책임도 막중하다.

그런 수많은 업무 중에는 연회장에서 열리는 피로연이나 파티의 초대장 작성도 포함된다. 규모가 큰 호텔에는 전속 필경사가 상주하여 수려한 붓글씨로 초대장 봉투에 주소를 적어주곤 한다. 컴퓨터를 사용하면 다양한 폰트로 얼마든지 쉽게 프린트할 수 있는 시대가 되었지만 그래도 중요한 행사의 초대장은 붓글씨로 직접 써야 무게가 있다는 손님이 많기 때문이다. 효율성이나 비용 측면을 고려하면 의아하게 생각될 수도 있으나 어떤 느낌인지는 충분히 알 수 있다. 사실 손글씨로 적혀 있으면 보낸 사람의 진심이 담긴 느낌이 들기는 한다.

미카즈키 호텔에는 연회장이 하나밖에 없어서 전담 필경사를 둘 정도로 이런 작업이 필요한 일이 자주 발생하지는 않는다. 그래서 보통 시중에서 서예 교실을 하는 선생님이나 본업은 따로 있고 서예 단수를 가진 사람을 필경사로 등록해 둔다. 구체적으로 말하자면 등록을 희망하는 서예가들이 주소 등을 붓으로 적은 샘플을 호텔로 보내온다. 호텔 측은 그런 샘플들을 잘 보관해 두었다가 고객에게 그 파일을 보여드리고 그중에서 선택하게 하는 방식이다. 고객이 고르면 호텔 측에서는 지명된 필경사에게 연락해서 초대장 명단과 봉투를 보낸다. 그러면 필경사는 봉투에 초청자의 이름과 주소를 붓글씨로 써서 정해진 날짜까지 호텔로 보내주는 식이다.

연회장 '미카즈키'는 스탠딩 파티 형식이어도 최대 수용 인원이 200명 규모이기에 이렇게 주소를 쓰는 일을 아무리 해도 그다지 큰돈이 되지는 않는다. 그런데도 우리 호텔에 등록된 필경사들은 하나같이 글씨 쓰는 일에 진심인 사람들뿐인지 보수가 얼마 안 되는 의뢰를 해도 한 글자 한 글자 정성을 다해 글씨를 써준다.

요즘은 개인정보를 다루는 일에 대해 매우 까다로운 추세여서 붓글씨 작업을 맡기는 필경사의 신원은 호텔에 등록할 때 꼼꼼히 확인해야 한다. 또한 고객들에게도 필경사의 연락처를 알려주지 않는다. 호텔이 중간에 서서 모든 일을 진행한다. 그래서 파일에 있는 붓글씨 샘플에도 번호만 붙어 있다. 업무를 의뢰할 때는 이 번호와 필경사 명단을 대조해서 찾아봐야 한다. 물론 의뢰라고 해봐야 거창한 절차는 아니다. 대개는 오랫동안 일을 함께했던 서예가들이어서 이메일이나 전화로 연락한 다음 봉투를 보내주기만 하면 별문제 없이 진행된다.

그런데 도다 가오루의 경우는 전혀 그렇지 않았다.

오는 11월에 연회장 '미카즈키'에서 미나세 겐이치 씨의 '송별회'가 열릴 예정이다. 미나세 씨 집안은 오쿠타마 지역에서 대대로 손두부를 만들어왔고, 그 가업을 이어받은 미나세 씨도 뒷산에서 샘솟는 청정수로 질 좋은 두부를 만들었다. 그런데 서른 남짓 되던 어느 날 새벽에 느닷없이 '이거다!' 싶은 생각이 번쩍 들었다고 한다. '그래! 이 맑은 물로 피부에 좋은 화장품을 만들어보면 어떨까?' 하는 아이디어가 갑자기 떠오른 것이다.

하늘의 계시와도 같았다. 미나세 씨는 두부 가게를 계속 운영하는 한편, 없는 시간을 쪼개서 독학으로 화학 공부에 매진했고 그렇게 독자적으로 개발한 화장수를 아내에게 써보게 했다. 부인은 원래도 피부가 좋은 사람이었지만 남편이 만들어준 화장수 덕분에 더욱 살결이 좋아져서 마치 비단결과도 같은 피부를 갖게 되었다. 화장수는 주변 사람들의 입소문을 통해 점점 널리 알려졌고, 여기에 힘을 얻은 미나세 씨는 전문 개발자를 고용하여 화장품 회사를 세웠다. 그 후로 크림과 파운데이션 등 화장품의 종류가 점점 늘어나 이제 미나세 씨의 회사에서 만드는 화장품은 큰 백화점은 물론이고 해외에서까지 판매될 정도로 유명한 브랜드가 되었다. 말하자면 미나세 씨는 입지전적인 인물인 셈이다.

그런데 미나세 씨 본인은 자신이 만드는 두부처럼 담백하고 소박한 사람이었다. 그래서 회사 규모가 커진 뒤에도 사치를 부리지 않았고, 화장품 개발과 판매는 모두 유능한 부하들에게 맡기고, 본인은 여전히 매일 아침 일찍 일어나 두부를 만드는 나날을 보냈다. 그런 미나세 씨의 유일한 즐거움은 1년에 한 번 '화장품을 만들자!'라는 생각을 하게 된 기념일에 사모님과 따님 일가와 함께 미카즈키 호텔에 묵으면서 레스토랑 '크레셴도'에서 외식하는 정도였다.

그러던 미나세 씨가 올봄에 향년 88세를 일기로 세상을 떠났다. 그동안 슬픔에 잠겨 있던 사모님과 따님 등 유족들은 이제야 마음이 조금씩 안정되면서 미나세 씨가 좋아하던 미카즈키 호텔에서 '송별회'를 열어야겠다고 생각하게 되었다. 물론 우리 호텔의 스태프들도 언제나 온화하고 인품이 좋았던 미나세 씨를 위해 이 행사에 모든 힘을 다 기울일 작정이다. 그래서 11월의 '송별회'가 차질없이 치러지도록 준비에 최선을 다하려 한다.

이 '송별회'는 미나세 씨가 특별히 가깝게 지내던 거래처 사람들에 대한 감사를 표하는 자리로 만들고 싶다면서, 나이가 지긋해졌음에도 여전히 비단결 같은 피부를 유지하고 있는 사모님이 중심이 되어 요리나 꽃장식 등을 꼼꼼하게 검토하는 중이다. 참고로 회사 직원들과 동네 이웃들한테는 고 미나세 씨의 유언에 따라 인근 호텔에서 얼마 전에 '송별회' 자리를 마련해서 성대하게 대접했다고 한다. 사업상으로 만난 사람들보다 가장 가까운 곳에 있는 사람들에게 제일 먼저 감사를 전하려 했다는 사실에 미나세 씨의 인품이 느껴져서 감명을 받았다. 화려하거나 거창한 것을 좋아하지 않았으면서도 자기 이외의 사람들에게는 후하게 대접하도록 했다는 점 또한 미나세 씨답다는 생각이 들었다.

그런 연유로 하루빨리 초대장을 작성해서 발송해야 하기에 미나세 씨의 사모님과 따님을 호텔로 오시게 하여 초대장을 어떤 글귀로 하고 어떤 종이를 쓸지 등을 상의했다. 주소는 붓글씨로 하고 싶다고 해서서 샘플 파일을 보여드렸다.

사모님과 따님은 파일에 있는 샘플 글씨들을 차례로 살펴보다가 제일 뒤쪽에 있던 글씨체를 보자마자

"이 26번 글씨체가 좋겠구나!"

"방금 저도 그렇게 생각했어요!"

하며 흥분한 말투로 말했다.

"정갈하니 우리 뒷산에서 나는 샘물처럼 맑은 느낌이 들지 않니?"

"그러면서도 틀에 박히지 않은 느낌이어서 아버지랑 딱 맞는 것 같아요."

두 분이 내 쪽으로 내민 붓글씨 샘플을 들여다본 나도 그 의견에 충분히 공감했다.

초대장 주소를 위한 붓글씨 샘플은 '초대장이라는 격식에 맞게 품위와 격조가 느껴지는 글씨'를 써야 한다는 생각 때문인지 아무래도 딱딱하기만 하고 개성을 찾아보기 힘든 경우가 많다. 그런데 사모님과 따님이 고른 샘플은 느낌이 달랐다. 나도 서예를 잘 아는 편이 아니라서 어떻게 표현해야 할지는 모르겠지만 지극히 정석으로 쓰인 글씨에서 '틀에 맞춘다고 나름 정석으로

써봤어요. 어때요, 괜찮죠?'라는 식의 여유랄까 장난기가 풍겼다.

돌아가신 미나세 씨는 원래 하던 일과 전혀 다른 업종의 사업에 느닷없이 뛰어들어 성공을 거두었다. 그러면서도 원래 가업이었던 두부 가게도 계속 이어갔다. 그러니까 모험심이 많은 사람인지 현실적인 사람인지 도무지 종잡을 수 없는 엉뚱한 인물이었다. 그런 미나세 씨의 인생을 상징하듯 규율과 자유로움이 한데 어우러진 글씨라는 생각이 들었다.

어찌 되었든 사모님과 따님의 마음에 드는 글씨가 있어서 다행이었다.

"그러면 저희 쪽에서 이분께 붓글씨 발주를 하겠습니다."

라고 말씀드렸다.

하지만 두 분을 보내고 나서 사무실로 돌아온 나는 머리를 싸맸다. 사무실 선반에 있던 등록자 리스트에는 '26번 도다 가오루 씨, 도다 서예 교실'이라고만 되어 있을 뿐 연락처라고는 이메일 주소밖에 없었기 때문이다. 다른 등록자들은 주소와 전화번호가 다 기재되어 있는데 말이다. 도대체 어디 사는 도다 가오루 씨란 말인가? 주소가 없는데 봉투를 어떻게 보내란 말인가?

도다 씨가 등록된 시기를 보니 한 달 전인 6월이었다. 등록 작업을 한 사람은 미카즈키 호텔의 베테랑 호텔리어인 하라오카씨였다. 그런데 하필이면 이분은 7월 초에 모두의 아쉬움을 뒤로 하고 퇴직한 상태였다. 정년 후에도 계약직으로 계속 근무했는데 '이 나이가 되니 호텔리어의 업무를 감당하기가 힘들어졌다'라면서 칠순이 된 것을 계기로 은퇴했다.

퇴임 후의 유유자적한 생활을 방해하는 듯해 죄송한 마음이 들었지만 어쩔 수 없었다. 곧바로 내 핸드폰에 저장된 하라오카 씨네 집으로 전화를 걸었다. 내 핸드폰에 연락처가 있는 이유는 하라오카 씨가 나와 경마 친구였기 때문이다. 흔치 않은 일이었지만 둘 다 주말에 비번이 겹치면 누가 먼저랄 것도 없이 신이 나서 경마장으로 함께 가곤 했다.

벨이 여덟 번 정도 울리더니

"여보세요, 하라오카입니다."

하고 공손하게 전화를 받는 목소리가 들렸다. 그런데 상대가 나라는 사실을 알자마자

"뭐야, 난 또 누구라고. 왜, 말 보러 가자고?"

하고 편한 말투로 바뀌었다.

"아니요, 요즘은 그쪽 운이 영 안 따라줘서 자중하는 중입니다."

"그래? 오히려 다행이네. 아니, 얼마 전에 허리를 삐끗하는 바람에 말이야, 이 전화를 받는데도 거의 기어오다시피 했거든. 가자고 했어도 사양해야 할 판이야."

"어쩌다 그러셨어요? 몸조심하셔야지."

"그러게나 말이야. 그래서, 말이 아니면 무슨 일인데?"

"필경사로 등록된 도다 가오루 씨 때문에요. 이메일 주소 말고는 아무것도 없어서요."

"도다 씨? 아아, 도다 서예 교실 말이지?"

금방 기억이 떠오른 모양이었다.

"그 사람은 도다 야스하루 씨 자제분이어서 필경사로 등록한 거야. 그러니까 주소니 뭐니 하는 건 리스트에 있는 도다 야스하루 씨 쪽을 보면 돼."

"도다 야스하루 씨요……."

한쪽 손으로 페이지를 넘기면서 찾았다.

"쓰짱(하라오카 씨는 나를 이렇게 부른다)은 야스하루 씨랑 일해본 적이 없나? 도다 서예 교실을 하는 분이고 우리 호텔 필경사로 40년이나 일하신 분인데. 그러다 올봄에 연락이 왔는데 '나이도 있고 해서 서예 교실은 아들에게 물려주기로 했습니다. 필경사 일도 이제 손을 떼야 할 것 같습니다. 그동안 여러모로 감사했습니다'라고 하더라고."

"그랬군요. 그런데 아무리 찾아봐도 우리 리스트에 도다 야스하루 씨 이름은 없는 것 같은데요?"

하라오카 씨는 잠시 아무 말이 없더니 갑자기

"아이고야~!"

하고 소리를 질렀다.

"아, 미안 미안! 내가 호텔 그만두기 직전에 필경사 파일하고 등록자 리스트를 다시 만들었다는 사실을 깜박했었네! 정보를 업데이트해 놓는 편이 나중에 누가 보더라도 알기 쉬울 것 같아서 말이야. 그렇게 정리해 놓은 뒤에 도다 가오루 씨한테서 이메일 주소가 적힌 편지하고 붓글씨 샘플을 우편으로 받았거든. 그걸 보고 '아아, 야스하루 씨가 서예 교실을 물려줬다고 했던 그 아드님이구나' 생각하면서 아무 확인도 안 하고 그냥 등록해 버렸네. 이 정신머리하고는."

그러니까 하라오카 씨는 새로운 리스트를 만들면서 도다 야스하루 씨를 빼버렸다는 사실을 깜빡하고 '도다 서예 교실이니까 야스하루 씨 쪽을 보면 되겠지' 하는 생각에 도다 가오루에 대한 정보가 거의 없다시피 한 상태로 필경사 등록을 했다는 말이다.

"도다 가오루 씨의 샘플이 들어 있던 봉투는 당연히 처분해 버리셨겠죠?"

"그렇지. 뒷면에 주소가 적혀 있었으니까 깔끔하게 처리한다고 분쇄기에 넣어버렸지. 그 주소를 적어뒀어야 하는데 말이야. 이거 미안해서 어떡하나?"

"아니에요. 개인정보는 신중하게 다뤄야 하는 게 맞으니까요."

머리가 욱신거리기 시작해서 손가락으로 미간을 주물렀다.

"그럼 혹시 도다 서예 교실이 대충 어디쯤 있는지는 아세요?"

"그게, 나도 한 번도 가본 적이 없어서 말이야. 야스하루 씨하고 오래 일하기는 했어도 항상 전화로 이야기하고 봉투를 보내주면 끝이었거든. 대충 세타가야구 마쓰바라 어디쯤이었던 것 같은데 번지수까지는 도통 기억이 나지 않네."

"일단 알겠습니다. 걱정하지 마세요. 이메일로 도다 가오루 씨한테 연락해 보겠습니다."

그러고는 곧바로 사무실 책상에 놓인 업무용 컴퓨터 앞에 앉았다. 고객이 지명을 하셔서 붓글씨 일을 의뢰하고 싶다, 도다 야스하루 씨께도 지금껏 함께 일할 수 있어 감사하다는 인사 말씀을 전해달라는 등의 내용을 정중한 글에 담아 이메일을 보냈다.

그날 저녁에 도다에게 답신이 왔다. 답글에는 의뢰한 일을 하겠다, 야스하루 씨가 돌아가셔서 그 유지를 받들어 본인이 필경사로 등록했다는 내용이 간결하게 적혀 있었다.

그 내용을 읽고는 "아이고……" 하며 하라오카 씨에게 다시 전화했다. 벨 소리가 열두 번이나 울린 다음에야 받은 것으로만 보아도 하라오카 씨의 허리 상태가 오후 몇 시간 사이에 더욱 나빠졌음을 알 수 있었다.

"화장실에서 바지 내리다가 또 삐끗해 버렸어."

하라오카 씨가 신음하면서 호소했다.

"마누라가 소변도 변기에 앉아서 보라고 어찌나 잔소리해대는지 말이야. 그래서 어떻게 되었어? 도다 가오루 씨하고는 연락이 된 거야?"

"네. 붓글씨 의뢰는 잘 되었어요. 그런데 도다 야스하루 씨가 지난 5월에 돌아가셨다고 하네요."

이 소식에 하라오카 씨도 깜짝 놀랐는지

"아이고……"

하고 낮게 중얼거릴 뿐이었다.

"그리고 아까 깜박하고 말을 못 했는데 이번 건은 고 미나세 겐이치 님의 '송별회' 초대장을 의뢰하는 거였어요."

"아아, 이런……."

미카즈키 호텔이 감당해야 할 책임의 막중함이 느껴져서 뭐라고 말을 잇지 못하는 모양이었다. 한숨을 쉰 하라오카 씨가

"쓰짱, 미안한데 도다 씨 댁에 가서 야스하루 씨 영전에 인사 좀 하고 와줄 수 있을까?"

하고 말했다.

"내가 직접 가야 하는데 허리가 이 모양이니."

"물론이죠."

"간 김에 도다 가오루 씨의 붓글씨 실력도 확인하고 사람 됨됨이도 살펴보고 왔으면 좋겠네. 야스하루 씨가 서예 교실을 물

려줄 정도니 틀림없는 사람이려니 싶기는 해도 이번 일은 미나세 님을 보내드리는 중대한 행사잖아. 만에 하나라도 도다 가오루가 속 빈 강정이면 보통 문제가 아니지."

허리 때문에 끙끙대는 와중에도 빈틈없이 챙기는 것을 보면 역시 베테랑 호텔리어라는 생각이 들어 감탄을 금치 못했다. 그 말대로 미카즈키 호텔의 소중한 고객이었던 미나세 씨의 '송별회'에 작은 실수라도 있어서는 안 된다. 초대 대상자에 관한 정보가 누출되거나 하는 불상사라도 생기면 큰일이다. 그러니 처음으로 일을 맡기는 도다 가오루가 어떤 사람인지 잘 알아볼 필요가 있다. 또 고인이 된 도다 야스하루 씨에게 오랜 세월 신세를 진 호텔 측이 예의를 표하는 것도 당연한 일이다.

"차질없이 알아서 잘할 테니 걱정하지 마세요. 허리가 괜찮아지면 시간 맞춰서 경마장에 같이 가요."

그렇게 말하고 전화를 끊은 다음 하라오카 씨의 밀명을 받들고자 도다와 이메일을 몇 차례 주고받았다. 도다가 보내온 답신들은 매번 간결함을 넘어서 퉁명스러울 정도였지만 도다 서예 교실로 인사하러 가겠다는 점에 대해서는 승낙을 받았다. 그런데 주소를 알고 싶어서 '서예 교실은 마쓰바라 쪽이었지요?' 하고 은근슬쩍 돌려서 물어봤더니 돌아온 답변이 '선로 옆길을 따라서 5분'이었다.

그래서 장마철도 끝나 한여름 뙤약볕이 내리쬐는 7월 하순인 바로 오늘, 시모다카이도역 근처 주택가를 헤매는 신세가 된 것이다.

냉정하게 따져보면 도다는 미카즈키 호텔에 자기 연락처가 다 있으리라고 여겼을 테니 주소나 전화번호를 이메일로 따로 알려주지 않은 것이 잘못은 아니다. 그러나 야스하루 씨가 돌아가셨다는 사실을 방금 알았기에 내 딴에는 '사람이 죽었다고 당장 정보를 지워버렸구나' 하는 오해를 사지 않을까 싶어 도다 서예 교실의 주소를 대놓고 물어보기가 꺼려지는 부분이 있었다. 그래서 은근슬쩍 돌려서 물어본다고 한 말에 대한 대답이 '선로 옆길 따라 5분'이었다. 사람이 눈치가 없어도 너무 없는 게 아닌가 싶다.

다섯 갈래로 나뉜 길을 하나씩 갔다 오기를 15분. 정답은 뜻밖에도 도랑길이었음이 밝혀졌다.

방향으로 봐도 선로와 나란히 뻗어 있고 거리도 선로에서 제일 가깝다. 그런데 이 도랑도 '길'이라고 봐야 하나? 하수로에 뚜껑을 덮어놓은 정도의 폭이고 실제로 걷다 보면 양쪽 벽돌 담장에 어깻죽지가 쏠릴 지경이다. 이미 온몸이 땀투성이여서 양복 윗도리를 벗어든 상태였다. 가방이랑 같이 들고 있던 선물용 종이가방도 손에 난 땀에 젖어서인지 손잡이에 보풀이 일었다.

아무튼 다섯 갈래 중에 '길'이라고 부를 수 있는 네 개가 불발이었다. 그래서 하는 수 없이 반신반의하면서 마지막에 남은 도랑길로 과감하게 나아갔다. 그랬더니 갑자기 눈앞이 뻥 뚫렸다. 그래 봐야 주택가 안의 일방통행 길이 나왔을 뿐이지만 말이다. 어쨌든 상식적인 도로 폭이 되었고 그 길을 따라가다 보니 첫 번째 모퉁이에 도다 서예 교실이 있었다.

도다 야스하루 씨의 글씨인지 대문 기둥에 걸린 '도다 서예 교실'이라는 작은 나무 명패가 보였다. 비바람을 맞은 명패는 색이 약간 거무스름하게 변했지만 반듯하고 우직해 보이는 글씨는 그보다 훨씬 선명하고 검게 빛났다.

'역시 하라오카 씨가 인정했던 서예가답다. 나도 같이 일해볼 수 있었으면 좋았을 텐데.'

그런 생각을 하면서 명패를 자세히 들여다보니 세로로 두 장을 이어붙인 가마보코(작은 나무판에 붙여 찐 어묵) 판이었다. ……허례허식이 없는 글씨체처럼 실생활도 청빈했던 모양이다. 아마도.

이런저런 생각을 떨쳐내고서 새로운 감회를 가지고 천신만고 끝에 찾아낸 도다 서예 교실을 바깥쪽에서 찬찬히 살펴보았다.

도다가 이메일에 '낡았다'라고 했는데 그 말대로 주변에 있는 집들보다 훨씬 오래되어 보이긴 했다. 그렇지만 '낡았다'기보다는 '고풍스럽다'라는 느낌이 들었다.

현관 옆쪽만 증축했는지 단층으로 비쭉 튀어나왔고 나머지는 목조로 된 이층집이었다. 현관은 처마의 모양새나 미닫이로 된 현관문 등으로 볼 때 전형적인 일본식 가옥인데 증축된 부분은 뾰족한 삼각 지붕에 섬세한 격자 모양으로 된 볼록 창문이 있는 게 오랜 서양 저택 같았다. 동서양의 절충이라고 해야 할지, 아무튼 그 모양새가 조화로워서 한적한 주택가에 잘 녹아들었다.

땀으로 번들거리는 요괴 같은 꼴로 남의 집을 처음 방문하는 것도 실례인 듯하여 팔에 들고 있던 양복 윗도리를 다시 입고 주머니에서 손수건을 꺼내서 이마를 닦은 다음 숨을 골랐다. 갑작스러운 사태가 발생해도 대응할 수 있도록 항상 여유 시간을 가지고 약속 장소로 가는 습관이 있어서 약속 시간까지는 아직 3분가량 남은 상태였다.

별생각 없이 모퉁이를 돌아 골목 옆쪽으로 가보니 정면에서 본 인상보다 큰 집이었다. 안쪽으로 긴 건물임을 알 수 있었다.

증축한 부분인 삼각 지붕 뒤쪽으로 2층짜리 목조주택이 붙어 있는 형태였다. 기와를 얹은 지붕, 그 아래로 널따란 마당을 바라보는 형태로 창문들이 늘어선 모습이 보였다. 애기동백 울타리 너머로 슬쩍 마당을 들여다보자 여름 잡초들을 말끔히 깎아낸 상태였고 1층의 낮은 창문들 밖으로 나팔꽃 화분이 몇 개 있었다. 뜰 한쪽 구석에는 빨래 건조대가 있는데 거기에 널린 긴 팔 티셔츠와 청바지 같은 빨래가 오후 바람에 나른하게 흐늘거렸다. 한쪽 옆에 서 있는 커다란 벚나무가 빨래 위로 짙은 검은색 그림자를 드리웠다.

2층 창문은 허리 높이인 모양인데 베란다라고 부르기는 너무 좁은, 그저 나무로 된 난간이 비쭉 튀어나온 작은 공간에 화분들이 줄지어 놓인 것이 보였다. 푸릇푸릇 솟아난 녹색 이파리들이 보이는데 어떤 식물인지는 알 수 없었다. 처마 밑에 작은 수건 몇 개가 걸려 있었다.

부지 끄트머리에 있는 차 한 대 크기 주차 공간에는 하얀 소형 트럭이 있었다. 애기동백 울타리는 주차 공간 옆면과 안쪽을 막는 형태로 이어졌다. 그런데 일부러 현관문으로 나와서 모퉁이를 돌아 차를 타기가 귀찮았는지 안쪽 울타리 일부를 없애 뜰에서 직접 주차 공간으로 출입할 수 있게 해놓았다. 보안이 너무 허술하다.

도다 야스하루 씨가 돌아가신 이후로 이 집에 몇 명이나 살고 있는지는 몰라도 집과 뜰의 상태로 봐서는 매우 올바른 생활을 하고 있음이 짐작되었다.

집 정면으로 돌아와 손수건을 주머니에 넣은 다음 넥타이가 풀어지지 않았는지 확인했다. 대문을 열고 현관 옆에 있는 초인종을 눌렀다. 반응이 없었다. 다시 한번 눌러야 하나, 하고 손을 뻗으려는데 미닫이문에 그림자가 비치더니 문이 덜컹거리며 반만 열렸다.

감청색 일본식 작업복을 입은 남자가 샌들을 걸치고 현관 바닥에 서 있었다. 나이는 나랑 비슷한 30대 중반 정도로 보였다. 키가 크고 탄탄한 근육질 몸매와 더불어 '그림 같이 생겼다'라는 비유가 이럴 때 쓰라고 있구나 싶을 정도로 눈에 띄게 잘생긴 얼굴이었다. 이쪽은 땀이 번들거리는 요괴 같은 형상인데 너무하지 않은가 하고 하늘에 대고 욕을 하고 싶은 심정이었다.

그러나저러나 서예가라면 보통은 담백하니 속세에서 약간 벗어난 듯한 분위기를 풍기지 않던가? 그런데 눈앞에 있는 이 남자는 아직도 기름기가 좔좔 흐르는 느낌이었다. 솔직히 말하자면 여자도 밝히고 식탐도 있어서 큼지막한 고기를 뼈째로 들고 뜯어먹을 듯한 느낌이 드는 것이 이제껏 상상하던 서예가의 이미지하고는 영 딴판이었다. 어쩌면 이 남자는 도다 가오루의 파트너 같은 사람이고 작업복도 서예 교실을 하는 도다 가문의 규정 때문에 입고 있을 뿐인지도 모른다는 생각이 들었다.

"안녕하십니까. 오늘은 귀한 시간을 내주셔서 감사합니다. 미카즈키 호텔에서 일하는 쓰즈키 지카라라고 합니다."

내가 인사했더니

"아, 벌써 시간이 그렇게 됐나?"

하고 남자가 말하고는 미닫이 현관문을 활짝 열었다.

"아직 애들이 교실에 있어서요. 들어와서 기다려주세요."

"네. 실례하겠습니다."

남자가 들어오라고 해서 나는 덜컹대는 미닫이문을 끙끙거리며 간신히 닫고는 신발을 벗고 나무 바닥으로 된 복도로 들어갔다. 복도 왼편에 계단이 있고 그 안쪽으로 화장실과 부엌 등 물을 쓰는 곳들이 나란히 있는 구조 같았다.

남자는 안쪽으로 들어가지 않고 현관에 들어서자마자 복도 오른편에 있는 장지문을 열었다. 에어컨의 서늘한 냉기가 흘러나왔다. 그러고 보니 남자는 작업복 속에 하얀 긴 팔 티셔츠를 입었다. 아까 본 빨래걸이에도 이런 셔츠가 있던 것을 보면 여름에도 항상 착용하는 모양이었다. 이 한여름에 덥지 않을까 싶었다. 하지만 장사 밑천인 손목이나 어깨가 에어컨 냉기 때문에 혹여나 안 좋아질까 봐 그러는 것이겠구나, 하는 생각이 떠올랐다.

장지문 안쪽은 위치로 봤을 때 증축한 방이다. 외관은 서양 저택 같았는데 내부는 완전히 일본식 다다미방이었다. 그런데 천장 없이 위가 지붕까지 뻥 뚫렸고, 창문은 바깥으로 돌출된 볼록 창문이었다. 서로 전혀 맞지 않을 것 같은 인테리어인데 그대로 노출된 굵직한 대들보가 불에 그을린 듯 새까만 것이 공간에 긴장감을 주어서 이 또한 묘하게 조화를 이루었다.

옆방은 이 방보다 조금 더 큰 다다미방인데 사이에 있는 장지문이 활짝 열린 상태였다. 이어진 방 두 개를 서예 교실로 쓰는지 긴 앉은뱅이책상 여덟 개에 초등학생으로 보이는 아이들 여섯 명이 무릎을 꿇은 자세로 종이를 마주하고 있었다. 양쪽 방에 있는 낮은 창들이 모두 안뜰 쪽으로 나 있어서 방 안이 아주 환했다. 창문 너머로 밀려오는 한여름의 열기를 물리치려고 구식 에어컨이 필사적으로 움직이는 소리가 들렸다.

큰방에는 장식벽이 있는데 그 앞에 작은 앉은뱅이책상 하나가 있었다. 학생들과 마주 보는 배치로 보아 선생님 자리인 모양이다. 그런데 그 자리에는 아무도 없었다. 그렇다면 혹시나……?

"도다 가오루 씨?"

학생들 책상 사이를 누비며 장식벽 쪽으로 걸어가는 남자의 등에 대고 조심스럽게 불렀다.

"응?"

하고 약간 뒤를 돌던 남자의 눈에 학생이 붓을 놀리는 종이가 슬쩍 보였는지

"아~니, 누가 종이에다 장난치라고 그랬어?"

하며 3학년 정도로 보이는 남자아이의 머리카락을 마구 헝클었다.

"들켰다!"

하며 남자아이가 웃었다.

"작은 쌤이 너무 빨리 왔잖아요."

'작은 쌤'은 '작은 선생님'이라는 뜻이다. 이 남자가 도다 가오루였구나. 얼굴은 여자들이 졸졸 따라다닐 정도로 꽃미남에다가 붓글씨까지 잘 쓴다는 말인가? 더구나 학생들도 좋아하고 따르는 모양이다. 외모와 재능을 이렇게 한 사람에게 몰아주다니 너무 불공평하지 않으냐고 속으로 하늘을 원망하며 투덜거렸다.

"쌤, 쌤, 저 아저씨는 누구예요?"

하고 교실 뒤쪽에서 여자아이가 묻는 소리가 들렸다. 초등학교 3, 4학년 정도로 보이는 여자아이인데 동년배로 보이는 다른 여자아이와 함께 마당에 가까운 쪽 책상에 나란히 앉아 있었다. 두 아이가 나를 보며 키득키득 웃었다. 호텔에서 일할 때는 어린 아이들을 마주할 기회가 거의 없어서 어떤 식으로 대응해야 할지 알 수가 없었다. 엉겁결에 고개를 꾸벅 숙였더니 여자아이들이 킥킥거리는 소리가 더욱 커졌다. 낯선 사람이 갑자기 교실에 들어오는 바람에 흥분한 모양이라고 짐작은 하지만 나로서는 곤혹스러울 뿐이었다.

"여름방학 첫날이라고 애들이 아주 신이 나서 그래요."

도다가 그렇게 말하며 선생님 책상에 털썩 앉았다. 학생들에게 나를 소개할 생각은 없는 모양이었다. 혼자 멀뚱히 서 있기도 멋쩍어 머뭇거리면서 도다 옆에 정좌하고 앉았다.

"자, 딴짓 그만하고 쓸 것들 빨리 써. 다들 제발 빨리 쓰고 밖에 나가서 놀아라."

"이거 쓰기 힘들단 말이에요~!"

"작은 쌤이 '매우 잘했어요' 표시 안 주니까 그러잖아요~!"

아이들이 거리낌 없이 불평을 쏟아내자

"어떻게 쓰면 되는지 교본을 써줬잖아. 그거 그냥 적당히 따라 써."

하고 도다가 받아쳤다.

서예 교실이 이렇게 시끌벅적하고 산만해도 되는 건가? 교실 분위기에 놀라며 지켜보았는데 아이들은 한차례 소란을 피우고는 어느 정도 성에 찼는지 어느새 집중력을 되찾아 종이에 글씨를 써나가기 시작했다. 그 사이에 도다는 솜털이 달린 귀이개를 가지고 귀를 후볐다. 학생들이 스스로 알아서 하게 지도한다고 하면 그럴듯하게 들리겠지만 평소에도 이렇게 제대로 가르치지 않고 아이들을 방치하는 게 아닌가 하는 의심이 들었다. 도다가 벼루 옆에 붓과 함께 놓여 있던 귀이개를 보지도 않고 자연스럽게 집었기 때문이다. 서예 교실을 이어받은 아들이 이렇게 대충대충 아이들을 지도하는 꼴을 보았다면 돌아가신 야스하루 씨가 무덤에서 벌떡 일어날 것 같았다.

의심과 비난에 찬 내 시선을 의식했는지 귀 청소를 마친 도다는 귀지를 모아놓은 종이를 돌돌 뭉쳐 앉은뱅이책상 옆에 있던 휴지통에 휙 버리더니 벌떡 일어서서 교실 안을 돌아다니기 시작했다. 학생들의 글씨를 들여다보고 가끔 붓을 잡은 학생 손에 자기 손을 포개서 모양을 고쳐주며 "이런 식으로 해야지"하고 알려줬다.

이제야 내가 상상하던 서예 교실의 모습과 비슷해졌다.

앉은 채로 허리를 쭉 펴서 관찰하니 아이들은 모두 '바람 풍(風)'자를 쓰는 모양이었다. 아이들 말처럼 이 글자는 균형을 잡기 어려울 것 같았다. 학생 중에는 초등 1학년으로 보이는 작은 남자아이 하나도 있었다. 저 아이는 글씨가 어떻고 하는 문제에 앞서 '바람 풍'이라는 한자 자체를 배우지 않았을 텐데 싶어 걱정되었지만 도다는 전혀 아랑곳하지 않은 듯했다.

"자, 손목에 힘 빼고 축 늘어뜨려 봐. 그렇지. 그 상태 그대로 붓 끄트머리에 정신을 집중시키다가 '이때다!' 싶을 때 종이에 올리는 거야."

"'이때다!'가 언젠데요?"

하고 그 작은 남자아이가 허공에서 손목을 건들거리면서 물었다.

"이 붓이 네 고추라고 한다면 '오줌 쌀 것 같아!' 할 정도로 기가 꽉 찼을 때."

"아 뭐야~!"

작은 남자아이가 어이없다는 표정으로 도다를 쳐다봤다.

"우린 그런 거 없는데 어떡해요~!"

뒤쪽 긴 책상에 앉은 여자아이들 쪽에서 항의하는 소리가 들렸다.

"내 비유가 좀 모자랐네. 미안, 미안. 그럼 이 붓을 너희 방광이라고 생각해 봐."

"방광이 뭐예요?"

"아, 그렇지. 너네는 오줌을 참은 적이 없어서 존재를 모르는구나. 우리 몸속에 있는 건데 오줌이 모이는 주머니, 그러니까 오줌보야."

"아 진짜 뭐야, 작은 쌤 너무 이상해~!"

교실 여기저기서 야유가 터져 나왔다.

나도 전적으로 동감한다. 서예에 대한 모독도 이런 모독이 없다. 5분도 안 되어서 내가 했던 말을 취소하기는 뭣하지만 역시 내가 상상하던 서예 교실의 모습과는 전혀 딴판이다.

도다는 아이들이 질러대는 소리에 전혀 신경을 쓰지 않고 학생들이 쓴 '바람 풍' 자를 죽 둘러보더니 말했다.

"뭔가 좀 모자라달까, 너무 딱딱한 느낌이란 말이야."

그러더니 교실 한가운데 떡 버티고 섰다.

"너희들은 도대체 어떤 '바람'을 떠올리면서 쓴 거야?"

"어떤 바람……?"

"바람은 그냥 바람이잖아."

당혹스러워하는 아이들이 수군거리는 소리가 교실 여기저기서 들렸다.

"아~무 생각 없이 그냥 쓰니까 글씨가 뻣뻣하기만 한 거야."

도다가 단언했다.

"쌤이 항상 그랬지? 교본 글씨 같은 건 그냥 참고로만 삼으라고. 제일 중요한 점은 글자 안에 뭐가 있는지 상상해 보는 거야. '나팔꽃'이라는 글자를 쓴다고 치자. 그럼 '어떤 색깔의 꽃이 필까? 아냐, 어쩌면 소변을 보는 변기를 그렇게 쓴 걸지도 몰라' 하는 식으로 이런저런 상상을 하는 거지. 그렇게 내가 쓰는 글자에서 무엇을 나타내고 싶은지 잘 생각해 보는 게 중요한 거야."

"무슨 말인지 잘 모르겠어요. 그래도 오줌 얘기는 좀 그만해요, 쌤."

여자아이 중 하나가 인상을 쓰면서 말하자

"아, 미안."

하고 도다가 순순히 사과했다. 그러더니 갑자기 뭘 하려는지 작은방과 큰방에 있는 낮은 창문들을 모조리 활짝 활짝 열어젖혔다.

열기와 더불어 바짝 마른 마당의 흙냄새가 한꺼번에 방 안으로 훅하니 밀려 들어왔다.

"우와, 더워~!"

"더워서 죽을 것 같아요~!"

아이들이 비명을 질러댔다. 그런데 인공적인 냉기가 여름의 위력을 당해내지 못하고 점점 엷어지는 것을 체감하면서 어딘지 흥분한 듯한 느낌도 있었다.

"자, 이게 여름 바람이다."

도다가 그렇게 선언하기를 기다렸다는 듯이 한 줄기 바람이 더운 기운을 가르면서 불어와 뜰에 있는 벚나무 잎사귀와 학생들 앞에 놓인 종이를 팔랑거리게 했다.

"어떤 바람이었냐?"

창문을 닫으면서 도다가 물었다.

"후덥지근했어요."

"아닌데. 생각보다 시원했는데."

아이들이 제각기 소감을 말했다.

"그럼 방금 자기가 받은 느낌을 떠올리면서 다시 한번 '바람 풍' 자를 써봐."

도다가 다시 자기 책상으로 가서 앉았다.

"그런 식으로 상상하는 습관을 들여놓으면 한여름에도 겨울의 '바람'을 쓸 수 있게 될 테니까."

에어컨이 '처음부터 다시 시작해야 하잖아!'라고 불평하듯이 웅웅 소리를 내면서 돌아갔다. 그래도 학생들은 그런 소음이 들리지 않는 듯 다시 시원해지기 시작한 방 안에서 진지한 표정으로 종이에다 각자 느낀 여름의 '바람'을 쓰기 시작했다.

스스로 만족스러운 글씨를 썼다고 자부하는 아이들이 차례차례 보여주러 왔다. 마지막에는 모든 아이가 선생님 책상 주변에 모여들었다.

도다는 한 사람 한 사람의 글씨를 찬찬히 살펴보며 말했다.

"음~, 경쾌하고 시원한 바람이 불고 있네. 여기 이 부분 끄트머리는 붓을 조금 세우고 쓰는 편이 좋겠다."

"무더운 여름 느낌이 잘 나는 글씨네. 그런데 너무 더워서 여기 끝자락이 뭉툭해져 버렸어. 하긴 바람이 어딘가에 가만히 웅크리고 있을 때도 있는 거니까."

도다는 아이들의 글씨에 대한 감상을 말하고 특징을 짚어주면서 글씨에 빨간 먹으로 크게 동그라미를 쳐서 돌려주었다. 선생님 책상 앞에 모여 있던 학생들은 자기 글씨는 물론이고 다른 아이들의 글씨에 대한 선생님의 평가에 귀를 기울이며 도다의 말에 고개를 끄덕이기도 하고 웃기도 했다.

아무것도 모르는 내가 보기에도 창문을 통해 불어오는 바람을 느낀 이후에 쓴 학생들의 글씨가 훨씬 더 생동감 있게 보였다. 물론 학생들의 책상 위에 있는 교본, 도다가 미리 쓴 '바람 풍' 자는 차원이 달라 보였다. 도다의 글씨는 여름 태풍과 같은 사나움을 머금으면서도 이른바 '서예 교본으로 쓸 만큼 다듬어진 글씨'였다. 그에 비해 학생들이 쓴 '바람 풍' 자는 비뚤비뚤하기도 하고 엉성하기도 했다.

그런데도 도다는 아이들에게 교본을 따라 쓰라는 식으로 지도하지 않았다. 나도 어느새 도다의 책상 옆으로 다가가 학생들이 도다에게 내미는 글씨들을 열심히 들여다보게 되었다. 각자가 느낀 여름 바람이 서로 다른 모양새로 글씨에 나타났다. 몸에 끈적하게 들러붙는 '바람'. 시원하게 불어 숨을 돌리게 하는 '바람'. 그래도 에어컨이 돌아가는 방 안이 최고라는 '바람'.

나는 감탄했다. '바람 풍'이라는 딱 한 글자에도 이렇게 다양하고 서로 다른 느낌을 담을 수 있구나. 붓글씨가 이렇게 편하고 자유로울 수 있구나. 무엇보다도 도다에게 칭찬을 듣고 어디를 고치면 되겠다는 지도를 받은 아이들의 자랑스럽고 즐거워하는 표정이 보기 좋았다.

예로 드는 내용이나 지도법에 좀 문제가 있거나 이상한 부분이 있기는 해도 도다가 서예 교실 선생으로 상당히 뛰어난 사람임을 알 수 있었다. 서예가로서의 실력이 어떤 수준인지까지는 가늠이 되지 않았다. 그래도 교본 글씨를 보면 힘이 있고, 단정하면서 눈길을 끄는 매력이 있었다.

종이에 낙서하던 남자아이가 쓴 '바람 풍'은 모든 획이 덜덜 떨리듯이 비뚤비뚤했다.

"이게 뭐야……."

도다가 말했다.

"너 혹시 부는 '바람'이 아니라 걸리는 '감기'(일본어에서 바람과 감기는 같은 발음 – 옮긴이)를 떠올리면서 쓴 거 아냐?"

"우와~, 작은 쌤! 어떻게 알았어요?"

낙서했던 남자아이가 손뼉을 치면서 신났고, 주변에 있던 다른 아이들은 "바람이지 감기가 아니잖아!"라고 외치며 깔깔 웃어댔다.

나는 초등학생들이 어느 포인트에 재미있어하며 웃는지 도무지 감을 잡을 수가 없었다. 아니, 그보다도 도다가 어떻게 이 글씨를 보고 감기를 떠올렸는지 그 점이 더 궁금했다.

"그럴 줄 알았다. 오한 같은 느낌이 들더라."

도다가 말했다.

"오한이 뭐예요?"

"울 엄마가 그런 말 한 적 있는데."

"너 '엄마'라고 불러? 아기네?"

"그럼 넌? 엄마를 뭐라고 부르는데?"

"'어머니'지."

"거짓말. 지난번에 네가 '엄마'라고 부르는 거 내가 봤는데?"

아이들의 대화는 점점 얼토당토않은 방향으로 빗겨나갔다. 하지만 도다는 전혀 아랑곳하지 않고 떨리는 '바람'에도 천천히 빨간 동그라미를 그리면서

"감기 걸렸을 때 열이 막 나는데도 너무 추워서 몸이 덜덜 떨릴 때가 있잖아. 그게 오한이야."

하고 찬찬히 설명해 주었다.

"내가 알아차려서 신기한 게 아니라 감기 걸렸을 때의 느낌이 들게 쓴 네 글씨가 대단한 거지. 그런 식으로 다음에 '바람 풍' 자를 쓸 때는 부는 바람을 떠올리면서 써봐. 오늘처럼 갑자기 반칙을 써서 선생님이 알아보나 못 알아보나 시험하지 말고. 알았지?"

"네~!"

낙서했던 남자아이는 쑥스러운 표정으로 웃었지만 자기 장난이 성공해서 신이 난 모양이었다.

모든 학생의 글씨를 확인한 도다가

"자, 오늘 수업 끝. 다음 주에 보자. 다들 잘 들어가."

하며 자리에서 일어섰다. 학생들은

"선생님, 감사합니다~!"

하고 정좌한 자세로 고개를 숙여 인사한 다음 글씨 쓴 종이를 팔랑팔랑 흔들어 먹물을 말리면서 각자의 자리로 돌아갔다. 가방을 챙긴 아이들이 하나둘씩 교실에서 나갔다.

"기다리게 해서 미안해요."

도다가 나에게 말하더니

"차라도 내올게요."

하며 큰방 장지문을 열고 복도로 나갔다. 복도 맞은편에 부엌이 있는 모양이었다.

일어선 자세로 나를 내려다보면서 한 말이라 사과처럼 들리지는 않았지만 상관없었다. 정좌한 자세를 풀고 다리를 뻗어 얼얼한 다리와 종아리를 손으로 문질렀다. 서예 교실을 보고 있자니 생각보다 재미있어서 알아차리지 못했는데 그러고 보니 목이 바짝 마른 상태였다. 뭐든 마실 것을 준다니 고마운 일이다.

바닥에 두었던 가방을 끌어당겨 명함집을 꺼내서 주머니에 넣었다. 종이 가방에 들어 있던 과자 상자도 미리 꺼내놓았다. 내용물은 우리 호텔 인기 상품인 '미카즈키 피낭시에' 선물 세트다. 이 아몬드 케이크(피낭시에)는 우리 호텔 이름(미카즈키는 초승달이라는 뜻-옮긴이)처럼 초승달 모양이고 선물 세트에는 버터 맛, 초코 맛, 녹차 맛까지 세 가지 맛이 들었다.

부엌 쪽에서 털컥털컥하는 소리가 들렸다. 얼음 틀에서 얼음을 꺼내는 소리 같은데 일반적으로는 틀을 조금만 비틀면 얼음이 떨어지게 되어 있지 않던가? 그런 것치고는 소리가 너무 딱딱하고 크게 들렸다. 도대체 언제 적에 얼려놓은 얼음을 내주려고 그러나 싶어 불안한 마음에 나도 모르게 고개를 들었다. 그때서야 내 눈에 교실에 혼자 남은 남자아이가 보였다.

5학년이나 6학년쯤으로 보였다. 복도 쪽 제일 앞줄에서 붓글씨를 쓰던 아이다. 붓과 먹물 등 서예 도구는 가방에 다 집어넣었는지 책상 위는 말끔하게 비었는데 정작 학생은 고개를 약간 숙인 상태로 여전히 앉아 있었다. 존재감이 약하다고 해야 하나, 배우는 동안에도 다른 아이들과 어울려 함께 떠들어대지 않고 그저 조용히 미소를 짓는 정도였다. 이 아이가 쓴 '바람 풍' 자도 본인처럼 인상이 약했다. 정성스럽게 썼지만, 선이 가늘어서 내가 보기에도 '뭔가 너무 비리비리하고 약하네' 하는 생각이 들었다. 그래도 도다는 그 글씨에 대해 "여름에는 바람이 살짝만 불어도 시원한 느낌이 들잖아. 아주 조금이라도 시원해져서 좋다는 마음이 생각나는 '바람'이네"라고 긍정적으로 말해주었다.

내가 흘깃거리며 살피는 시선을 알아차렸는지 아이가 고개를 꾸벅 숙였다. 나도 허둥지둥 자세를 바로잡고는 살짝 묵례했다. 그러면서 속으로 '어떡하지? 도다한테 볼일이 있어서 남았을 텐데 그래도 어른이니까 내가 먼저 왜 그러니, 하고 물어줘야 하나?' 하고 난감해하면서 머뭇거렸다. 그때 장지문이 벌컥 열리더니 부엌에서 돌아온 도다가

"응? 믹키, 너 아직 안 갔어? 왜 그래?"

하고 대뜸 물었다. 별명이 믹키면 아이 성이 미키겠구나 하고 짐작했다.

"저기, 작은 쌤, 혹시 뭐 좀 해줄 수 있는지⋯⋯."

다 죽어가듯이 작은 소리로 하는 말을 끝까지 들어보지도 않고

"알았어."

하고 도다가 대답했다.

"하나 더 만들어올 테니까 너 먼저 마시고 있어."

도다가 들고 온 둥근 쟁반에 유리컵 두 개가 있었다. 분명히 차를 만들어온다고 했는데 이 우유처럼 희끄무레한 액체는 아무리 봐도 칼피스였다. 도다는 믹키라고 부른 아이가 앉은 책상에 유리컵을 놓더니 부엌으로 되돌아갔다.

아무래도 정식으로 인사하고 도다 야스하루 씨 영전에 향을 피워 올린 다음에 일 얘기까지 꺼내려면 아직 한참 더 기다려야 할 모양이다. 미리 꺼냈던 '미카즈키 피낭시에' 과자 상자를 슬그머니 옆쪽으로 밀어두었다.

수돗물이 흐르는 소리, 얼음이 유리컵 속에서 딸각거리는 소

리가 들려왔다.

생수가 아니라 수돗물에 탄 칼피스구나 하고 생각하면서 무릎걸음으로 슬금슬금 학생이 있는 책상 쪽으로 다가가 유리컵을 쳐다보았다. 책상을 사이에 두고 앉은 아이도 유리컵에 손을 대지 않은 채 말없이 보고만 있었다.

세 번째 칼피스를 벌써 다 만들었을 법한데도 도다는 좀처럼 돌아오지 않았다. 가만히 있기도 뭐해서

"쓰즈키 지카라라고 해요. 오늘은 도다 선생님께 부탁드릴 일이 있어서 왔어요."

하며 아이에게 명함을 건넸다. 어린아이한테 명함을 내미는 일이 너무 이상하게 보일 수도 있다. 그러나 지금까지 경험한 바에 따르면 내 이름은 누가 들어도 알아듣지 못하고 한자도 상상하기 힘들다. 그래서 차라리 명함을 주고 거기 인쇄된 한자를 보여주는 게 낫겠다고 생각했다.

당연한 일이지만 아이는 명함을 받고는 어찌할 바를 모르며

"미키 하루토입니다. 머나먼 저편의 '하루카(遙)'라는 글자에 '사람 인(人)' 자를 씁니다. 초등학교 5학년입니다."

하고 말했다. 한자로 자기 이름을 풀어서 말하는 모습이 서예교실의 학생다워서 감탄했다.

그러나저러나 정말로 성이 미키였구나. 도다가 학생을 부르는

별명을 참 안일하게 짓는다는 사실과 함께 하루토라는 이 학생이 내 명함을 받은 가장 어린 상대라는 사실을 알 수 있었다.

내가 '일'이라는 말을 꺼낸 바람에 하루토는 자기가 방해되었다는 생각을 한 모양이었다. 뭔가 우물쭈물하더니

"죄송해요. 전 그냥 갈게요."

하며 서예 가방을 들고 일어서려고 했다. 당황한 내가 허둥지둥 학생의 팔을 잡았다.

"아니, 아니 그러지 말고 잠깐만. 나는 괜찮으니까 걱정하지 말고. 여기 앉아서 같이 칼피스 마실까?"

"네⋯⋯."

하루토가 책상 앞에 다시 앉았다. 그러나 여전히 고개만 푹 숙인 채 가만히 있을 뿐이었다.

"차라리 내가 잠깐 나갈까? 내가 여기 있으면 선생님께 이야기하기가 힘들잖아."

하루토는 고개를 젓더니

"저, 근데 쓰즈키 아저씨는"

하고 명함의 이름을 확인하면서 나에게 말을 걸었다.

"친구한테 편지 써본 적 있으세요?"

혹시 벌써 뭔가 이야기가 시작된 건가? 도도도 없는데? 사람들이 말을 걸기 쉬운 내 특이체질이 또다시 발휘된 모양이다.

'나는 애들을 어떻게 상대해야 하는지 모르는데 어떡하지?'
하는 생각에 당혹스러웠다.

"뭐, 연하장 같은 건 쓰지. 보통은 톡이나 문자로 다 하고."

"그죠."

그렇게 한마디 맞장구를 친 하루토는 물방울이 송골송골 맺힌
유리잔을 말없이 쳐다보기만 했다. 뭐가 뭔지 모르겠지만 도움
이 못 되어서 미안하다는 마음이 생길 무렵 장지문이 벌컥 열리
더니 칼피스 한 잔을 손에 든 도다가 돌아왔다.

"오줌 누고 오느라 늦었어. 뭐야, 기다리지 말고 마시고 있
으라니까. 그러고 보니 칼피스라는 말도 영어로 소 오줌이라
고……."

"저기!"

마침 손에 명함집을 들고 있던 나는 도다의 말을 끊으면서 명
함과 과자 상자를 내밀었다. 도다의 쓸데없는 말 때문에 마음이
여린 하루토가 앞으로 칼피스를 못 마시게 될까 걱정스러웠고,
나로서는 이참에 인사를 할 수 있으니까 일석이조라고 판단했기
때문이다.

도다는 내 명함을 들여다보더니

"아, 쓰즈키 지카라 씨라고 했지. 그럼 지카라고 부르면 되겠네."

하며 또다시 남의 이름으로 안일한 별명을 짓는 것으로도 모

자라 느닷없이 나에게 반말을 하기 시작했다.

선물로 내민 과자 상자도 그 자리에서 뜯더니

"어, 폭신폭신하니 맛있게 생긴 빵이네. 음~ 맛있다."

하며 버터 맛 피낭시에를 곧바로 먹기 시작했다.

"믹키랑 지카도 같이 먹지?"

도다 야스하루 씨 불단에 먼저 올려드린 다음에 먹었으면 했는데 이미 늦었다. 체념의 경지에 다다른 나는 녹차 맛을, 하루토는 머뭇거리면서 초코 맛을 집었다.

나와 도다 씨가 앉은뱅이책상 한쪽에 나란히 앉고, 맞은편에 하루토가 앉아서 칼피스를 마시고 피낭시에를 먹었다. 달콤한 케이크에 단 음료까지 겹쳐서 단맛 공격에 뇌리가 마비될 지경이었지만 더위에 지친 몸이 회복되는 느낌은 들었다. 같이 먹으면서 도다는 하루토가 2학년 때부터 서예 교실에 다닌 학생이라고 말해주었다.

"그나저나 믹키가 나한테 할 말이 있다고 남은 건 처음 아닌가?"

도다는 피낭시에의 빈 포장지를 작게 말아서 묶으며 물었다.

"이 녀석은 워낙에 경계심이 많달까 성격이 어두운 편이어서 말이야."

이 말은 물론 나에게 하는 하루토 성격에 대한 해설이었다. 나

는 먹던 피낭시에가 목에 턱 걸리는 것 같아 허겁지겁 칼피스를
마셨다. 어떻게 본인을 앞에 두고 이렇게 막말을 할 수가 있나
싶어 어쩔 줄을 모르면서

"아이, 설마 그럴 리가……"

하며 감싸주려 했다. 그런데 정작 본인이

"밝은 편은 아니지요."

하며 아무렇지 않게 동의했다.

"그래서 왕따 같은 것도 당한 거니까요."

생각했던 것보다 훨씬 심각한 이야기가 나오려는 모양이었다.
우연히 한자리에 있게 된 생판 초면의 나 같은 사람이 들어도 되
나? 아니, 정말로 이 자리에서 빠져줘야 하는 것 아닌가? 계속
무릎을 꿇은 자세로 있는 바람에 다리가 저려서 당장 움직이기
는 힘들지만 말이다. 어쨌든 가능한 한 하루토의 마음이 가벼워
질 수 있도록 해줘야지 하는 마음에 경청하기로 했다.

그런데 도다는

"알았어. 끝까지 말하지 않아도 돼. 잠깐만 있어 봐."

하더니 자기 무릎을 탁, 치고는 일어나서 장식벽 쪽으로 갔다.
선반에서 알루미늄 재떨이와 먹물과 종이를 꺼내고 자기 책상에
서 붓 몇 개와 종이 깔개, 그리고 문진을 와락 집어서 들고 왔다.

"이건 봉서지라고 하는데 옛날에는 천왕이나 쇼군밖에 못 쓰던

최고급 종이야."

도다가 종이 깔개 위에 봉서지라고 하는 걸 펼쳤다. 붓글씨 종이의 두 배 정도 크기로 조직은 촘촘한데 두툼하니 두께가 있는 종이다. 도다는 재떨이에 먹물을 쭉 짜더니 두꺼운 붓을 푹 적셨다. 최고급 종이라면서 시판되는 먹물을 쓸 작정인가? 이런 종이라면 마음을 가라앉히고 최고급 벼루에 최고급 먹을 갈아서 써야 하는 것 아닌가?

못마땅한 내 시선을 알아차렸는지 도다는

"괜찮아, 괜찮아. 쉽게 가도 돼."

하고 말하더니 종이 오른쪽 끝에 큼지막한 글씨로 '절교 선언장'하고 단숨에 세로로 써 내려갔다. 어디선가 본 듯한 글씨체라는 생각이 들어 살펴보니 기세도 그렇고 끊기는 정도도 그렇고 구로사와 아키라 감독의 〈천국과 지옥〉이라는 영화 제목에 쓰인 글씨체와 똑같다는 사실을 알 수 있었다.

아까 아이들에게 써주었던 '바람 풍' 자와도 다르고 우리 호텔에 보내준 주소 샘플 글씨체와도 전혀 달랐다. 이 사람은 도대체 얼마나 많은 글씨체를 자유자재로 쓸 수 있단 말인가?

속으로 감탄하면서 계속 지켜보았다. 그러나저러나 초등학생한테 절교 선언장이라니 이게 뭐지 싶어 고개를 갸웃거렸다. 도다는 종이 가운데에 가는 붓으로 뭔가 문장을 덧붙여 쓰더니

"자, 받아."

하며 봉서지를 하루토에게 내밀었다.

"여기 빈 곳에 너를 괴롭힌 놈 이름을 쓴 다음에 본인에게 주든지, 아니면 학교 복도에 붙여놓든지 해."

하루토와 나는 이마를 맞대다시피 하면서 그 봉서지를 들여다보았다.

절교 선언장

근계. 삼가 아뢰기는 금번에

○학년 ○반 ○○○

이 자의 무엄하고 무례한 만행에 분개하는 마음을 금할 길이 없어

○○년 ○월 ○일자 부로 절교를 결정하였으므로 이를 알리는 바입니다.

○○년 ○월

○학년 ○반 미키 하루토 배상

전체적으로 엄청난 무게를 지닌 글귀였다. 듣도 보도 못한 한자어가 늘어선 글을 읽으며 내가 제대로 해석하고 있나 싶으면서도

"야쿠자도 아닌데 이게 뭔가요?"

하고 나도 모르게 딴지를 걸어버렸다.

"왕따같이 비열하고 치졸한 짓을 하는 놈한테는 이 정도쯤 해야 알아들을 거 아냐?"

도다가 야쿠자처럼 험상궂은 얼굴로 목소리를 깔고 말하자

"역시 작은 쌤은 최고예요."

하면서 하루토가 피식 웃었다.

"나중에 쓸 일이 있을지도 모르니까 이건 가져갈게요. 근데 지금은 왕따 안 당해요."

"아, 그렇구나."

그 말에 나는 안도의 한숨을 내쉬었다.

"뭐야, 처음부터 그렇게 말하지."

도다는 못마땅한 표정으로 투덜거렸다. 끝까지 말하지 못하게 하루토의 입을 막은 사람이 누구냐고 따지고 싶었다. 하지만 앞으로 같이 일할 사람한테 자꾸 시비를 거는 것 같아 참기로 했다.

"저는 할머니가 독일 사람이거든요."

하루토가 봉서지를 책상 위에 살포시 올려놓더니 말을 꺼냈다.

"그래서인지 2학년 때까지는 머리가 지금보다 더 밝은 갈색에다 꼬불꼬불했었어요. 그것 때문에 다른 애들이 잡아당기기도

하고 만지기도 하고 그랬어요."

이야기를 듣고서 새삼 유심히 살펴보니 하루토는 약간 곱슬머리에다 햇빛에 비친 머리카락 끝이 갈색을 띠고 있었다. 머리카락이나 피부색이 사람마다 다른 것은 당연한 일이다. 그러나 자기와 다르게 생긴 존재에 대해 아이들은 유난히 민감하고 잔인한 반응을 보이는 경우가 있다. 검은 머리와 검은 눈을 가진 아이들이 대부분이어서 동질감에 대한 압력이 강한 일본의 학교생활에서 하루토는 눈에 띄기 쉬운 왕따 대상이었을 것이다.

"왕따를 알게 된 3학년 담임 선생님이 '학급 회의' 시간에 왕따를 시킨 애들이랑 저랑 같이 교실 앞에 서게 해서 '앞으로 사이좋게 지내겠다고 약속할 거지?' 하고 말했어요."

"그 선생, 제정신이 아니었구먼."

하고 도다가 막말을 하는 바람에

"아니, 말을 그렇게 하면⋯⋯"

하고 내가 다시 가로막고 나설 수밖에 없었다.

"생각해 봐. 안 그래?"

도다가 고개를 비틀었다.

"학교가 어떤 식으로 돌아가는지는 잘 모르지만 말이야. 외모가 남들하고 좀 다르고 성격이 어둡다는 이유로 왕따를 시키는 놈하고 우리 믹키가 왜 사이좋게 지내줘야 하난 말이지."

지당한 말이다. 어른들은 아이들의 갈등을 손쉽게 수습하려고 "사이좋게 지내라"라는 안일한 말을 하기 쉽다. 그렇지만 따지고 보면 남에게 상처를 주는 상대와 사이좋게 지낼 필요가 과연 있을까? 도다가 제안했듯이 그런 놈에게는 절교 선언장을 던져버리는 편이 마땅하다. 아니, 그건 그렇다 치고, 이 인간은 말끝마다 자기 제자를 깎아내리는 발언을 왜 자꾸 하는 거야? '어두운 성격'이 아니라 '얌전한 성격'이라고 해야지. 이렇게 말해주고 싶은데 차마 입이 떨어지지 않아 입가만 움찔거렸다.

"쓰치야도 작은 쌤이랑 똑같이 말했어요."

하루토가 중얼거렸다.

느닷없이 등장한 쓰치야가 누구야? 나와 도다의 궁금증을 알아차렸는지

"3학년 때부터 같은 반이 된 친구예요."

하고 하루토가 덧붙였다.

"학교 도서관에서 같이 광석 도감도 보고 휴일에는 전철 타고 다마가와강변에 가서 돌을 찾기도 하고. 우린 둘 다 돌을 좋아하거든요."

"돌?! 우와~ 너 진짜로 성격이 너무 어두……"

도다의 발언이 또다시 이상하게 흘러갈 듯한 위기를 감지한 나는 팔꿈치로 도다의 옆구리를 쿡 찔러서 막았다. 호텔리어로

서는 물론이고 일반 사회의 예의 차원에서 보더라도 부적절한 행위였으나 어쩔 수 없었다.

도다는 "아, 왜~"하며 옷 위로 옆구리를 벅벅 긁었고, 하루토는 어른들의 행동에 개의치 않고 이야기를 계속했다.

"쓰치야가 선생님한테 '어째서 미키가 그런 놈들이랑 사이좋게 지내야 하는 거예요?' 하고 질문했어요. '선생님은 저 애들이 무슨 짓을 하는지 제대로 감시하고 지도해야 하는 거 아닌가요? 내가 이 반에 들어왔을 때부터 미키가 당한 왕따를 모조리 다 기록해뒀어요. 이제 슬슬 저 녀석들 이름이 다 들어 있는 동영상이랑 녹음을 SNS에 뿌릴까 하던 참이었거든요. 그렇게 했다고 미키를 더 괴롭히거나 나도 똑같이 왕따시키거나 하면 경찰에 신고도 하고 변호사도 쓸 작정이에요. 저 녀석들이 어디 멀리 있는 학교로 뿔뿔이 전학 갈 때까지 계속 싸울 거예요'라고요."

"대단하네~!"

내가 말했다.

"틀린 말이 하나도 없는 데다가 용기도 끝내준다. 나 같았으면 절대로 그렇게 행동하지 못했을 거야."

"저도 깜짝 놀라서 '학급 회의'가 끝나자마자 쓰치야한테 고맙다고 말했어요. 그랬더니 '아니, 괜찮아. 난 저런 바보 같은 놈들이랑 같은 교실에 있다는 자체가 짜증이 나서 그랬어'라고 말하더라고요."

이렇게 쿨한 초등학생이 있었다니. 담임 선생도 쩔쩔매고, 왕따를 시키던 아이들도 겁이 났는지 그 이후로는 지금까지 하루토를 괴롭히는 일이 없어졌다고 한다.

"그 뒤로 쓰치야하고 나하고 둘 다 돌을 좋아한다는 걸 알고는 친해졌고 괴롭히던 아이들은 올해 딴 반으로 가게 되어서 같이 떠들거나 노는 다른 친구들도 생겼어요."

정말 잘됐네. 다행이다. 그런데 그렇다면 하루토가 도다를 만나려고 한 이유는 무엇일까? 도다는 완력이 남다르게 보이니까 왕따시키는 초등생 정도는 한 번에 50명도 자빠트릴 수 있게 생겼다. 그러나 굳이 도다의 힘을 빌리지 않아도 이번 건에 대해서는 해피엔드로 끝난 게 아닌가?

옆에 앉은 도다의 눈치를 살피자 이야기가 지루했는지 두 번째 피낭시에를 우적우적 먹는 중이었다. 이번에도 버터 맛이다. 우리 호텔 케이크를 마음에 들어 하니 다행이기는 하나 이런 사람만 믿고 가만히 있어 봐야 도무지 일이 진행될 것 같지 않았다.

아무래도 내가 나서서 하루토한테 용건을 물어볼 수밖에 없겠다는 생각이 들었다. 몇 가지 안 되는 정보를 떠올리며 나름대로 추측해서

"그래서 하루토가 도다 선생님한테 부탁하고 싶다는 게 뭘까?"

하며 부드럽게 말을 꺼낸 다음

"혹시 편지 같은 거랑 관계가 있나?"

라고 덧붙였다.

"쓰즈키 아저씨도 대단하시네요! 어떻게 알았어요?"

하루토가 살짝 흥분한 목소리로 물었다.

"편지라면 벌써 써줬잖아."

도다가 피낭시에 개별포장지를 잘 말아 묶으면서 옆에서 끼어들었다.

하루토한테는 '어떻게 알았냐니, 그걸 어떻게 모르겠어?'라고 반문하고 싶었다. 서로 인사를 나누자마자 편지 이야기를 했으니 '아, 뭔가 편지에 대해 궁금한 게 있구나' 하고 짐작하는 게 당연하지 않은가?

그리고 도다에게는 '야쿠자가 조직에서 누군가를 내쫓을 때나 쓰는 절연장 같은 절교 선언장을 편지랍시고 주면 어쩌란 말이냐?'고 따지고 싶었다.

하루토가 순하고 영리한 아이라는 사실은 조금만 이야기를 하면 금방 알 수 있다. 그런 하루토에게 밑바닥 인생들의 거칠고 험한 갈등이 가득 담겼을 법한 이상한 편지를 써주다니 제정신인가 싶다. 서예 교실에서 3년 동안이나 하루토를 봐온 선생이라는 작자가 학생의 본질을 전혀 모른다는 뜻이다. 반성의 뜻으로, 붓을 꺾어야 마땅하지 않은가?

물론 이 중 어떤 말도 입 밖으로 꺼낼 수는 없었기에 얼음이 녹아 맛이 희미해진 칼피스를 말없이 마실 뿐이었다. 다행히 그 사이에 하루토가 진짜 할 말을 꺼낼 마음이 생긴 모양이었다.

"쓰즈키 아저씨 말대로 내가 작은 쌤한테 부탁하고 싶었던 건 편지 쓰기예요."

하루토가 말하면서 자세를 바로잡았다.

"쓰치야가 2학기 때부터 모리오카에 있는 학교로 전학을 가게 되었어요. 어머니 일 때문에 여름방학 때 온 가족이 이사한대요."

"엄청 아쉽고 마음이 힘들겠네. 하루토도 그렇고 쓰치야도 그렇고."

진심에서 우러나온 말이었다. 돌을 좋아하는 초등학생이 얼마나 있는지는 모르지만 내가 어렸을 때 소설과 만화를 좋아하는 친구가 전학을 간 적이 있어서 취미를 함께하는 동무를 잃는 괴로움과 심심함이 어떤지 잘 알기 때문이다.

"네…… 아니에요."

하루토가 가로인지 세로인지 모를 방향으로 목을 애매하게 흔들었다.

"그야 아쉽기는 하지만 그래도 괜찮아요. 이와테에 미야자와 겐지(宮沢賢治, 1896~1933. 이와테현 출신의 일본 문인이자 교육자. 애니 메이션 〈은하철도 999〉의 원작인 《은하철도의 밤》이 저서로 가장 유명하다-옮 긴이)가 돌을 주웠던 해안이 있다고 하는데 쓰치야는 꼭 거기 가 보겠다고 지금부터 신나 해요. 나도 계속 돌을 수집할 생각이에 요. 그리고 지금 있는 학교에서 다른 애들하고도 그럭저럭 잘 지 낼 수 있을 것 같고요."

'그래그래, 하루토. 그사이에 많이 컸구나……'

오늘 처음 만난 초등학생인데도 그 의젓한 말을 들으니 뿌듯 하고 감격스러웠다. 아마 쓰치야가 말한 곳은 '영국해안(イギリス 海岸)'일 테고, 사실은 진짜 바닷가가 아니라 미야자와 겐지가 기 타가미가와강변에 그렇게 이름을 붙였을 뿐이다. 하지만 무슨 상관이란 말인가? 그저 쓰치야가 '영국해안'이 진짜 바닷가인 줄 알고 엉뚱한 곳에 가서 돌을 줍는 일이 없기만을 바랄 뿐이다.

"이런 식으로 생각할 수 있게 된 것도"

하며 하루토가 말을 이었다.

"쓰치야 덕분이에요. 그래서 걔가 이사 가기 전에 꼭 편지를 써주고 싶어요."

"아마 쓰치야도 정말 좋아할 거야."

하고 내가 동의했다.

"그래, 잘 써줘라."

하며 도다도 고개를 끄덕인 다음 그럼 됐네 하는 표정으로 자리에서 일어서려 했다. 그런 도다의 옷자락을 내가 확 잡아끌어 도로 앉혔다. 잘 써줘라, 하고 끝날 일이면 이 아이가 혼자 남았을 리가 없지 않은가. 하루토가 진짜 부탁하고 싶은 말은 지금부터 나올 텐데 어째서 이 사람은 이리 눈치가 없는지, 원.

"그런데 어떻게 써야 하는지 모르겠어요."

하루토가 우물쭈물 머뭇거리면서 말했다.

혹시 이 아이도 글쓰기가 숙제로 나오면 자기 머리로 하나도 생각하지 않고 인터넷에서 검색한 글을 적당히 베끼는 요즘 세대인가? 갑자기 든 생각에 화들짝 놀랐다. 그러나 찬찬히 살펴보니 그렇지 않음을 바로 알 수 있었다.

하루토는 쑥스러운 것이다. 편지 그 자체도 그렇지만 자기 마음을 말로 표현해서 누군가에게 전한다는 행동 자체가 너무 낯설어서 어찌할 바를 모르는 것이다.

하긴 그럴 만하지. 아직 초등학생인데. 나는 왠지 흐뭇해졌다. 어른이라도 어려운 일인데 감수성이 예민한 소년이니 더욱 어렵게 느껴지는 게 당연하겠구나 싶었다.

아무래도 쓰치야에 대한 고마운 마음을 솔직하게 표현하는 게…… 하면서 어른으로서의 경험을 가지고 조언하려는 찰나에

"뭘 그런 걸 고민해. '평생 절친하자' 하면 끝이지."

하고 도다가 한마디로 끝내버렸다. 이보다 더 경박하고 쓸모 없는 조언이 세상에 존재한다면 제발 내게 알려줬으면 좋겠다.

"그게 다예요?"

하루토도 불만을 표시했다.

"작은 쌤은 다른 사람 대신에 편지를 써주는 일도 한다고 했죠?"

"대필 말이지?"

"네, 그거요! 쓰치야한테 보내는 편지를 쌤이 대필해 줬으면 좋겠어요."

그렇군. 이제야 하루토가 부탁하려던 게 무엇인지 분명해졌 다. 도다가 서예가, 서예 교실 선생, 필경사 외에 대필까지 한다 는 이야기는 처음 들었지만 말이다. 그런데 과연 편지 대필이 좋 은 방법일까? 아무리 서툴러도 직접 쓴 편지라야 진심이 전달되 지 않을까? 대필이라는 상당히 보기 드문 직업을 가진 사람이 우연히 옆에 있다 하더라도 그런 사람에게 안일하게 의지해서는 안 되지 않을까?

그러나 하루토도 절박한 모양이었다.

"쓰치야한테서 이사 간다는 말을 들은 뒤로 일주일 동안 편지 를 써보려고 진짜 노력했어요."

하며 열심히 설득에 나섰다.

"그런데 어떻게 써야 할지 진짜 모르겠더라고요. 물론 한마디로 줄이면 '평생 절친하자'겠지만 도쿄랑 모리오카는 많이 멀잖아요. 우리는 아직 어리고, 난 아직 핸드폰도 없고, 그러니까 실제로는 거의 연락하기 힘들 거고, 만나기도 힘들 거잖아요. 그럼 지금처럼 친하게 지내기는 힘들 거고, 그래도 내 마음속에는 쓰치야가 계속 친구로 남아 있을 텐데. 아무튼 이런저런 생각을 하다 보니까 머리가 너무 복잡해져서……."

지금까지 말없이 얌전하기만 하던 모습을 벗어던지고 정신없이 말을 쏟아내는 하루토를 "그래, 알았으니까 잠깐 숨 좀 돌리자. 자, 이거 마시고"하며 내가 진정시켰다. 하루토는 칼피스를 단숨에 벌컥벌컥 들이켠 다음 숨을 한 번 푹 내쉬더니

"어쨌든 너무 쓸 말이 많아져서 써도 써도 끝이 없더라고요."

하고 말했다.

"그래서 작은 쌤한테 대필을 부탁해야겠다고 생각했어요."

하루토가 서예 가방의 바깥 주머니에서 편지지 세트와 필통을 꺼냈다.

"이 편지지에 들어갈 정도로 써주세요."

하루토가 편지지 세트를 비닐에서 꺼내 책상에 펼쳐놓았다. 내용물은 봉투 두 장과 간격이 큼직한 줄이 쳐진 편지지 네 장이었다. 바탕은 하늘색이고 봉투에도 편지지에도 가장자리에 둥글둥글한 신칸센 일러스트가 있었다. 봉투 한 장은 예비로 두고 편

지지 네 장에 들어갈 분량의 편지를 대필해달라는 뜻인 모양이었다.

도다는 "흠~" 하면서 편지지 세트를 내려다보더니

"그나저나 대필은 할배가 하던 일이고 지금은 거의 폐업 상태인데."

하고 말했다.

"왜요? 작은 쌤은 내 글씨랑 똑같이 쓸 수 있잖아요?"

"그야 할 수 있지. 아마 할배보다 훨씬 더 비슷하게 쓸 수 있을걸. 그래도 믹키, 네 부탁을 들어주는 건 못 하겠는데. 할배 귀신을 불러서 부탁해 보든지. 아, 여기서 부르지는 말고. 난 그 잔소리 또 듣고 싶지 않으니까."

설마설마했는데 이제 확신이 들었다. '할배'라고 도다가 부르는 사람은 돌아가신 도다 야스하루 씨가 분명했다. 아버지이기도 하고 서예 교실의 전 원장이기도 한 야스하루 씨를 '할배'라는 불손한 호칭으로 부르다니 싶었다. 그런데

"할배 쌤이 진짜로 살아나서 다시 있었으면 좋겠다……."

하고 하루토가 탄식하는 말을 들어보니 야스하루 씨가 서예 교실에서 아이들의 존경과 사랑을 받는 고령 남성이었고 '할배'도 그런 애정이 담긴 호칭이었다는 사실을 알 수 있었다.

"그런데 왜 작은 쌤은 대필을 못 하는 거예요?"

하루토가 끈질기게 물고 늘어졌다.

"그야, 할배랑 달리 난 가방끈이 짧으니까."

하고 도다가 곤혹스러운 표정으로 머리를 벅벅 긁었다.

"글씨만 잘 흉내 낸다고 다가 아니잖아. 글을 어떻게 써야 할지 알아야지……."

그때 도다가 갑자기 말을 끊더니 이 교실에서 편지 글귀를 만들어낼 가능성이 있는 마지막 한 사람, 즉 나에게 눈길을 보냈다.

"아니, 저도 배운 건 없어요."

필사적으로 고개를 저었는데 하루토마저 기대에 찬 눈으로 나를 바라보기 시작했다.

"지카, 너 취미가 뭐야?"

하고 도다가 엄숙한 목소리로 물었다. 독서와 경마다. 그런데 지금 독서라고 하면 안 될 것 같은 분위기여서

"경마요."

하고 대답했더니

"믹키, 기뻐해라. 인간은 물론이고 말의 마음마저 헤아릴 수 있는 학식을 가진 사람이 여기 있네."

라는 해설이 따라왔다.

"그게 무슨 말도 안 되는 소리예요~?!"

기어이 소리를 지르고 말았다.

"전 도다 씨에게 주소 쓰는 일을 의뢰하려고 온 일개 호텔리어일 뿐이에요. 그런 제가 왜, 어째서 편지 글귀를 생각해내야 하냐고요!"

"지카가 주장하는 바를 요약하면 '그냥은 못 해준다'라는 거야."

하고 도다가 또 엉터리 통역을 했다. 그러자 하루토가

"여태까지 모아둔 세뱃돈 2만 엔 하고 이번 달 용돈 남은 게 300엔 있어요."

라고 진지한 표정으로 대답했다.

"나랑 반땡하면 되겠네."

도다가 사악한 미소를 지으며 나에게 제안했다.

"초등학생한테 삥을 뜯을 작정이에요?"

도다는 말을 진정시키듯이 내 어깨를 한 손으로 토닥거리고 가볍게 흔들면서 속삭였다.

"잘 생각해 봐, 지카. 이대로 가다가는 끝이 없어. 믹키도 포기하지 않을 테고, 그럼 우리도 일 얘기를 못 하니까 너는 영원히 이 집에서 나갈 수 없는 거야."

불길한 예언 같았다. 나는 어깨에 얹어진 도다의 손을 탁, 쳐서 뿌리치고는

"정 안 될 것 같으면 주소 쓰는 작업을 다른 분께 부탁드리면

그만이죠."

하고 말했다.

"그래? 진짜로 그래도 돼?"

도다가 능글능글 웃으면서 물었다. 자신만만한 그 표정 때문에 속이 더 뒤집혔다. 사실 붓글씨 샘플에 대한 미나세 씨의 사모님과 따님의 반응을 생각하면 어지간한 일이 아닌 한 도다에게 의뢰해야 하는 실정이다. 그러지 못하면 미카즈키 호텔로서도 면목 없는 일이 되고 호텔리어로서 내 체면도 깎여버릴 것이다.

물론, 이미 '어지간한 일'이 일어나고 있는 듯한 생각이 들기도 했다. 그런데 적어도 도다는 악하거나 멍청한 남자는 아닌 모양이다. 남의 이야기를 제대로 귀담아듣지 않고 태도도 껄렁껄렁해 보이지만 서예 교실에서 지도하는 모양새나 하루토를 대하는 태도 등을 보면 초대장 명단을 악용할 인물로 보이지는 않았다.

그렇다면 이참에 도다에게 협조하고 어떻게든 일 이야기를 빨리 진행할 수 있도록 노력하는 게 최선일까? 아아, 하라오카 씨, 지금 말도 안 되는 상황이 벌어지고 있는데 도대체 어떻게 하면 좋을까요⋯⋯!?

"일단은 딱 한 번만, 시험 삼아 해보자고."

이제껏 눈치코치 없는 사람처럼 굴더니 내 마음속의 갈등만큼은 재빨리 포착한 도다가 이때다 싶었는지 설득을 계속했다.

"지카는 믹키의 마음을 대변하는 글을 만들고 나는 믹키의 글씨체를 흉내 내서 그걸 종이에 쓰는 거야. 어때?"

"……알겠습니다. 한번 해볼게요."

나는 어쩔 수 없이 도다의 제안을 받아들였다. 오늘 아침 야간 근무를 마치고 아침 8시에 낮 근무자들에게 업무를 넘겨준 다음 초과근무를 해서 밀렸던 행정업무를 처리했다. 직원용 샤워실에서 가볍게 씻은 다음 점심을 먹고 호텔을 나서서 이곳으로 온 것이었다.

휴식 시간도 가졌고 잠시 눈을 붙일 시간도 있었지만, 그래도 명백한 초과근무다. 당연히 초과근무 수당이 나오기는 하지만. 진이 빠지는 느낌이어서 빨리 일을 끝내고 집에 가서 밥 먹고 쉬고 싶었다. 내일도 오후 1시부터 종일 일해야 한다.

도다는 종이 깔개와 먹물이 든 재떨이를 책상 구석으로 치우더니 편지지 세트를 자기 앞으로 끌어당겼다.

"자, 그럼 시작할까? 그 절친 이름이 뭐였더라?"

"쓰치야요. 쓰치야 가즈타카. 직접 줄 생각이니까 주소는 필요 없어요."

하루토가 한자로 이름을 어떻게 쓰는지 설명하자 도다는 필통에서 2B 연필을 꺼내 봉투 앞쪽에 '쓰치야 가즈타카에게', 뒤쪽에 '미키 하루토'라고 썼다. 긴장된 표정으로 지켜보던 하루토가

"내 글씨다!"

하고 감탄하면서 작게 소리쳤다.

나도 놀라서 눈이 커졌다. 도다가 봉투에 쓴 글씨가 정말 초등학교 5학년의 필체처럼 보였기 때문이다. 약간 힘이 들어가서 비뚤어져 있으면서도 아까 하루토의 붓글씨에 나타난 섬세한 선의 특징이 연필로 된 글씨체에 그대로 반영되어 있었다. 지금까지 도다가 쓴 어떤 글씨와도 비슷한 점이 전혀 없었다. 예를 들어 방금 책상 끄트머리에 치워놓은 절교 선언장과 지금 봉투에 적은 글씨를 비교해 보면 도저히 같은 인물이 썼으리라고는 생각되지 않을 정도였다.

왠지 소름이 돋았다. 이게 과연 '붓글씨 실력이 뛰어나다'라는 정도의 표현으로 평가할 수 있는 차원인가? 도대체 어떤 필체가 도다 본인의 글씨체란 말인가? 저마다 전혀 다른 사람이 빙의해서 쓴 글씨 같아 보인다. '빙의'라는 단어가 딱 맞다는 생각이 들었다. 필체 자체에 빙의되고 사로잡혀서 도다 자신의 성격이나 생각은 사라져 버린 느낌이었다.

"음~, 괜찮아 보이네."

도다는 반짝거리는 눈빛으로 자기가 쓴 글씨를 보더니, 봉투를 옆으로 밀어 놓고 편지지를 당겨서 연필을 잡고 준비 태세를 갖췄다.

"일단 하는 데까지 해볼게. 영 안 되면 믹키 너도 그냥 포기하고 '평생 절친하자' 노선으로 가라. 알았지?"

"네."

하루토가 고개를 끄덕였다. 드디어 내가 나설 차례다.

도다의 필체가 카멜레온처럼 자유자재로 변신할 수 있다는 점이 좀처럼 이해가 되지 않았지만, 어차피 나는 서예에 관해서 아무것도 모르는 사람이다. 도다의 원래 글씨체가 어떨지 상상도 되지 않는다. 그보다 지금은 도다를 본받아 하루토의 마음에 빙의해야지……!

나는 되도록 의식을 편지지에 집중시키면서 입을 열었다.

"안녕하십니까. 본격적인 여름을 맞이하여……."

"그게 뭐야?!"

도다가 단번에 확 잘랐다.

"'본격적인 여름을 맞이하여'로 편지를 시작하는 초딩이 세상 천지 어디에 있냐? 아무리 찾아봐도 지구상에 한 명도 없을 거거든. 안 그래, 믹키?"

"아…… 음, 글쎄요."

하루토의 목이 이번에도 가로인지 세로인지 모르는 방향으로 움직였다.

"한 명쯤은 있을 것도 같은데."

초등생이 나를 배려해서 마음에도 없는 소리를 하는 게 보였다.

자기가 쓴 절교 선언장은 이보다 훨씬 더 심한 '근계(謹啓, 삼가 아뢴다는 뜻)'로 시작했으면서, 하고 속으로 투덜거리면서도 하루토에게 미안한 마음이 들어

"죄송합니다. 너무 긴장하는 바람에 그만……."

하고 말했다.

"하루토도 아저씨 눈치 보지 말고 아니다 싶으면 분명하게 말해줘."

"네."

숨을 크게 들이마셨다. 눈을 감고 하루토의 마음이 어떨지 열심히 상상하려고 노력했다. 함께 돌을 수집하러 다니던 소중한 친구. 상대가 어른이건 남을 괴롭히는 아이들이건 이상한 점에 대해서는 이상하다고 당당하게 주장하고 잘못된 일에 대한 저항을 어떻게 해야 하는지까지 알려준 친구. 하지만 앞으로는 거의 만나지 못하게 된다. 어쩌면 다시는 못 볼 수도 있다.

나는 편지 글귀를 말하려다가

"아 참, 그러고 보니……."

하고 문득 떠오른 것이 있었다.

"뭐 하는 거야? 빨리 시작하지."

당장이라도 연필을 편지지에 대고 쓰기 시작하려던 도다는 순

간적으로 힘이 꺾였는지 팔꿈치를 책상에 툭 내던졌다.

"죄송합니다. 제일 중요한 점을 물어보지 않았네요. 하루토는 쓰치야를 평소에 뭐라고 부를까요? 그러니까 우리한테 설명할 때가 아니라 쓰치야랑 편하게 놀면서 부를 때 말입니다. 그 점을 분명히 해두지 않으면 이 편지의 신빙성이 없어지지 않을까 싶은데요."

"그야 '쓰치'겠지. 쓰치야 라는 성을 가진 친구를 쓰치 말고 다른 별명으로 부르는 사람이 세상천지 어디 있겠어? 이 지구상에 한 명도 없을걸."

도다가 확신에 찬 말투로 단언했다. 그런데

"아니요…… 그냥 평소에도 '쓰치야'라고 부르는데요."

하고 '쓰치'라고 부르지 않는 사람이 지구상에 최소한 한 명은 있다는 사실을 하루토 자신이 증명했다.

"학교에서 별명으로 부르면 안 된다는 규칙이 있거든요. 이상한 별명을 붙여서 놀리거나 괴롭힐 수도 있다고 해서."

"진짜로? 그런 방법이 효과가 있기는 한 거야? 별명으로 부르지 말게 했어도 믹키 너는 왕따를 당했잖아?"

또다시 눈치 없이 막말하는 도다를 내가 팔꿈치로 푹 찔러 공격했다. 옆구리를 슬슬 쓰다듬는 도다는 아랑곳하지 않은 채

"나한테는 별로 효과가 없는 규칙이었죠."

하고 하루토가 쓴웃음을 지으며 인정했다.

"상대가 싫어하는 별명을 지어서 놀릴 만한 애들은 별명이 금지되어도 다른 방법으로 괴롭히니까요. 쓰치야는 나를 왕따시키던 애들을 항상 '불쌍한 녀석들'이라고 불렀어요. '스트레스가 잔뜩 쌓여 있는 거야. 케이지에 갇힌 실험 쥐들도 아닌데 말이야. 보통 같으면 스트레스가 쌓였다고 다른 사람을 괴롭히거나 하지 않을 텐데 저러는 걸 보면 저 녀석들은 머리가 나빠서 생각을 못 한다는 뜻이야. 선생님도 그래. 걔네한테 왜 미키를 괴롭히냐고 물어보면 어떡하냐? 너한테 원인이 있는 것도 아닌데 말이야. 그 애들한테 마음속에 무슨 문제가 있기에 남을 자꾸 괴롭히는지 물어보고 생각하게 해야지. 그렇게 하다 보면 어쩌면 그 애들의 문제를 해결할 방법을 찾을 수도 있을 테고. 나야 그렇게까지 친절하지 않으니까 '그냥 확 꺼져버려'로 끝낼 테지만.' 그렇게 말하더라고요."

그 쓰치야라는 애는 정체가 도대체 뭘까? 초등학교 5학년의 탈을 쓴 여든 살의 현자 아닌가? 아무리 그럴듯하게 편지를 써 봐야 상대가 쓰치야 정도면 틀림없이 들통이 나겠구나, 하는 생각이 들었다. 그래도 일단은 하루토의 마음을 전한다는 점이 중요하다.

나는 다시 한번 숨을 크게 들이쉬었다.

"쓰치야에게.

네가 2학기부터 전학 가고 없을 거라는 이야기를 듣고 너무 아쉬웠어. 그래서 편지를 쓰려고 일주일 동안 계속 노력했는데 제대로 쓰지 못했어."

도다가 사각사각 소리를 내며 연필을 움직였다. 곁눈질로 살펴보니 내가 말한 문장을 그대로, 한자와 히라가나를 초등학교 5학년답게 섞어 쓰면서, 하루토와 똑같은 필체로 써나갔다. 마치 처음부터 편지지에 희미하게 인쇄되어 있던 글을 그대로 따라 쓰듯이 자연스러운 글씨였다.

"너랑 돌에 관해 이야기할 수 있어서 정말 즐거웠어. 다마강변에 같이 가서 주운 돌은 상자에 잘 넣어서 내 방에 전시해 두었어. 정말 소중한 내 보물이야."

"아저씨가 그걸 어떻게 알아요?!"

하는 하루토의 외침에 도다의 연필 소리가 멎었다. 나는 꿈에서 방금 깬 사람처럼 잠시 여기가 어디고 내가 무엇을 하던 중이었는지 파악하지 못한 채 멍하니 있었다. 하루토의 마음이 되어 보려고 지나치게 집중한 나머지 어느새 정신이 혼미해져 있었던 모양이다.

"그냥 그럴 것 같은 생각이 들었어. 하루토라면 틀림없이 소중히 보관했겠구나 싶었지."

하루토가 기쁜 얼굴로 웃었다. 나는 다시 호흡을 가다듬고 편지지에 적힌 글자들을 바라보면서 의식을 집중했다. 벌써 한 장이 거의 채워진 것 같았다. 줄 간격이 넓은 데다가 아이가 쓴 글자처럼 보이려고 도다도 큼직큼직하게 썼기 때문이다. 전하고 싶은 내용을 빨리 정리해야 한다.

"예전에 '학급 회의'에서 쓰치야가 했던 말들이 가끔 생각이 나. '어째서 그런 녀석들과 사이좋게 지내야 하냐'고 네가 말해 주었지.

혹시 넌《은하철도의 밤》을 읽어본 적이 있니?"

"읽었어요."

하루토가 옆에서 끼어들어 대답하는 바람에 또다시 집중력이 흐트러졌다.

"전에 쓰치야랑 같이 학교 도서관에서 빌려서 읽었어요. 돌을 좋아하는 사람은 다들 읽었을 거예요."

"그렇구나. 미안해."

나는 아이들의 교양 수준을 몰라본 점에 대해 하루토에게 사과했고 도다는 그 문장을 지우개로 꼼꼼히 지웠다.

"전에 도서관에서《은하철도의 밤》을 빌려서 읽은 적이 있지? 그 소설에 수정이 나오잖아. 안에서 작은 불이 타오르는 수정 말이야. 그 수정이 내 마음속에도 있는데 네가 '학급 회의' 때 나를 위해 발언해 주었을 때부터 지금까지 계속 밝고 뜨거운 불이 그 안에서 활활 타오르고 있어. 그러니까 나는 너랑 다른 학교에 다녀도 슬프거나 힘들지 않을 거고 앞으로도 돌을 계속 수집할 거야.

만나기 힘들어지겠지만 언젠가는 너에게 내가 수집한 새로운 돌들을 보여주고 싶다. 네가 '영국해안'에서 주운 돌도 언젠가 꼭 보여줬으면 좋겠어.

건강하게 잘 지내. 모리오카의 집 주소를 편지로 알려줘. 나도 편지 또 쓸게. 핸드폰이 생기면 바로 연락할게.

조반니하고 캄파넬라처럼 나중에 너랑 같이 전철을 타고 다마강보다 더 멀리 여행해 보고 싶다. 어른이 된 다음에나 할 수 있을지 모르지만, 그때는 어딘가 멀리 있는 강가로 같이 가서 예쁘고 신기한 돌을 같이 찾아보자.

미키 하루토."

다 쓴 편지를 도다가 건네주자 하루토는 말없이 몇 번씩 읽고 또 읽었다. 그리고 편지지를 가슴에 꼭 끌어안더니

"작은 쌤, 쓰즈키 아저씨, 정말 고맙습니다."

하며 고개를 숙였다.

하루토는 편지와 필통을 서예 가방 바깥 주머니에 잘 집어넣더니 밝은 표정으로 돌아갔다. 물론 절교 선언장도 잘 접어서 같

은 주머니에 넣었다. 그냥 내버려두고 가면 도다한테 미안해서 그랬는지 아니면 정말로 언젠가 쓰려고 그랬는지 알 길은 없다.

나는 이상하게 갑자기 피로가 확 몰려와서 앉은뱅이책상 앞에 털썩 주저앉아 얼얼하게 저린 다리를 주물렀다. 빙의하듯이 누군가의 마음에 집중해서 글귀를 생각해 내는 작업은 상상했던 것보다 훨씬 체력을 소모하는 일이었다.

하루토를 현관까지 바래다준 도다가 부엌 쪽으로 난 장지문을 열더니 내가 있는 큰방을 들여다보았다.

"칼피스 한 잔 더 줄까?"

나 이상으로 빙의된 사람처럼 하루토의 글씨체를 그대로 흉내 내서 썼으면서 도다는 전혀 피곤을 느끼지 않는 모양이었다. 속으로 왜 이렇게 다른 거야 하고 억울해하면서

"아니, 괜찮아요."

하고 사양하고는 비틀거리면서 일어섰다.

"괜찮으시면 도다 야스하루 씨 영전에 인사를 드리고 싶은데요."

"영정은 2층에 있어. 아예 일 얘기도 거기서 하면 되겠네."

도다의 재촉을 받으며 가방과 피낭시에 상자를 들고 복도로 나갔다. 훅, 더운 기운이 들이닥쳤는데 방 안의 에어컨으로 차게 식은 몸에는 오히려 기분 좋게 느껴졌다. 큰방 맞은편에 있는 부

얽이 시야에 들어왔다. 점심으로 소면을 먹었는지 싱크대에 냄비와 채반이 놓여 있었다. 생활감이 넘치는 좁은 부엌은 장지문을 닫으면 어둠침침해진다.

도다를 따라 현관으로 이어지는 복도로 나선 내 발치에 부드럽고 따뜻한 무언가가 엉겨 붙었다.

"으악!" 하고 놀라며 아래쪽을 내려다보니 희끄무레한 고양이가 내 다리에 몸을 문지르는 중이었다.

"어, 여기 있었구나, 가네코."

하며 도다가 고양이를 안아 올렸다.

"초딩들이 있을 때는 어딘가에 숨어서 안 나오거든. 어른 교실 때는 여자 학생들 무릎에 올라가려고 하는 주제에 말이야."

그 말을 듣고 보니 냉장고 옆에 고양이 밥그릇과 물그릇이 놓여 있었던 게 생각났다. 고양이는 도다의 팔에 떡하니 앉은 자세로 있으면서 '네 놈은 도대체 누구냐?' 하는 표정으로 나를 쳐다보았다. 아까는 나랑 도다를 헷갈려서 몸을 비볐던 것인지도 모른다. 둥글둥글 살집이 있는 편이고 얼굴도 눈도 동그란 고양이다. 몸에 난 털 대부분은 하얀데 머리 꼭대기에서 왼쪽 귀까지, 그리고 엉덩이와 꼬리에 검은 얼룩이 있다. 더욱 눈에 띈 점은 코 밑에 가로 일직선으로 난 검은 무늬다. 마치 콧수염처럼 보였다.

그러나저러나 이름이 왜 가네코지? 미키 하루토가 믹키, 내 이름 쓰즈키 지카라에서는 지카, 이런 식으로 별명을 지은 지금까지의 방식으로 유추해 보면⋯⋯.

"혹시 고양이(일본어로 네코 – 옮긴이)라서 가네코인가요?"

"아니."

도다는 다른 자세로 고양이를 바꿔 안더니 현관 입구에 있는 계단 쪽으로 걸어갔다.

"가네코 노부오처럼 생겨서 가네코야."

왜 고양이만 다른 방식으로 이름을 짓는 거야? 그러나 듣고 보니 이해가 갔다. 콧수염도 그렇고 겁이 많으면서도 뻔뻔해 보이는 태도도 그렇고, 말 그대로 〈의리 없는 전쟁〉(1973년 방영된 유명한 일본 야쿠자 영화 – 옮긴이)에 나오는 가네코 노부오를 쏙 빼닮았다.

나도 모르게 픽 하고 웃음이 터져 나왔다. 도다 어깨에 턱을 괸 가네코 씨가 내려다보는 가운데 도다를 따라 계단을 올라갔다.

2층 면적은 1층보다는 좁아 복도 오른편에 방 두 개만 나란히 있었다. 도다는 계단에서 먼 쪽의 장지문을 열고 한 방으로 들어갔다.

그 방은 다다미 여섯 장 크기로 정면에는 뜰을 내려다보는 나지막한 창문이 있고, 창문 너머로는 빨래걸이 난간이 보였다. 내가 바깥에서 관찰했던 대로 처마 밑에는 작은 수건들이 걸렸고, 빨래걸이 난간에는 화분들이 나란히 있었다. 가까이서 보니 알로에로부터 만년청에 들장미까지 통일성이라고는 전혀 없는 조합이었다.

앉은뱅이책상과 방석이 창문을 바라보는 방향으로 놓인 것을 보니 도다는 이 방에서 일하는 모양이었다. 오른편에 옆방으로 이어지는 장지문이 있었다. 아마 옆방을 침실로 쓰는 것 같았다. 1층에 있는 방들은 모두 서예 교실로 사용되고 사생활 공간은 2층밖에 없는 것으로 보아 도다에게는 돌아가신 야스하루 씨 외에 다른 가족은 없는 모양이었다.

왼편 벽에 천장까지 닿는 책장과 가슴 높이의 나무 서랍장이 있었다. 책장에 서예 관련 서적들과 한자 사전류가 빽빽이 꽂혀 있었다. 낡은 서적들이 많은 것을 보니 원래는 야스하루 씨가 쓰던 방이었는지도 모르겠다는 생각이 들었다.

서랍장 위에 놓은 작은 사진 액자 두 개와 위패 둘이 보였다. 그 앞에 향꽂이가 있는 것으로 보아 이게 아까 말한 영정인 모양이었다.

도다는 가네코 씨를 바닥에 내려놓더니

"할배하고, 10년 전에 세상을 떠난 할배의 배우자인 할매."

하고 소개하면서 두 액자를 가리켰다.

사진 속의 도다 야스하루 씨는 고집스럽게 생긴 표정을 지은 채 양손으로는 브이 자를 만든 모습이었다. 좀 제대로 찍은 사진을 영정사진으로 쓰지, 하고 생각했지만 그런가 보다 했다.

나는 머릿속이 좀 혼란해졌다. 야스하루 씨는 80대 중반으로 보이는데 도다의 아버지라고 하기에는 나이가 너무 차이나지 않나 하는 생각이 들었기 때문이다. 야스하루 씨의 아내라고 한 여성의 사진은 마당에서 찍었으리라 짐작되었다. 호접란을 화분에 옮겨 심으면서 이쪽에 눈길을 주고는 부드럽게 미소 짓는 모습이었다. 10년 전쯤의 시점에서 이미 70대 정도로 보였다. 이 또한 도다의 어머니치고 너무 많은 나이다. 더구나 도다는 야스하루 씨에 대해서도 야스하루 씨의 아내에 대해서도 '부모'라는 말을 단 한 번도 쓰지 않았다.

내가 궁금해하는 바를 알아차렸는지

"난 양자거든."

하고 도다가 중얼거렸다.

"이 집에 온 지 한 12, 3년쯤 되었나? 할배는 모르겠고, 그래도 할매한테는 신세를 많이 졌지."

"그랬군요."

그제야 이해가 갔다. 출중한 서예 실력을 보고 양자로 들였겠다고 짐작했다.

"정식으로 다시 인사드립니다. 고인을 보내시고 얼마나 애통하십니까. 삼가 명복을 빕니다. 미카즈키 호텔에서 야스하루 씨와 오랜 기간 함께 일한 하라오카도 오늘 함께 오려 했으나 이미 정년 퇴임을 한 데다가 요통으로 요양 중이라 오지 못했습니다. 대신에 '삼가 고인의 명복을 빕니다'라는 인사를 전해달라고 했습니다."

"아이고, 이것 참……."

도다는 그렇게 말하면서 일찌감치 방석을 차지하고 앉았던 가네코 씨를 획 들어 올렸다. 그 방석이 미끄러져서 내 앞으로 왔다. 나는 도다에게 양해를 구하고 향에 불을 붙여 향꽂이에 꽂은 다음 방석에 무릎을 꿇고 앉아 영정 앞에 손을 모았다. 위패와 사진이 서랍장 위에 있어서 상당히 올려다보는 모양새가 되었지만 어쨌든 마음속으로 지금까지 미카즈키 호텔에 공헌해 주셔서 감사하다는 인사를 드렸다. 서랍장 위에는 공간이 없어서 피낭시에 상자는 서랍장 앞의 바닥에 놓아두기로 했다.

조문을 마치고는 앉은뱅이책상에 기대서 양반다리를 하고 있던 도다 쪽으로 몸을 돌렸다.

"도다 씨는 지금 혼자 사십니까?"

"가네코가 있으니까 혼자는 아니겠지."

도다가 가랑이 사이에 자리 잡은 가네코 씨의 등을 쓰다듬으면서 대답했다. 가네코 씨가 나를 가만히 노려보면서 "응냐옹, 냐옹" 하고 울었다. "이렇게 매력적인 내 존재가 네 눈에는 보이지 않는 게냐? 거기다 대고 '적적하시겠네요'라니, 이 버릇없는 놈 같으니" 하고 나무라는 듯했다. 하긴 정말이지 얄미운, 아니, 든든한 짝이기는 하다. 반려동물 하나 없이 말 그대로 혼자서 사는 나로서는 뭐라 할 말이 없었다.

방충망 너머로 뜨뜻미지근한 여름 바람이 불어와 처마 밑에 널린 수건들을 흔들었다. 향에서 나는 개운한 향기가 방 안에 퍼졌다.

잠시 침묵이 흐르고 할 말이 없어진 나는 이제 슬슬 일 이야기를 시작해야겠다 싶어 가방에서 자료를 꺼내려는데

"그러고 보니"

하고 도다가 말했다.

"아까 믹키하고 현관에서 이야기했는데 대필에 대한 보수로 나랑 지카한테 우마이봉(개별포장으로 판매하는 옥수수 과자―옮긴이) 하나씩 주겠다던데."

"보수라니, 필요 없습니다."

진심으로 초등학생한테서 뭔가 보수를 받을 생각이었단 말인가? 이런 남자한테 일을 맡겨도 괜찮을까 걱정되어서 건네려고 했던 자료를 도로 내려놓았다.

"아, 정말? 난 또 '왜 마음대로 깎아주냐?'고 화낼 줄 알았더니."

도다는 가네코 씨의 귀를 손가락으로 집었다가 얼굴 살을 양쪽으로 잡아당겼다가 하고 장난을 치면서 말했다. 가네코 씨는 도다가 무슨 짓을 해도 싫어하는 기색 없이 골골거리기만 했다.

"우마이봉이라도 괜찮다면 그냥 받아주지, 그래? 다음에 올 때 꼭 가지고 오겠다며 믹키가 신이 나서 그러던데."

"아니, 전 이제 이쪽으로 올 일이 없을 것 같으니까……."

"어째서? 나한테 필경을 부탁하려던 거 아냐?"

도다가 손을 내미는 바람에 반사적으로 자료가 든 파일을 건네주고 말았다.

"그렇기는 하지만 일에 관한 이야기는 이메일이나 전화로도 충분하니까요."

"아닐걸? 이 집에 와야 할 텐데?"

도다가 파일에서 꺼낸 자료를 들여다보면서 씨익 웃었다. 또다시 불길한 예언을 들은 기분이었다.

"200명 좀 넘는 주소를 쓰는 일이군. 회사로 보내는 건가?"

"네. 명단은 나중에 이메일에 첨부해서 보내드릴 예정인데 대부분이 거래처 분들입니다."

"그럼 부서명까지 써야 할 테니까 시간이 좀 걸리겠네. 넉넉잡고 2주쯤 주면 좋겠는데 그렇게까지 여유가 없다 해도 열흘 정도는 잡아야 하겠어. 개당 요금은 이렇게 계산하는 걸로 됐고."

"감사합니다."

얼떨결에 도다에게 의뢰하는 걸로 결정되어 버렸다.

"그럼 내일이라도 봉투를 발송하겠습니다. 열흘 기준으로 작업을 해주시고 저희 쪽으로 반송해 주시면 됩니다. 수고비를 입금할 은행 계좌 등 자세한 사항은 '이메일'로 알려주세요."

"그러지 뭐."

이메일을 강조하면서 이야기했는데 도다는 듣는 둥 마는 둥 하더니

"지카는 우마이봉 중에서 어떤 맛이 제일 좋아?"

하고 뜬금없는 질문을 했다.

"살라미 맛이요."

"어린애들이 먹는 과자인데 무슨 술안주로 나올 법한 맛까지 있는 거야?"

도다가 신기하다는 듯이 물었다.

"믹키가 무슨 맛이 좋냐고 물어봤는데 난 먹어본 적이 없어서 말이야. '그냥 적당히 사 와'라고 해버렸으니까 살라미 맛도 들었기를 기도하도록 해."

우마이봉은 어른이 되고 난 다음에 먹어도 맛있는 과자다. 그

런 과자를 먹어본 적이 없다니 도다는 어지간히 잘 사는 집에서 귀하게 자란 모양이다. 말투로 봐서는 도무지 그렇게 보이지 않지만 '간식은 무조건 몸에 좋은 원료로 직접 만든 것만 먹게 한다'라는 집에서 왕자처럼 컸는지도 모른다. 하긴 얼굴만 보면 나무랄 데 없이 생겼으니까 '야생의 왕자'처럼 보이기도 한다.

"우마이봉에 대해서는 정말 신경 쓰지 않으셔도 됩니다."

내가 말했다.

"무엇보다도 그 편지 글귀에 하루토의 마음을 충분히 표현했다는 생각이 안 드니까요."

"그래? 믹키는 충분히 만족해하고 좋아하는 것 같던데?"

"아니요. 너무 갑작스럽게 한 일이라 하루토의 마음에 충분히 공감하지 못했습니다. 그 점이 너무 아쉬울 뿐입니다."

"지카도 참 고지식하다니까. 그나저나 말로는 싫다 싫다 했으면서 의외로 의욕이 충만했던 모양이네?"

도다가 웃으면서 놀리는 바람에 나는 얼굴이 새빨개졌다.

그 말대로 '누군가 무언가를 요청하면 전력을 다해서 응대한다'라는 호텔리어의 습성이 나오는 바람에 처음 하는 일이었지만 편지 대필 작업에 온 정성을 기울여서 가담해 버렸다. 도다가 쓰는 하루토의 필체가 신기하리만치 똑같아서 '나도 그에 못지않게 하리라' 하고 도전 의식이 발동한 부분도 있었다.

"편지 대필에서 제일 중요한 점은……"

하고 도다가 부드러운 목소리로 말했다.

"'의뢰한 사람의 이야기에 얼마나 열심히 귀를 기울이느냐에 달렸다'라고 하던데. 완성된 편지에 받는 사람에게 보낼 만한 내용이 실제로 담겼는지 아닌지는 그다지 문제가 안 된다고 하더라고. 대필하는 사람이 의뢰인의 마음을 글로 만들고, 더구나 본인의 필체와 똑같이 생긴 글씨로 직접 보게 해주는 것만으로도 의뢰한 사람이 충분히 만족하는 경우가 있다고. 대필의 제일 큰 효능은 바로 그런 거라고 하더군. 뭐, 이건 할배가 하던 말이지만."

도다가 서랍장 위로 눈길을 주면서 말했다. 그 눈길에는 존경이 담겨 있는 것 같았다. 나 혼자만의 착각은 아니라는 생각이 들었다.

"편지 대필이 무슨 상담 같은 느낌이네요."

내가 말했다. 내 문장이 하루토의 복잡한 심경을 정리하고 마음을 편하게 하는 데 조금이나마 도움이 되었다면 다행일 텐데.

"그럴지도 모르지. 지카는 대필업이 적성에 맞는 것 같은데. 뭔가 편하게 말을 꺼낼 수 있는 분위기도 있고."

"아니, 됐습니다. 너무 피곤해요. 저보다도 도다 씨가 더 잘하실 것 같은데요. 초등학생 글씨체까지 쓸 수 있다니."

"할배 말에 따르면 내가 쓰는 글씨는 본질을 모르는 단순한

'흉내 내기'라던데."

도다가 쓴웃음을 지었다.

"게다가 난 남이 하는 이야기를 잘 안 들으니까."

본인 스스로도 알고 있었다니 놀라울 따름이다. 뭐라고 대답해야 할지 몰라 가만히 있었더니

"그러고 보니 아까 갑자기 무슨 외국인들 이름이 나오던데."

하며 도다가 고개를 갸웃거렸다.

"믹키의 친구는 쓰치 한 사람밖에 없던 거 아니었나?"

무슨 소리인가 잠시 기억을 되짚어봤다.

"조반니와 캄파넬라 말이죠?"

이제야 생각이 나서 물었다.

"《은하철도의 밤》에 나오는 등장인물들입니다."

"뭔가 했더니 소설 이야기였군. 난 또 믹키의 이야기 중에 못 들은 부분이 있나 했네."

도다의 표정이 밝아졌다. 하루토는 쓰치야 말고도 다른 친구들이 생겼다고 했는데 그 부분은 역시 듣지 못한 모양이었다.

"그리고 무슨 수정이 어쩌고 하는 얘기도 그 맥주회사 이름 같은 소설에 나온다고 했지?"

"네. '이 모래는 모두 수정이다. 그 속에서 작은 불이 타오르고 있다'라는 대사가 나오거든요."

"그래…… 참 아름답네."

백조 정거장의 풍경이 눈앞에 보이는 사람처럼 도다가 미소를 지었다.

그 얼굴에 나는 뜻하지 않게 감동했다. 이 사람은 틀림없이 《은하철도의 밤》을 읽은 적이 없다. 미야자와 겐지를 알고 있을지도 의심스럽다. 서예가 하면 고금의 각종 서적에 통달한 사람들이겠거니 여기고 있었기에 이런 식이면 자기 일을 제대로 할 수 있을지도 심히 걱정되었다. 하지만 내가 암송한 한 구절만으로도 《은하철도의 밤》에 가득 찬 순수한 아름다움과 슬픔을 도다가 명확하게 느낄 수 있었구나, 하고 생각한 것도 사실이다.

내가 말하는 편지 글귀를 신들린 사람처럼 종이에 옮기던 도다의 모습이 떠올랐다. 온몸에서 새파란 불꽃이 피어오르는 듯한 모습이. 처음 들어보는 낱말들 속에 담긴 의뢰인의 진심을 민감하게 감지하여 풍부한 이미지로 만들어 글씨로 구현한다. 그런 도다의 감수성과 담력이 나에게 감동으로 다가왔다.

"지카는 역시 배운 사람이야."

도다는 도다대로 나에 대해 감탄한 모양이었다. 《은하철도의 밤》은 워낙 유명한 책이라 초등학교 도서관에도 다 비치되어 있을 정도다. 그런 책을 읽거나 글귀를 인용했다고 해서 곧바로 배운 사람이라고 부르기에는 무리가 있다는 생각이 들었다. 그러나 그 말을 부정하면 도다를 '배움이 없는 사람'으로 인정하는 꼴이 될 것 같아 "네, 아니, 뭐 그렇게까지는……" 하고 어중간하게 얼버무리고 말았다.

"보통 사람들은 소설에 나오는 문장을 줄줄 외지도 못하고, 그걸 편지 글귀에 알맞게 넣을 줄도 모르잖아. 우와~ 내가 정말 좋은 인재를 발견했네. 앞으로도 좁스랑 캄파뉴처럼 사이좋게 같이 대필업을 하자고."

"안 한다니까요!"

도대체 좁스와 캄파뉴는 또 누구야? 어쩌다가 조반니와 캄파넬라가 그렇게 된 거야?

피로감이 최대치에 도달했다. 그래서 "너 때문에 내 고추가 퉁퉁 붓겠다"라면서 도다가 가랑이에 있던 가네코 씨를 치우는 것을 보면서 나도 자리에서 일어섰다.

가네코 씨를 목도리처럼 목 뒷덜미에 얹은 도다가 현관 앞에서 나를 배웅했다. 그런 모습을 보는 것만으로도 후덥지근했다. 뒤돌아서기 전에 문밖에 서서 고개 숙여 인사하자

"또 와."

하면서 도다가 손을 흔들었다. 남의 말을 전혀 듣지 않는다는 사실을 또다시 입증한 셈이다. 어깨에서 늘어진 가네코 씨의 두꺼운 꼬리도 건들거렸다.

"'이메일로' 연락드리겠습니다."

　하고 인사한 다음 도랑길을 빠져나왔다.

　저녁 시간이 다 되었는데도 아직 날이 밝은 주택가의 다섯 갈래 길에는 여전히 매미 소리만 우렁차게 울릴 뿐이었다. 인적은 전혀 없고, 창가에 있던 작은 개도 안 보였고, 뒤돌아봐도 도다서예 교실은 보이지 않았다.

　낡은 주택에서 고양이랑 사는 남자. '바람 풍' 자를 쓰는 아이들. 편지 대필. 언제 이루어질지 모르는 돌을 주우러 함께 가자는 약속.

　나는 시모다카이도역을 향해 발걸음을 재촉했다.

　이 모든 게 꿈속에서 일어난 일 같았다.

2

물론 모두 현실에서 일어난 일이었다. 도다는 마감일에 맞춰 주소가 적힌 봉투들을 호텔로 배송했다.

봉투가 든 작은 상자가 미카즈키 호텔 직원용 출입구에 도착했을 때 나는 살짝 설레는 마음으로 내용물을 확인했다. 상자 안에는 초대장 봉투가 50장씩 다발로 방수를 위한 방습 포장지에 밀봉되어 비닐봉지에 들어 있었다. 방습 포장지를 뜯자 광물과 식물의 중간 어디쯤, 곰팡내 같기도 하고 좋은 냄새 같기도 한 먹물 특유의 냄새가 향긋하게 풍겼다. 시판 먹물이 아니라 일부러 먹을 갈아 쓴 모양이었다.

인정하고 싶지 않았지만 나는 감탄을 금치 못했다. 도다가 봉투에 쓴 붓글씨가 흑요석을 갈아서 녹인 먹물로 썼나 싶을 정도로 광택이 나는 깊은 빛을 머금고 있었기 때문이다. 아직 먹물이 마르지 않았나 싶어 나도 모르게 손가락 끝으로 살짝 만져보았을 정도다. 광택을 머금어 반짝반짝 빛난다고 할까 아무튼 샘플로 봤을 때보다 훨씬 요염하고 생동감 넘치는 글씨였다.

그러면서도 글씨가 과하게 튀는 느낌이 없었다. 어디까지나 '송별회'의 개최를 알리는 우편물로서의 조심성과 조화가 있었다. 이런 수준의 붓글씨를 짧은 기간에 대량으로 만들어내다니.

나는 글씨를 보는 눈이 없어 일반적인 기준으로 잘 쓴다, 못 쓴다고 하는 정도밖에 모르기에 도다가 서예가로서 어느 정도 실력을 갖췄는지 판단하기는 힘들다. 그러나 적어도 필경사로서는 상당히 실력 있고 유능하다고 할 수 있을 것 같았다.

예상보다 완성도가 훨씬 높은 내용물에 감탄을 연발하다가 문득 '아니, 이러고 있을 때가 아니지' 하고 초대장 명단과 봉투를 대조해 보는 작업을 시작했다. 아무리 보기 좋은 글씨라도 도다가 쓴 주소나 이름에 오탈자가 많을 수도 있다는 생각이 들어서였다. 도다에게 일을 의뢰한 게 이번이 처음이니만큼 빈틈없이 꼼꼼하게 다 확인해야 한다. 그런 내 행동을 동료가 알아차리고 '심술궂은 시어미가 며느리 허물을 찾듯이 한다'라며 눈을 흘길까 봐 사무실 안에 누가 없는지 둘러보고 나서야 작업을 시작했다. 소심남의 끝판왕이다. 평소에도 주소가 제대로 적혔는지 확인은 하지만 이번에는 도다가 과연 제대로 했는지 '확실하게 알아봐야겠다' 하는 괜한 심술이 발동한지라 제 발이 저려서 다른 직원들의 시선을 더 의식했다.

두 번을 반복해서 대조해 본 결과 200통이 넘는 봉투에 적힌 글씨에 단 하나의 오자도 없음이 밝혀졌다. 잘못 썼을 때를 대비해서 봉투를 여분으로 넉넉하게 보냈는데, 놀랍게도 그렇게 버린 봉투가 단 한 개도 없다는 점도 알게 되었다. 예비로 보냈던 미사용 봉투들도 마찬가지로 방습 포장지에 정성스레 싸여 상자 밑바닥에 가지런히 놓여 있었다.

나무랄 데가 없다고 할 수밖에 없었다.

상자에 붙은 착불 송장을 떼어 꾸깃꾸깃 말아서 버렸다. 그 송장은 내가 미리 써서 도다에게 보냈는데 거기 적힌 내 글씨가 왠지 남부끄럽게 느껴졌다. 실제로 만났을 때의 도다는 뭔가 뜬구름을 잡는 느낌이랄까 자유분방한 사람이라는 인상이 강했는데 초대장 봉투에 적힌 완벽한 글씨와 그 첫인상이 너무 동떨어진 느낌이어서 당혹스러웠다. 물론 미카즈키 호텔로서는 신뢰할 수 있는 실력을 갖춘 필경사가 언제나 필요한 입장이기에 도다가 등록해 주어서 고마울 따름이었다.

마침 고 미나세 겐이치 씨의 사모님과 따님이 '송별회'에서 대접할 요리를 정하기 위해 호텔에 오셔서 봉투의 글씨를 보여드렸다. 기대했던 것보다 훨씬 아름다운 글씨라면서 두 분 다 매우 기뻐하셨다. 자리에 같이 있던 셰프까지도 나중에 따로

"그 글씨 정말 대단하던데. 필경사 중에서도 최고 실력자 아닌가?"

하고 자기 소감을 일부러 내게 말해주러 올 정도였다.

하라오카 씨에게는 도다 서예 교실에 다녀온 직후에 자초지종을 상세히 보고했다. 그래도 다시 한번 전화해서 도다가 아주 뛰어난 솜씨를 보였고 미나세 씨의 초대 손님들에게 무사히 초대장을 발송할 수 있었다고 알렸다. 그사이 하라오카 씨의 허리도 훨씬 좋아졌는지 벨이 여섯 번 울리자 바로 전화를 받았다.

"그래, 정말 다행이네."

전화기 너머로 들리는 음성만 가지고도 하라오카 씨가 안도의 미소를 짓는 것이 느껴졌다.

"도다 가오루 씨가 좋은 사람이어서 도다 서예 교실도 미카즈키 호텔도 걱정 없겠어."

그런데 과연 도다는 '좋은 사람'일까? 실력도 있고 의뢰한 일을 빈틈없이 처리한 것도 사실이지만 성격 면에서는 '제멋대로 구는 사람'이라는 생각이 들었다. 그러나 굳이 그런 말로 하라오카 씨를 걱정시키고 싶지 않아서 아직 더 두고 봐야겠다는 말은

하지 않았다. 그 대신에

"아 참, 쓰짱. 올가을도 천왕배 레이스에 같이 갈 거지?"

라는 말에

"좋죠~!"

하고 일부러 한가로운 말투로 대답했다.

"더구나 올해는 그날이 불멸(흉일)이라 마침 잘 됐어요."

가을의 천왕배 레이스가 개최되는 날은 10월 마지막 일요일로 아직 석 달이나 남기는 했다. 하지만 하라오카 씨가 성격이 급하거나 계획을 미리 짜두는 사람이어서 이 말을 꺼낸 게 아니다. 여름 휴가 때는 경마 레이스가 없고, 무엇보다 호텔 성수기라서 경마고 뭐고 신경 쓸 겨를이 없다는 사실을 잘 알기에 미리 말해준 것이다. 그날이 흉일로 여겨지는 불멸인 점도 다행이다. 흉일에는 호텔에 결혼식 예약이 잡히지 않을 가능성이 커서 주말이어도 비번을 신청하기 쉽다. 지금부터 미리 근무 일정을 조정해야겠다고 생각하면서 하라오카 씨와 경마장에 가기로 약속했다.

천왕배에서 크게 딴다! 그것 하나만을 바라보며 분주한 여름 성수기의 호텔 업무를 버텨냈다.

밝게 웃는 얼굴로 손님들을 맞이하고 배웅한다. 연회장 '미카즈키'에서 웃는 얼굴로 요리를 서빙한다. 연회장을 예약하신 손님과 진지하되 웃는 얼굴을 잃지 않고 미팅을 진행한다. 야근한다. 한밤중에 객실로 찾아가 진심 어린 사죄 말씀을 드리고 웃는 얼굴로 전구를 바꾼다. 8월 중반이 지나 여름방학이 다 가기 전에 추억을 만들어줘야 한다며 막바지에 더 밀려드는 자녀 동반 손님들에게 웃는 얼굴로 다가가 '미카즈키 호텔의 특별 컬러링북'을 증정한다. 웃는 얼굴로 택배 송장 정리. 이 작업은 손님이 안 계신 곳에서 하기에 굳이 웃는 얼굴로 할 필요가 없다. 그런데 얼굴 근육이 굳어 버렸는지 원래 표정으로 돌아오지 않는다. 그러다 다시 웃는 얼굴로 손님을 맞이하고, 웃는 얼굴로 배웅한다.

미카즈키 호텔에서 호캉스를 만끽하신 손님들은 모두 기력을 되찾은 모습으로 호텔을 나섰다. 그런 모습을 보면 호텔리어로서 보람을 느끼고 기쁘기도 하지만 해마다 여름 성수기는 체력면에서 너무 힘들다.

정년 이후에도 계약 사원으로 근무한 하라오카 씨는 정말 슈퍼맨 그 자체다. "50, 60이 되어서도 이렇게 일할 수 있을까?" 하고 직원들끼리 탄식하곤 하기 때문이다. 그러면서도 손님 앞에 나서면 저절로 자세가 곧아지고 피부까지 좋아지는 느낌이 드는 것을 보면 나를 비롯하여 우리 호텔에서 일하는 사람들은 접객이 천직인 모양이다.

도다와는 이메일을 몇 번 주고받았다. 붓글씨 샘플을 보고 도다를 지명하는 손님이 적지 않았기 때문이다. 도다는 모든 작업 의뢰에 빈틈없이 응대했고, 단정한 붓글씨로 주소를 적은 봉투를 날짜에 맞춰서 보내주었다. 딱 한 번, 평소처럼 무뚝뚝하고 사무적인 이메일 말미에

'우마이봉 유통기한이 다 되어간다.'

는 글이 추신으로 있었는데

'신경 쓰지 마시고 드셔도 됩니다.'

라고 답신했다.

가을이 깊어진 계절이 되어서도 감사하게 미카즈키 호텔은 성황을 이루어서 우마이봉을 먹으러 가거나 할 겨를이 없었기 때문이다.

아케보노바시에 있는, 지어진 지 43년 된 월세 6만 8천 엔의 원룸 아파트로 돌아가 언제나 바닥에 깔린 이부자리 위로 풀썩 쓰러졌다. 하루토는 어떻게 지낼까? 그 편지를 쓰치야한테 잘 전해줬나? 이것저것 궁금했지만 밀려드는 잠을 이기지 못해 그대로 의식을 잃었다.

결국 도다와는 여럿 있는 필경사 중 한 사람으로 업무 연락만 주고받는 사이가 되었다. 그래서 전혀 다른 여러 가지 필체가 한 사람의 손에서 마법처럼 흘러나오는 모습을 보고 느낀 경이로움

도, 함께 편지를 대필했을 때 느꼈던 신기한 흥분과 집중도 어느새 희미하게 기억 저편으로 사라져 버렸다.

하지만 이 평온한 일상을 계속 영위하도록 도다가 나를 내버려둘 리가 없었다.

가을의 천왕배 레이스에서 탈탈 털렸을 때부터 안 좋은 예감이 들기는 했다. 아무래도 내 운빨이 안 좋은 모양이라고.

화창하게 갠 파란 하늘 아래 찾아간 도쿄 경마장에는 시원한 바람이 불었다. 하라오카 씨와 나는 점심시간 직후에 1코너 근처의 잔디밭에 자리를 깔았다. 한산할 때 자리를 맡으면 돗자리를 펼치고 벌렁 드러누울 수도 있고, 바닥이 딱딱한 스탠드보다 잔디가 허리에 좋다고 하라오카 씨가 그랬기 때문이다.

우리는 레이스 전에 경주마들을 모아놓은 패덕(paddock)을 보지 않는 사람들이다. 거기 가서 보면 모든 말이 잘 달리게 생겨서 머리만 어지러워질 뿐이다.

"말을 보고 잘 달릴 놈을 알아볼 수 있었으면 다들 진즉에 부자가 됐겠지."

하라오카 씨 주장이다. 사실 경마장 안의 설비가 점점 호화롭고 좋아지는 것만 보더라도 경주마를 보건 안 보건 어차피 알아맞힐 수 없는 시스템임을 알 수 있다.

그래서 우리는 잔디밭에 깔아놓은 돗자리에 앉아 경마 신문을 펼쳐놓고 검토에 검토를 거듭했다. 천왕배 본 경주 전에 있는 다른 레이스는 몸풀기 정도로 생각하고 마음이 가면 마권을 한두 장씩 사보는 정도로 했다. 하라오카 씨도 나도 모조리 꽝이었지만 몸풀기니까 상관없다고 서로를 위로하며 매점에서 산 맥주를 마시고 다코야키를 집어 먹었다.

오후 3시 넘어 우리는 일찌감치 본 경주의 마권을 구입하고 레이스가 시작되기만을 기다렸다. 그 무렵에는 사람들이 많아져서 돗자리를 접어야 했고 인파 때문에 코스 끝자락까지 밀려나 거기서 서서 볼 수밖에 없었다.

사실 나는 두 번째 다코야키를 입에 넣고 "앗 뜨거!" 하고 외친 순간 하늘의 계시를 받았다.

'이 녀석이 다크호스 아닌가?' 하는 생각이 번뜩 뇌리를 스쳤기 때문이다. 그건 바로 18번 인기, 즉 출전하는 경주마 중에 가장 인기가 없는 말이었다.

나는 평소에 1번 인기를 중심으로 마권을 구매하는 경향이 있다. 재미없게 거는 방식이지만 원래 모험을 못 하는 성미라서 그렇다. 하지만 하늘의 계시는 사전에 우리가 한 연구를 날려버릴 정도로 강력했다. 어떻게 할까 고민하다가 그래도 이번 한 번은 크게 걸어보자는 생각에 18번 인기를 사봤다.

천왕배 본 경주는 파란이 가득했던 격동의 레이스였다. 상위로 꼽히던 인기 말들은 전혀 힘을 쓰지 못했고 1등은 5번 인기, 2등은 10번 인기, 그리고 놀랍게도 3등으로 내가 하늘의 계시를 받았던 18번 인기가 들어온 것이다. 나는 경주 내내 목이 쉬도록 소리를 질러댔다. 탄력 넘치는 근육질의 한 무리 짐승들이 한순간에 눈앞을 지나치면서 보여준 윤기 나는 털의 광택만 잔상으로 남았다. 경마장은 흥분의 도가니가 되었고, 마권들이 철 지난 눈꽃처럼 휘날렸고 이윽고 정적이 찾아들었다.

마권을 둘둘 뭉쳐 주머니에 찔러 넣던 하라오카 씨가

"그러고 보니 쓰짱, 혹시 대박 난 거 아냐?"

하며 갑자기 생각났다는 듯이 나에게 다짜고짜 달려들었다.

"아까, 그 녀석을 사봐야겠다고 했잖아!"

"아뇨, 다 날렸어요."

내가 마권을 보여줬다. 다시 생각해도 너무 억울해서 속이 뒤집힐 지경이었다. 3등으로 들어온 18번 인기를 단승식과 삼복승식으로 산 것이다. 삼복승식의 나머지 두 마리는 물론 1번 인기와 2번 인기로 지정했으니 아무것도 아니게 된 셈이다.

"이게 뭐야? 어째서 복승식으로 안 한 거야, 이 멍청이가!"

내 손에서 마권을 낚아채 갔던 하라오카 씨가 잔디밭에 그대로 내던지려다가 말고 확 구겨서 주머니에 쑤셔 넣었다. 아무리 퇴임을 했다고 해도 전직 호텔리어로서 쓰레기를 아무 데나 버리는 행위를 스스로 도저히 용납할 수 없었던 모양이다.

"복승식이었어도 83배였단 말이야. 단승식에 썼던 천 엔을 복승식으로 했으면 8만 3천 엔인데! 5천 엔이면 41만 5천 엔, 1만 엔이면 자그마치 83만 엔이라고!"

"아아아아!"

충격으로 다시 허리가 아프기 시작한 하라오카 씨와 온몸에 힘이 빠져버린 나는 서로에게 몸을 기대면서 후추역까지 걸어갔고, 슬픈 결말이었을 때 꼭 들리는 술집에서 저알코올 맥주와 싸구려 닭고기꼬치를 먹었다.

"하긴, 인생이 다 그렇지 뭐. 안 그래, 쓰짱?"

이제야 약간 진정이 된 하라오카 씨가 끈적거리는 카운터를 물수건으로 자꾸 닦아 내면서 말했다.

"그게 사실이면 너무 슬프네요."

"그렇지. 그래도 한번 태어난 인생 끝까지 참고 버티면서 살아야지."

마침 취기가 적당히 오르기도 해서 자리를 파하기로 했다.

같이 게이오선 전철을 타고 가다가 조후에 사는 하라오카 씨가 먼저 내렸다.

내가 미카즈키 호텔에 취직했을 때 하라오카 씨는 이미 동경의 대상인 대선배였다. 신입 사원 교육 담당이었던 하라오카 씨는 호텔리어로서의 자세부터 손님을 대할 때 어떤 점을 신경 써야 하는지까지 하나하나 철저히 가르쳐주었다.

지하에 만들어진 조후역 플랫폼에 내린 하라오카 씨가 에스컬레이터 쪽으로 비틀비틀 걸어갔다. '그 사이 많이 늙으셨네' 하는 생각이 들었다. 뒷모습도 머리카락도 많이 가늘어지고 쇠약해졌다. 앞으로 몇 번이나 더 하라오카 씨와 함께 경마장에 갈 수 있을까? 할 수만 있다면 앞으로 100번이라도 가을 천왕배 레이스를 하라오카 씨와 함께 즐기고 싶다. 그러나 현실적으로는 나 자신만 하더라도 100번까지는 불가능하다. 앞으로 40번이나 갈 수 있으면 감지덕지다.

20대 시절에는 이런 식으로 남은 시간을 꼽아본 적이 없었다. 이 사람과 앞으로 얼마나 더 함께 시간을 보낼 수 있을까 하는 생각 말이다. 전철이 다시 움직이기 시작했다. 이쪽을 향해, 한 손을 들어 올리는 하라오카 씨의 모습이 차창 밖으로 미끄러져 사라졌다.

하라오카 씨의 말대로 인생이 다 그렇지 싶었다. 화장품을 만들어야겠다는 아이디어가 떠올라 대성공을 거둔 미나세 씨는 지극히 예외적인 존재다. 나 같은 사람한테 내려오는 하늘의 계시라고 해봐야 별 볼 일 없는 사소한 것인 데다가 그조차 해석을 미묘하게 잘못해서 기회를 휴지 조각으로 만들어버린다. 일하고 먹고 싸고 자다 보면 눈 깜짝할 사이에 세상과 작별할 때가 온다. 그래도 우리는 그날이 올 때까지, 마치 이 모든 사실을 전혀 모르는 사람처럼 내기를 걸고, 웃고, 잃었다고 억울해하면서 재미있게 살아가면 된다.

밤 풍경이 흘러가는 전철 창문에 내 얼굴이 창백하게 비쳤다. 그런데 정말 너무 억울하다. 8만 3천 엔인데. 그 돈이면 다음 달 월세를 내고, 닭고기꼬치가 아니라 소고기를 먹어도 남을 정도였는데.

이대로 재수가 계속 없어지다가 무서운 재앙이 덮치지나 않을까 전전긍긍하면서 월요일을 맞이했다. 내 우려와는 달리 평온하고 무탈한 날들이 이어졌다. 그러다 11월 첫째 주 금요일에 연회장 '미카즈키'에서 고 미나세 겐이치 님의 '송별회'가 열렸다.

스탠딩 파티 형식의 좋은 모임이었다. 초대받은 손님들은 부드럽고 화기애애한 분위기에서 미나세 씨에 대한 추억을 나누었고, 여기저기서 건배를 올렸고, 셰프가 정성을 다해 만든 요리를 맛있게 먹었다. 정면 안쪽에 만들어진 간소한 제단에는 두부를 건지는 미나세 씨의 흑백사진과 함께 증손주들이 그린 그림들이 나란히 놓였고 연분홍색 미나리아재비가 예쁘게 장식되어 있다. 이 꽃의 꽃말은 '치장하지 않는 아름다움'이라고 한다. 미나세 씨의 삶과 그가 창업한 화장품 회사의 이념에 꼭 들어맞는 꽃

말이었다.

미나세 씨의 사모님과 따님은 각각 청회색과 연보라색 기모노를 아름답게 차려입고 초대 손님들에게 인사하며 다녔다. 슬프거나 처지는 분위기가 아니라 두 사람이 가는 곳마다 웃음소리가 들렸고 초대 손님들의 입에서는 미나세 씨에 대한 추억담이 끝도 없이 흘러나왔다.

손님들이 쓴 접시를 은쟁반에 차곡차곡 쌓아서 주방 쪽으로 들고 나가려던 나에게까지 사모님과 따님이 고맙다는 인사를 했다.

"쓰즈키 씨, 여러 가지로 세심하게 준비해 주셔서 정말 감사합니다. 남편도 저세상에서 정말 기뻐할 거예요."

"그렇게 말씀해 주시니 제가 오히려 더 감사합니다. 그동안 미나세 겐이치 님과 가족분들께서 저희 호텔에 보내주신 성원에 조금이나마 보답할 수 있었던 것 같아 마음이 놓입니다."

"초대장도 아주 좋았다고 다들 그러셨어요. 주소를 써주신 분께도 꼭 인사 말씀 전해주세요."

"네, 잘 알겠습니다."

대답은 그리했는데 그냥 나중에 기회가 오면 하지 하고 생각했다. 그런 말을 전했다가는 공연히 도다가 우쭐해질 것 같아 생각만 해도 배알이 꼴렸기 때문이다.

109

그런데 그런 옹졸한 생각이 문제였던 모양이다.

'송별회'는 성공적으로 끝났고 주말 야간 근무까지 끝마친 다음 이제 집에 가야지 하고 사무실을 나서려던 11월 둘째 주 월요일 아침 9시였다. 이제 막 업무를 시작한 주간 근무자가

"아, 쓰즈키 씨, 잠깐만요!"

하고 불렀다.

"필경사로 일하시는 도다 씨 전화예요."

빨리빨리, 하고 재촉하면서 사무실에 있는 일반 전화기를 가리켰다.

이런 타이밍에 도다 쪽에서 먼저 연락이 오다니 놀라울 따름이었다. '천망회회 소이불실(天網恢恢疎而不失. 천지자연의 법칙은 광대하여 엉성한 듯 보이지만 악인에게 벌을 주는 일을 빠뜨리지 않는다는 뜻-옮긴이)'이라는 노자의 말씀이 떠오르면서 부드러운 연두부를 조금도 흐트러뜨리지 않고 물에서 건져내던 미나세 겐이치 씨의 치밀함을 피하지 못했구나 싶었다. 미나세 씨의 사모님과 따님이 하신 감사 인사를 꼼짝없이 도다에게 전할 수밖에 없겠군.

하는 수 없이 사무실로 돌아가 수화기를 잡고 대기 버튼을 해제시켰다.

"여보세요. 쓰즈키입니다."

"어어, 지카. 오랜만이네. 왜 이렇게 연락이 뜸했어?"

석 달 남짓 만에 들은 도다의 목소리는 여전했다. 동굴에서 울리는 듯한 낮은 저음의 쾌활한 목소리였다. 나는 이유도 없이 수화기를 한 손으로 감싸면서

"이메일로는 상당히 자주 연락을 드렸던 것으로 기억합니다만."

하고 대답했다.

"그래도 직접 만나야 통하는 뭔가가 있지 않겠어?"

"그게 무슨 말씀이신지?"

"혹시 내가 슬럼프에 빠지지 않았나 싶어서. 지금 의뢰받은 붓글씨 말인데 영 일이 제대로 안 풀리는 느낌이거든."

"몸이 어디 안 좋으세요? 아니면 일이 너무 바쁘신가요?"

"아니, 몸 상태는 말짱하고, 얼마 전에 전시회가 끝나서 일도 한가하기는 한데."

"……지금까지 작성하신 만큼만 평소대로 착불로 보내주시면 제가 한번 보겠습니다. 아직 마감까지 시간도 넉넉하고 나머지는 다른 분께 부탁드릴 수도 있으니 무리하지 않으셔도 됩니다."

"의뢰받은 건 벌써 다 쓰기는 썼어."

"아니 그럼 도대체 뭡니까?!"

하고 소리쳤다가 허둥지둥 목소리를 낮췄다.

"그럼 보내주시면 되겠네요."

"지카는 쉬는 날이 언제야? 이쪽으로 가지러 오지?"

"어째서요?!"

하고 또다시 목소리가 커지고야 말았다. 미나세 씨의 사모님과 따님이 하셨던 인사를 전하려고 했는데 이야기가 자꾸 딴 방향으로 가버렸다. 사무실에 있던 다른 직원들이 무슨 일인가 하는 표정으로 이쪽을 바라보았다. 나는 몸을 약간 굽히면서

"다른 업무도 있고 해서 필경사분들 자택으로 일일이 찾아뵙기는 어렵습니다."

하고 수화기에 대고 호소했다.

"아무튼 평소처럼 그냥 택배로 보내주세요."

"싫은데. 지카가 안 오면 안 보낼 거야. 초대장을 제시간에 발송하지 못해서 속이 뒤집혀도 내 알 바 아니니까."

"왜 그렇게 떼를 쓰는 겁니까?"

"지카야말로 버티지 말고 그냥 좀 오지? 괜찮은 고기가 들어왔는데 우리 집에 와서 그것도 같이 먹고. 얼마나 좋아?"

"사양하겠습니다."

"속이 든든해지는 것보다 속이 뒤집히는 쪽이 나은가 보네? 변태야 뭐야? 그런 면도 자극적이기는 하지만. 어쨌든 안 오면 봉투는 못 받는 걸로 각오해."

어쩌다가 납치범하고 벌이는 실랑이 같은 통화를 도다랑 하는

신세가 되었는지 모르겠다. 다른 직원들의 시선이 내 등줄기에 집중되는 것이 느껴졌다. 나는 결국 두 손 두 발 다 들고

"그래서? 쉬는 날이 언젠데?"

하는 도다의 질문에

"알겠습니다. 오늘 당장 가도 괜찮으면 방문하겠습니다."

하고 대답해 버렸다.

"좋았어. 그럼 기다릴 게 빨리 와~!"

쓸데없이 잘 울리는 도다의 목소리가 수화기 너머로 들렸는지 진이 빠진 얼굴로 전화기를 내려놓자마자

"쓰즈키 씨, 도다 씨하고 많이 친해지셨네요?"

하고 직원이 나에게 물었다.

"저도 쓰즈키 씨를 본받아 외부 업자분들하고 잘 소통하고 친분을 쌓을 수 있도록 노력해야겠어요."

"글쎄요, 뭐 그렇게까지는……. 적절히 거리를 두는 것도 괜찮을 것 같은데."

개인적으로 친분이 생겨서 도다를 만난다고 여기는 모양이다. 외근 수당을 신청하기도 힘들어졌다. 허탈감이 더욱 심해졌다.

역시 내 운빨이 떨어지고 있는 게 맞았다.

나는 무거운 발걸음으로 다시금 시모다카이도역에 내려야만 했다.

여름에 왔을 때와 마찬가지로 도다 서예 교실은 도랑 너머에 조용히 자리하고 있었다. 변한 점이라면 마당의 벚나무 잎이 약간 물들어 가려고 한다는 정도였다.

퇴근 후에 예기치 못하게 방문하는 것이어서 스웨터와 청바지에 얇은 점퍼를 걸친 캐주얼 한 차림새인데 갑자기 불러낸 사람은 도다 쪽이니 뭐라고 시비를 걸 일은 아니다. 그래도 셔츠 옷매무새를 다시 한번 살핀 다음에 현관 옆 초인종을 눌렀다.

아무런 반응이 없었다. 오라고 했으면서 이게 뭐지? 혹시 슬럼프라고 했던 말이 사실이고 갑자기 컨디션이 나빠져서 어디 쓰러져 있는 게 아닌가 싶어 걱정되었다.

"계세요? 도다 씨, 쓰즈키인데요."

하고 큰 소리로 부르면서 덜컹거리는 미닫이 현관문을 열었다. 현관 마루 앞에 흑백 점박이 고양이가 떡하니 버티고 앉은 모습이 갑자기 눈에 들어왔다.

"아이 깜짝이야! 가네코 씨네."

몸을 구부려 쓰다듬으려고 했더니 가네코 씨는 몸을 휙 돌려 복도 안쪽으로 사라져 버렸다. 그 대신에 부엌 쪽에서 도다가 나왔다. 오늘도 감청색 일본 작업복 안에 하얀 긴 팔 티셔츠를 입은 차림이었다.

"왜 이렇게 늦었어?"

"죄송합니다."

반사적으로 사과한 다음 손목에 찬 시계를 들여다보니 오전 10시도 안 된 시간이었다. 어디 들르지도 않고 곧바로 달려왔는데 이런 말도 안 되는 시비를 들어야 하나 싶어 억울했다. 하지만 도다 상대로 뭐라고 반론해 봐야 씨도 안 먹힌다는 사실을 이전 경험을 통해 충분히 배운 바 있다. 그래서 "실례합니다" 하면서 순순히 점퍼와 신발을 벗고 복도로 올라섰다.

도다는 나를 1층 제일 안쪽의 큰방으로 안내했다. 옆의 작은 방으로 이어지는 장지문은 닫혀 있었고 온풍기를 틀어놨는지 방 안이 훈훈했다. 학생들이 쓰는 긴 앉은뱅이책상은 장식벽 앞에 하나 있는 것 말고는 모두 접어서 옆방으로 이어지는 장지문 앞에 차곡차곡 포개두었다. 교탁으로 쓰던 책상도 장지문 쪽으로 밀어두었다. 나는 벗은 점퍼를 적당히 개서 포개진 앉은뱅이책상 위에 올려놓았다.

"오늘은 서예 교실이 쉬는 날인가요?"

"응. 주말에 어른 교실이랑 어린이 교실이랑 양쪽 다 있어서 너무 바쁘게 돌아가기 때문에 월요일을 쉬는 날로 해뒀어. 지카는 운이 좋아. 오늘은 느긋하게 있다 가도 되니까."

굳이 느긋하게 있다 가고 싶은 마음은 없었다. 그래도 도다가 권하는 대로 한 개만 남은 앉은뱅이책상 앞에 자리를 잡았다. 도

다는 방구석에서 작은 크기의 상자를 들고 오더니

"부탁했던 거."

하면서 내 옆에 내려놓았다.

"여기까지 왔으니까 한번 확인해 봐. 별문제 없으면 내일 당장 포장해서 보낼 테니까. 직접 가지고 가는 건 너무 번거롭잖아."

나는 상자 안에 있는 봉투의 글씨를 대충 확인했다. 매번 느끼는 일이지만 도다가 쓴 붓글씨는 깔끔하고 단정했다. 이렇게 쓰고도 슬럼프라고 한다면 나 같은 사람은 '태어나서 지금까지 민달팽이가 기어간 흔적 같은 걸 종이에 적어놓고 글씨라고 우긴 놈'이 되어 버린다.

보나 마나 슬럼프 어쩌고 한 말도 나를 여기로 불러내기 위한 구실이었을 것이다. 그렇다면 도다의 진짜 목적은 편지 대필인가? 또 나한테 의뢰인 이야기를 듣게 해서 빙의한 무당처럼 글귀를 짜내라고 하려는 걸까?

만약 그런 일이라면 대필 의뢰인이 나타나기 전에 이 자리를 벗어나는 게 상책이다. 나는 서둘러 봉투를 상자 안으로 도로 집어넣고 뚜껑을 닫았다.

"슬럼프라고는 전혀 생각할 수 없을 정도의 완성도인데요. 정말 감사합니다. 그럼 말씀하신 대로 호텔로 보내주시면 감사하겠습니다."

하고 빠른 말로 부탁한 다음 고개를 들었는데 도다는 어느새 방 안에 없었다. 부엌 쪽에서 뭔가 덜그럭거리는 소리가 들렸다. 일어설 타이밍을 놓쳐서 도로 자리에 앉자마자 복도 쪽 장지문이 열리면서 양손에 전열기를 든 도다가 나타났다.

"스키야키 할 거니까 먹고 가."

"네? 아침부터요?"

"아침에 스키야키 먹으면 안 된다는 법이라도 있어?"

그야 그런 법은 없지만, 아침부터 너무 무겁게 먹으면 속이 부대끼지 않을까? 혼자 그렇게 생각하는 사이에 도다는 부엌과 방을 분주히 오가면서 전골냄비에, 채소가 담긴 채반에, 양념 등을 쉴 새 없이 날랐다.

식사를 거절할 틈은커녕 "뭐라도 도와드릴까요?" 하고 물어볼 틈도 없을 정도로 날랜 움직임으로 모든 준비를 착착 해나갔다. 어찌할 바를 몰라 안절부절못하면서 가만히 지켜보는 수밖에 없었다.

도다는 마지막으로 큼직한 청주 병과 고급스러운 나무상자에 든 쇠고기를 가지고 왔다.

"지카, 술은 잘 마셔?"

"아니, 그냥 조금 마시는 시늉만 합니다."

"잘 마시는 인간들이 꼭 그렇게 빼더라."

하며 도다가 웃었다. 술은 스키야키 국물에 넣으려고 그러나 하는 작은 바람도 헛되게 도다가 유리컵 두 개에 청주를 주룩주룩 따랐다.

"아침부터 마시자고요? 아, 물론 아침에 술을 마시면 안 된다는 법은 없지만."

"어차피 오늘 쉬는 날이잖아? 여기서 진탕 먹고 마셔도 누가 뭐라고 그러겠어?"

도다는 건배도 하지 않고 혼자 먼저 술잔을 기울이면서 전열기에 올린 전골냄비에다 스키야키를 만들기 시작했다. 대필 의뢰인이 찾아올 낌새가 없는 걸 보면 정말 순수한 마음으로 나에게 스키야키를 대접하고 싶었던 것일까?

솔직히 말하자면 나는 술도 좋아하고 고기도 좋아한다. 아침도 먹지 않고 곧바로 왔기 때문에 배가 고픈 상태이기도 하다. 두부와 배추, 팽이버섯 등을 넣은 국물에서 김이 모락모락 피어오르며 방 안에 맛있는 냄새가 풍겼다. 가다랑어 국물인 모양이다. 그 냄새에 긴장이 누그러지면서 그냥 먹고 가야겠다는 생각이 들어 진득하니 자리를 잡았다.

장식벽을 등지고 앉은뱅이책상 맞은편에 자리 잡은 도다는 익숙한 손놀림으로 간장과 설탕과 맛술을 냄비에 넣는다. 청주도 병째로 들고 부어 국물에 섞었다. 한결같이 눈대중으로 적당히 하는데 식욕을 자극하는 달콤하면서도 짭짜름한 냄새가 풍기고 두부와 채소들이 마침맞게 익어가는 게 보였다.

나는 앉은 자리에서 상반신을 뻗어 도다가 들고 온 나무상자를 들여다보았다. 섬세한 레이스 같은 마블링이 펼쳐진 모양이 상당히 비싼 고급 쇠고기 같았다.

"고기가 끝내주네요. 어디서 난 거예요?"

"어제 받았어. 지카랑 먹으려고 전화한 거야."

"왜 굳이 저를?"

"붓글씨 일도 보내주고 하니까 접대라도 해야 하지 않나 싶어서."

시기가 약간 이른 감이 있지만, 학생들이 보낸 연말 선물 같은 건가? 그렇게 받은 고기를 굳이 나에게 먹이려고 하는 걸 보면 분명 뭔가 꿍꿍이가 있을 것 같았다. 하지만 꼬치꼬치 캐묻는 건 나중에 하기로 했다. 고기까지 들어간 스키야키는 더욱 맛깔나게 부글부글 끓어올랐다. 도다는 간장과 설탕으로 마무리 간을 하더니

"자, 다 됐다."

하면서 전열기 온도를 '약'으로 맞췄다.

"나중에 넣을 우동 사리도 준비해 놨으니까 눈치 보지 말고 마음껏 먹어."

아 참, 하며 도다가 벌떡 일어서더니 부엌에서 작은 종지 두 개를 가지고 와서 하나를 내 앞에 놓았다. 가네코 씨도 도다 발치에 들러붙어 방 안으로 들어오더니 종지를 가만히 쳐다보았다.

"다진 전갱이 맛된장이야."

도다는 그렇게 말하면서 다시 맞은편에 털썩 앉았다. 종지를 보니 바닥에 깔린 파란 차조기 잎 위에 전갱이와 갖은양념을 다져 넣은 맛된장이 담겨 있었다.

"대단하네요. 이런 것까지 직접 만드시나요?"

"어렵지도 않은 건데 뭐."

"전 워낙 음식을 못 해서요. 한다고 해봐야 라면이나 볼품없는 파스타 정도죠."

"할매가 음식을 잘하고 좋아해서 곁눈질로 보다 보니까 하게 되더라고. 나도 평소에는 금방 먹을 수 있는 국수 종류로 때울 때가 대부분이지만."

만에 하나라도 스키야키 국물이 튀거나 하면 안 되니까 봉투가 들어 있는 상자를 장지문 쪽으로 밀어 놓았다. 종지에 달걀을 깨서 풀고 "잘 먹겠습니다" 하고 둘이 한목소리로 인사한 다음 한동안 말없이 먹고 마시는 데 전념했다. 스키야키도 맛된장도 짭짤하니 간이 약간 진한 게 분명히 술 좋아하는 사람이 안주로 만든 요리였다. 나는 정신없이 젓가락을 움직이면서 틈틈이 유리잔에 든 술로 입을 축였다.

"맛있네요, 정말 맛있어요."

거의 혼잣말처럼 절로 감탄사가 나올 정도였다. 도다는 청주를 잔에 계속 채워주면서

"입맛에 맞아서 다행이네."

라며 흐뭇해했다.

"지카는 밥해 주는 여친 없어?"

"그런 사람도 없고, 설사 있다고 해도 여친한테 밥해 주기를 바라지도 않습니다. 시간 있는 사람이 반찬을 사 와도 되고 만들어도 되는 거니까요."

"하긴 그러네."

"그런데 왜 그런 질문을 하는 겁니까?"

"아니, 별 뜻 없이 그냥 생각이 나서."

혹시라도 나를 유혹하려고 그러나? 이렇게 뻑적지근하게 차려놓고 먹게 한 게 맛있는 걸 먹이면 금방 넘어온다는 고전적인 수법을 실천에 옮기는 건가 하는 의구심이 들었다. 그런데 맞은 편에 앉은 도다를 보니 오랜만에 맘모스 사냥에 성공한 원시인처럼 마블링이 아름다운 쇠고기를 씹지도 않고 삼키는 동시에 실곤약을 후루룩거리며 흡입하느라 정신이 없었다. 누군가를 꾀려고 작정한 사람처럼 보이지는 않았다. 그럼 도대체 뭐지 하고

고개를 갸웃거리면서 아까부터 신경이 쓰이던 부분을 입 밖으로 꺼냈다.

"그러나저러나 아까부터 가네코 씨가 눈도 떼지 않고 뜨거운 시선으로 쳐다봐서 맛된장이 녹아날 지경인데요."

가네코 씨는 내 옆에 자리 잡고 앉아 전갱이로 만든 맛된장이 든 종지만 뚫어지게 바라보는 중이었다.

"이건 간이 세서 주면 안 되겠죠?"

"어차피 등푸른생선은 원래 고양이한테 주면 안 된다고 하더라고."

"네? 진짜요? 어렸을 때 우리 집에서 키우던 고양이한테는 전갱이나 꽁치 회를 가끔 주기도 했는데."

"말은 그래도 주식처럼 그것만 먹는 게 아니면 큰 문제는 없을 거야. 그나저나 고양이한테 회를 주다니 그 집 고양이는 완전 상팔자였네."

"고향이 홋카이도의 구시로거든요. 어패류가 풍부한 곳이니까요."

생선 이름을 알아들었는지 가네코 씨가 "음먀, 음먀, 음먀" 하고 드디어 소리 내어 재촉하기 시작했다.

"가네코, 너 일로 와."

도다가 젓가락질을 멈추더니 고양이를 불렀다.

"내가 밥도 안 주는 것처럼 왜 그래? 밥그릇에 아직 딱딱한 거 남아 있던데."

그런 말을 들어도 가네코 씨는 꼼짝달싹 안 했다. 그나마 내가 물렁한 편이라고 판단했는지 여전히 버티고 앉아 맛된장 종지에서 눈길을 떼지 않았다.

"어휴, 저 녀석이 정말."

도다가 작업복 주머니를 뒤져서 파우치 형태로 된 고양이 간식을 내 쪽으로 던졌다. 앗, 이거는 고양이가 황홀한 표정으로 핥는 광고로 유명한 바로 그 제품 아닌가?! 내가 어릴 때만 하더라도 이런 고양이 간식이 아직 개발되기 전이라 우리 집에 있던 구로한테는 먹여준 적이 없었다. 열다섯 살에 천수를 누리고 간 구로는 나보다 먼저 태어났고 도미의 딱딱한 뼈부터 직접 사냥한 참새나 쥐까지 통째로 오도독오도독 씹어먹을 정도로 생존력이 뛰어났다. 사람이 하는 말을 확실하게 알아들었고, 워낙 눈치가 빨라서 말년 무렵에는 부모님과 형이 "이 녀석은 고양이 탈을 쓴 요괴일 거야" 하고 소곤거렸을 정도다.

그런 구로가 고양이 간식을 먹으며 황홀한 표정을 짓는 모습을 보지 못해 아쉬운 마음이 드는 한편으로 과연 가네코 씨는 어떤 반응을 보일지 궁금해졌다. 날렵하고 용맹한 구로와 비교하면 가네코 씨는 관록이 보이는 풍채라고 할 수 있는데 자존심이 강하고 애교가 없다는 점은 비슷하다. 그런데 어쩌면 콧대 높은 가네코 씨도 이 간식의 위력 앞에서는 사랑스러운 표정을 감추지 못하고 애교를 부릴지도 모른다.

나는 설레는 마음으로 파우치 끝을 뜯었다. 가네코 씨는 나보다 더 기대에 찬 눈길로 내 손끝을 바라보다가 파우치를 뜯자마자 양반다리로 앉은 내 허벅지 위로 성큼성큼 올라왔다.

"어어……?"

가네코 씨의 무게와 보기 드문 밀착에 놀라 가만히 있었더니 가네코 씨는 파우치를 든 내 손을 자기 앞발 두 개로 꽉 잡더니 파우치 안에 든 부드러운 페이스트를 혀로 날름날름 핥고 쭉쭉 빨기 시작했다.

"아니……!"

넋을 잃고 먹는다는 표현이 이런 상태를 두고 한 말일까? 가네코 씨는 너무 맛있어서 황홀경에 빠진 표정으로 눈을 가늘게 뜨다가 거의 흰자위만 보일 정도가 되었다. 감격에 겨운지 "푹, 푹" 하고 거칠게 콧김을 내뿜었다. 코 밑에 일직선으로 나 있는 무늬 때문인지 수염 난 아기가 젖병을 빠는 것처럼 보여 예상과는 달리 사랑스럽다기보다는 좀 무시무시했다. 더구나 파우치를 든 내 손의 자세가 조금만 마음에 안 들어도 앞발에 힘을 줘서 각도를 틀려고 하는 바람에 발톱이 파고들어 아팠다.

"장난 아니지?"

하며 도다가 웃음기 머금은 목소리로 물었다.

"네. 엄청난데요."

가네코 씨의 입에서 파우치를 빼면서 고개를 끄덕였다. 파우치가 납작해졌는데도 요괴처럼 아직도 쭉쭉 빨아대고 있어서였다. 가네코 씨는 불만스러워서인지 아니면 만족해서인지 한차례 골골거리며 목을 울렸다. 그러더니 내 허벅지를 무슨 방석이나 깔개로 인식했는지, 푹 퍼져 앉은 채로 앞발로 입 주위의 털을 고르기 시작했다.

스키야키는 국물이 약간 졸아들어도 여전히 맛있었다. 가네코 씨가 좀 진정이 된 것을 보고 우리는 계속 전골을 먹으면서 편안한 마음으로 전갱이 맛된장을 안주 삼아 청주를 마셨다. 그러다가 목이 좀 칼칼한 느낌이 들어서 순서는 거꾸로 되었지만, 캔맥주로 갈아탔다. 도다가 전열기를 '강'으로 돌리더니 우동 사리와 달걀 푼 것을 냄비에 부었다. 부글부글 끓어 맛이 잘 밴 우동을 먹으면서 술을 더 마셨다.

"낮술은 왜 이렇게 입에 착착 붙나 몰라요."

"그러게. 해진 다음에 마시는 것보다 취기도 빨리 올라서 뭔가 이득을 본 것 같은 기분이 든단 말이지."

나도 그렇지만 도다도 '맥주는 맹물이나 마찬가지'인지 계속

들이키면서 취한 술꾼들의 쓸데없이 겉도는 대화를 주고받았다.

뭔가 신기했다. 나와 도다는 친구도 뭐도 아니다. 비즈니스 파트너로서도 상당히 희박한 관계라고 할 수 있는 게 오늘까지 해도 겨우 두 번 만났을 뿐이다. 그런데도 나는 이렇게 느긋하게 자리 잡고 앉아 마음껏 먹고 마시면서 겨울을 맞이하려는 마당을 창문 너머로 바라보며 고양이가 주는 온기를 만끽하는 중이다. 마치 오래된 벗과 마주한 것처럼 별 볼 일 없는 잡담을 도다와 주거니 받거니 하고 있다. 알코올과 쇠고기가 마법을 부려 만들어낸 환상일 수도 있겠지만 어쨌거나 나는 어느새 이 공간이 편하게 느껴지기 시작했다.

"지카도 고양이를 키웠었네?"

가네코 씨를 다리에 얹은 채 조심조심 겨우 자세를 고치는 나를 보며 도다가 물었다.

"가네코를 대하는 게 어색해서 고양이는 생판 처음인 줄 알았지."

"어머니가 결혼 전부터 키우던 고양이였어요. 세상 이치를 다 아는 절대군주 같은 놈이어서 저는 항상 놀림감이었지요. 초등학교 들어가기 전에 죽었는데 어머니는 그 뒤로 다른 고양이를 키울 마음이 도저히 들지 않았던 모양이에요. 그래서 고양이가 익숙하지는 않아요."

"어머니가 참 좋은 분이시네."

도다가 미소를 지었다. 그런가? 양말을 벗어서 아무 데나 두었다가는 불호령이 떨어지곤 했는데. 하긴 나를 비롯해 지극히 평범하달까 어디서나 흔하게 볼 수 있는 가족이었고 크게 좋거나 나쁘거나 하지 않은 가정이기는 했다. 호텔은 연말연시가 바쁜 성수기여서 구시로에 사는 부모님 집에 벌써 2년 동안이나 가보지 못했다. 부모님 집 근처에 사는 형네도 둘째가 태어났다는 소식을 봄에 들었는데 내년 연초 지나서 휴가를 좀 길게 낼 수 있으면 오랜만에 고향에 가봐야겠다고 생각했다.

"도다 씨는 가네코 씨와 오래되었나요?"

"10년 정도 되었지. 할매 장례식 끝나고 다음 날 아침이었나, 어미를 잃었는지 뜰에서 가네코가 울고 있더라고. 새끼였는데도 이미 면상이 가네코 노부오여서 그냥 내버려둬도 잘 살게 생겼더구먼. 할배가 키우자고 하도 그래서 말이야."

"그렇군요. 고인을 위한 공덕도 되니까요."

"뭐야. 무슨 옛날 노인네 같은 소리를 하고 그래?"

도다가 콧방귀를 뀌면서 핀잔을 주었다.

"가네코 노부오를 구해줬다고 그게 무슨 공덕이 되겠어. 안 그래?"

아무리 가네코 노부오 씨가 악역을 맡는 경우가 많았다 해도 위대한 배우였던 사람한테 너무 실례되는 말이 아닌가 싶다.

가네코 씨는 옆에서 자기 이야기를 하는데도 아랑곳하지 않고 내 배에 얼굴을 푹 파묻은 채 몸을 둥글게 말고 있었다. 잠들어 버렸는지 내가 부드러운 등줄기를 쓰다듬어도 반응이 없었다. 숨을 쉴 때마다 온몸이 천천히 부풀었다가 가라앉았다가 한다. 아까는 수염 난 '늙은 아기' 같았는데 지금은 흑백의 무늬도 그렇고 묵직한 덩치도 그렇고 새끼 판다 같다. 이제야 사랑스럽게 느껴질 만한 구석을 찾을 수 있었다.

"공덕이라고 하니 생각이 나네요. 도다 씨에게 제일 처음 의뢰한 '송별회' 봉투 붓글씨 말인데요, 그 글씨를 유족분들이 아주 좋아하시고 만족스러워하시면서 꼭 인사 말씀을 전해달라고 하셨습니다."

"그래, 잘됐네. 내가 글씨를 너무 잘 써서 감당이 안 될 정도이기는 하지."

칭찬이 낯간지러운지 도다가 농을 했다.

이리저리하다 보니 어느새 두 시간 가까이 먹고 마셨고, 이제는 배가 불렀다. 도다의 느긋한 태도에 휩쓸려 나도 모르게 긴장을 풀고 있었다. 나는 다 마신 두 번째 맥주 캔을 앉은뱅이책상에 올려놓았다.

"하나 더 줄까?"

"아니요, 이제 됐습니다. 정말 잘 먹었습니다."

"그래? 그럼 차 한잔하면서 소화를 시켜야지."

도다는 스키야키 전골냄비를 내간 후에 부엌에서 덜그럭거리며 뭔가를 하기 시작했다. 나는 가네코 씨를 가만히 방바닥에 내려놓고 일어서서 기지개를 켰다. 복도로 나가 주전자를 불 위에 올린 도다의 등에 대고 물었다.

"죄송한데 화장실 좀 쓸 수 있을까요?"

"그럼. 현관 바로 앞에 있는 문이야."

볼일을 보고 큰방으로 돌아갔더니 어느새 우리가 식탁으로 쓰던 긴 앉은뱅이책상을 접어서 구석으로 치우고 그 대신 장식벽 앞에 있던 교사용 작은 책상을 제자리에 도로 놓아둔 상태였다. 더구나 그 책상 위에는 얇은 편지지와 만년필이 있었다. 눈 깜짝할 사이에 이렇게 바꿔 놓다니 도다의 행동력이 놀라울 따름이었다.

"저는 이제 슬슬 실례를……."

"일단 차 한잔 마시고."

도다는 방바닥에 놓은 쟁반에서 자기 찻잔 하나를 들더니 나머지를 쟁반째 교사용 책상 쪽으로 밀었다. 나는 머뭇거리다가 장식벽을 등지고 앉은 도다와 마주 보면서 교사용 앉은뱅이책상 앞에 앉았다. 찻잔에 든 현미녹차는 물 온도도 딱 맞는 데다가 향기롭고 맛있어서 오히려 더욱 불길하게 느껴졌다.

"지카, 소고기 맛있게 먹었지?"

"네에, 하지만 그건 도다 씨가 '사양하지 말고 먹으라'라고 해서……."

"아무튼 먹었잖아?"

"그렇죠."

"그래, 그럼 대필을 돕는 걸로."

도다가 사악한 미소를 지으며 단정 지었다.

"역시 그거였군요!"

하고 나는 비명을 질렀다. 창가에서 햇볕을 쬐던 가네코 씨가 '되게 시끄럽네' 하듯이 귀를 작게 팔랑거렸다.

"저기요, 왜 제가 대필을 같이해야 하는 거죠? 도다 씨가 하겠다고 한 일이면 알아서 직접 해야 하는 것 아닙니까?"

"자, 이거."

하고 도다가 옷 주머니를 뒤지더니 우마이봉 살라미 맛을 꺼내서 내밀었다. 도라에몽도 아니면서 이 사람은 어떻게 모든 걸 다 주머니 속에서 꺼내나 하고 생각하면서도 그 바람에 기세가 꺾여서 나도 모르게 과자를 받았다.

"하루토가 준 거예요?"

"응. 우마이봉은 정말 맛있네. 나는 콘수프 맛을 먹었거든."

"그 편지는 어떻게 했대요?"

"글쎄, 모르겠는데."

"왜 안 물어봤어요? 궁금하지도 않아요?"

"믹키는 씩씩하게 서예 교실에 잘 다니고, 우마이봉을 줄 때도 기분이 좋아 보여서 잘 지내나보다 했지. 그러니까 이번에도 대필을 잘해서 사람도 돕고 서로 공덕도 쌓아보자고."

"싫습니다."

"아니, 우리 한번 따져보자. 이런 말까지는 안 하려고 했는데 오늘 우리가 먹은 고기가 얼마짜리인지 알아? 자그마치 100그램에 2천5백 엔짜리야."

"아니, 그걸 물어본 거예요? 너무 무신경한 거 아니에요?"

"보수를 분명하게 해줘야 일할 마음이 생기지. 우리 둘에서 한 500그램은 먹어 치우지 않았나?"

으윽. 지난번 천왕배 레이스에서 따기만 했어도 오늘 내가 먹은 고깃값은 물론이고 아예 통째로 살 만큼의 돈을 던져주고 발을 뺄 수 있는 건데. 대필을 부탁한 사람은 우마이봉 1천 개 이상 살 수 있는 돈을 내놓은 셈이다. 뱃속에 있는 쇠고기가 갑자기 자기주장을 시작해서 나는 배를 살살 문지르면서 물었다.

"그렇게 고급 쇠고기를 사 오면서까지 대필을 부탁한 사람은 도대체 누군가요?"

내가 할 마음이 들었다고 생각했는지

"여자야. 게다가 젊어."

하며 도다가 경위를 설명하기 시작했다.

그에 따르면 하루토의 의뢰를 받은 이후로 도다 서예 교실이 대필업을 본격적으로 다시 시작했다는 입소문이 점점 퍼져 나가게 되었다고 한다. 그래서 가을에 들어서면서부터 의뢰인이 하나둘씩 찾아오기 시작했다.

"잠깐만요."

하고 내가 껴들었다.

"하루토 이후에도 대필 의뢰가 있었다는 건 금시초문인데요. 그럼 제가 문안을 생각하지 않아도 도다 씨 혼자서 충분히 대필을 할 수 있었다는 뜻이잖아요?"

"연락도 없이 나 혼자 했다고 삐지지 말고. 그것도 다 상황에 따라 다른 거니까."

대필 의뢰는 의뢰인이 미리 준비한 글귀를 들고 오는 경우가 대부분이라고 한다. 예를 들면 손이 떨려서 글씨를 제대로 못 쓰는 어르신이 손자에게 편지를 보내고 싶다면서 구술하는 내용을 도다가 받아 적는 식이다. 물론 말로 하다가 중간에 막히는 의뢰인도 많아서 대필자가 적당히 맞장구를 치거나 하며 이야기를 살살 끌어내야 할 때도 있다. 그런 경우는 야스하루 씨가 한 말처럼 '의뢰인의 이야기에 얼마나 귀를 기울이느냐'가 중요하다.

편지에 들어갈 내용을 처음부터 생각해야 했던 하루토 같은 경우는 대필 의뢰에서도 보기 드문 사례인 모양이었다.

궁금한 점은 대필의 요금 체계였다. 항상 먹거리로 사례를 받는가 싶어 도다에게 물어보았더니

"아니, 분량이나 시간으로 금액을 계산해서 정확하게 청구하는 경우가 더 많아."

라고 대답했다. 보나 마나 그런 계산을 하거나 일일이 청구하는 게 귀찮아서 의뢰인이 먹는 것으로 들고 와도 '뱃속에 들어가면 다 똑같지 뭐' 하면서 그냥 알았다고 받을 게 뻔했다.

"어제저녁 서예 교실이 끝날 시간에 딱 맞춘 것처럼 여자가 소고기를 들고 왔더라고."

하며 도다가 이야기를 이어갔다.

"20대 중반쯤으로 보이던데. 직장인 같았고 성실해 보이는 이쁜 여자였어."

일단 1층 큰방으로 안내했더니 여자는 쇠고기가 든 고급스러운 나무상자를 내밀면서 도다가 문장까지 만들어주는 대필업을 한다고 지인의 지인을 통해 들었다면서 말을 꺼냈다고 한다.

"너무 애매하지 않나요? 누군지도 모르는 그런 사람한테서 받은 고기를 어떻게 그냥 먹을 생각을 했어요?"

"너도 먹었잖아?"

"사정을 몰라서 그런 거지만, 저도 먹는 게 아니었네요."

나는 어쩌다 우연히 아이들을 상대로 한 클래스를 견학하게 되었지만, 도다 서예 교실의 학생은 사회인이 더 많다고 한다. 이 여자는 아마 그런 사람들을 통해 정보를 들었겠거니 짐작하면서 어떤 편지를 써달라는 거냐고 도다에게 물었다.

"연애편지래."

"그건 불가능하죠."

"너무 쉽게 포기하는 것 아냐?"

"아니, 실제로 도다 씨랑 제가 알지도 못하는 여자의 러브레터를 쓴다는 거잖아요? 이게 말이나 되는 일이에요?"

"말이 안 되는 일도 해내는 게 인생이지."

하며 도다는 선승이나 할 법한 소리를 했다.

"그리고 정확하게 말하자면 '역 러브레터'라고 해야겠지. 지금 사귀는 남자랑 헤어지고 싶어서 편지를 써달라는 거였으니까."

"오오, 그럼 이번에야말로 그 절교 선언장을 써먹을 때잖아요. 파이팅입니다."

그럼 저는 이만, 하고 일어서려는데 도다가 책상 너머로 내 스웨터 자락을 와락 잡았다.

"너를 협박하고 싶지는 않지만 이대로 가버리면 나는 일을 너무 많이 해서 팔에 염증이 생길 것 같은데. 그러면 필경도 못 하게 되고."

"협박하는 거 맞잖아요."

"그냥 사실을 있는 대로 말해주는 거지. 서예가의 팔은 유리처럼 섬세하고 예민해서 수시로 염증이 생긴단 말이야."

그럴 리가. 도다의 팔뚝을 내려다보았다. 긴팔 티를 입고 있어도 충분히 알 수 있었다. 근육운동을 했는지 튼튼하고 두꺼워 보였고 스웨터를 잡은 힘이 하도 세서 옷이 늘어질 지경이었다. 짜증이 났지만 어쩔 수 없이 다시 앉았다.

"그런데 도대체 왜 편지라야 하는 겁니까? '헤어지자' 한마디면 되잖아요? 상대 남자가 스토커처럼 집착이 심해서 직접 얼굴보고 상대하기가 힘들다는 건가요?"

"음~ 그런 느낌은 아니었는데."

뭐가 어떻게 된 사정인지 도무지 알 수가 없었다.

"도다 씨, 의뢰인이 하는 이야기를 제대로 들은 것 맞아요? 대필은 심리 상담 같은 거라고 도다 씨도 그랬잖아요."

"아니, 그게, '100그램에 2천5백 엔짜리 고기는 처음 먹어보겠네'라는 생각을 하느라……."

도다가 한쪽 무릎을 세우더니 바지에서 삐져나온 정강이를 벅벅 긁어댔다.

"그냥 '헤어지고 싶어서 만났을 때 일부러 안 좋은 모습을 보여도, 아니면 말도 안 되는 걸 해달라고 해도 그 사람은 아무렇지도 않게 다 해준다'라는 말은 하더라고. 그래서 도무지 헤어지자는 말이 나올 만한 분위기가 아니라나?"

"자랑하려고 하는 소리 아니에요? 좋은 남친 같은데."

"그런가?"

도다는 다시 양반다리를 하며 고개를 갸웃거렸다.

"여자가 여태 보였던 태도하고는 영 딴판으로 행동하는데 '왜 그래?' 하고 묻지도 않고 아무렇지도 않게 받아들이면 그건 태만이잖아. 벽에다 대고 말하는 것 같고 재미도 없을 테니 헤어지고 싶은 게 당연하겠구나, 하고 나는 생각했는데."

"그렇게 받아들일 수도 있겠지만……."

예전에 했던 연애의 기억을 끄집어내 보았지만 참고가 될 만한 경험은 전혀 찾을 수가 없었다. 진학한 학교가 달라서 어느새 자연스레 멀어진 경우, 서로 일이 너무 바빠져서 이야기 끝에 원만하게 헤어진 경우 등 여친과 이별할 때 대개는 그런 식이었기 때문이다. 헤어지고 싶은데 질질 끌려다니는 바람에 헤어지지 못하거나 헤어지자고 하는 상대방을 열심히 설득해서 붙잡았다거나 한 경험이 없었다.

연애가 서로 뜨겁게 불타오르는 무엇이라고 한다면 나는 성냥불 미만 정도밖에 경험한 적이 없다. 굳이 비유하자면 '온천의

뜨끈한 물에 기분 좋게 몸을 담갔는데 이제 저녁 먹을 시간이니까 그만 나가야지' 하는 정도로 시작과 끝이 평화로워서 어쩌면 연애라고 부를 수 없는 경험이 아닌가 하는 의구심까지 생길 정도다.

그래도 지금까지 사귄 사람들하고, 정확하게 꼽자면 네 명인데, 어느 사람이건 중간에 '좀 귀찮다'라는 생각이 든 적은 있어도 2년에서 5년에 걸쳐 사귀었고 결과적으로는 즐겁고 행복한 추억으로 남아 있다. 당시 상대에게 호감을 느꼈을 때의 따뜻한 기분은 지금도 여전히 마음속에 간직하고 있고 어느 여친이든 나와 사귀는 동안 나를 좋아한다는 걸 느낄 수 있었다. 그러니까 온천 료칸에 있는 것처럼 느긋하고 평화로워도 연애는 연애였다고 인정할 수 있겠다고 생각한다.

하지만 도다가 말했듯이 상대방의 불만을 예민하게 알아차리고 그때마다 충분히 이야기해서 문제를 해결하려 했느냐고 누가 묻는다면 그렇다고 대답할 자신은 없다. 아무리 소중한 사람이라도 오래도록 시간을 함께하다 보면 '일상'이 되고 타성에 젖어버리는 게 인지상정이다. 약간의 갈등이나 마찰이 생긴다 한들 그때마다 서로 진지하게 토론하는 연인이 과연 존재할까 하는 점에 대해서도 의문을 느끼지 않을 수 없다.

"저는 잘 모르겠는데요. 이런 일은 역시 도다 씨가 더 잘하지 않겠어요? 여자들한테 인기도 많을 테고."

물론 나의 비굴함과 여자들에게 인기가 있어 본 적이 없는 남자의 비뚤어진 마음에서 나온 말이었다. 그런데 도다는 겸손할 줄도 모르는지

"나랑 자고 싶다는 여자가 많다는 뜻이라면 그야 셀 수도 없을 정도지."

하고 당당하게 대답했다.

"하지만 그런 걸 두고 '인기가 있다'라고 하지 않잖아."

도다의 눈동자에 그늘이 언뜻 보인 듯해서 나는 간담이 서늘해지며 당황했다. 들판이라고 생각하며 산책했는데 어느새 남의 집 안마당을 침범했다는 사실을 알게 되었을 때와 비슷한 느낌이었다. 물론 실제로 남의 집 안마당에 발을 들여놓은 경험은 없지만.

도다의 눈동자는 금방 원래의 밝은 빛을 되찾았고, 숨을 쉬듯이 헛소리를 하는 평소의 표정으로 돌아왔다. 그러더니

"아무튼 지카, 네가 글귀를 생각해 봐."

하고 억지로 이야기를 마무리 지으려 했다.

"그냥 내 팔의 염증을 미리 막아준다고 생각하면 되잖아."

조금 전에 비친 어두운 그늘은 전혀 의도치 않게 드러난 것이었고, 도다는 그 사실에 당황해서 순간의 어두움을 숨기려 한다

는 것을 느낄 수 있었다. 그래서 나도 아무것도 눈치채지 못한 척하며 밝은 목소리로

"글귀를 생각하는 것하고 염증 방지하고 무슨 상관이 있다고 그래요?"

하며 타박했다.

"그야 그렇지만."

가네코 씨가 창가에서 늘어지게 기지개를 켜더니 발소리도 내지 않고 도다에게 다가갔다. 그야말로 염증이 생길 듯한 무게일 텐데 도다는 망설임 없이 거뜬히 안아 올려서 무릎에 앉혔다. 앉은뱅이책상 너머로 가네코 씨가 박력 넘치는 얼굴을 들이밀었다.

"슬슬 다음 작품을 시작해야 해서 남의 연애편지에 머리를 쓰고 있을 때가 아니란 말이야."

"전시회 끝난 지 얼마 안 됐다고 그러지 않았어요?"

"지카는 잘 모르겠지만 말이야……."

도다가 가네코 씨의 양쪽 겨드랑이에 손을 넣더니 이쪽으로 배를 보이며 들어 올렸다. 가네코 씨는 잔뜩 볼멘 표정 그대로 몸만 기다랗게 늘어났다. 몸통이 엄청나게 길다. 다시 앉히자 거대한 찐빵처럼 둥글게 되었다. 요괴 같은 존재다.

"내가 이래 봬도 인기 서예가거든. 서예전은 1년 내내 어디선

가 개최되고 있는데 다들 나보고 참여하라고 하도 난리를 쳐서 힘들어 죽겠어요~!"

"알겠습니다. 그럼 해볼게요."

어쩔 수 없이 한다는 듯이 말했지만 사실 아까부터 속으로는 할 수밖에 없겠구나, 하고 각오한 상태였다. 내가 먹은 고급 쇠고기랑 도다가 보이고 싶지 않던 부분을 어쩌다 건드렸다는 점이 부담되어 내 어깨를 무겁게 짓눌렀기 때문이다.

"고마워요~!"

도다가 가네코 씨의 양쪽 앞다리를 들어 올려 만세 포즈를 만들었다.

"그런데 아직도 잘 이해가 되지 않는 부분이 있는데요. 결국 그 여자 의뢰인은 남친한테 '헤어지자'라는 말을 분명하게 한 적이 없다는 건가요?"

"그렇지."

"그럼 느닷없이 '헤어집시다' 하고 편지를 보내봐야 아무런 효과가 없을 텐데요? 남자 쪽에서는 연애가 순조롭고 원만하게 진행되고 있다고 인식하고 있을 테니까 그런 편지를 받으면 '이게 뭐지?' 하지 않을까요?"

"그렇겠지. 그러니까 '뭐든 들어줄게' 하는 남자라도 완전히 나가떨어질 만한 내용으로 해야지."

"그렇군요……. 내 손은 더럽히고 싶지 않고 상대방이 알아서 떨어져 나가주었으면 좋겠다는 식이네요. 요즘 스타일이네."

"그런가? 예나 지금이나, 남자나 여자나 그런 마음을 어느 정도 다 갖고 있지 않나? 누구하고든 관계를 끊는 건 보통 힘든 일이 아니니까."

도다가 가네코 씨의 머리를 쓰다듬었다. 가네코 씨는 도다의 무릎 위에서 몸을 틀어 도다의 품속에 얼굴을 파묻으려고 자세를 잡았다. 그 안에 고양이 간식이 있는지 찾으려는 모양이었다.

"소고기를 준 여자도 나름대로 시도는 해본 모양이더라고. 그런데 내 눈에도 워낙 성실해 보였으니까 열심히 머리를 짜내서 자기 딴에는 안 좋은 꼴을 보이려고 했어도 대수롭지 않게 보였겠지. '더 이상의 이상한 행동은 연기력이 딸려서 도저히 안 되겠다'라는 생각이 들어서 여기 왔을 거야."

나도 성실하고 상식적인 사람이어서 '누군가와 자연스럽게 헤어지게 한다'라는 목적을 가지고 상대방을 나가떨어지게 할 만한 이상한 글귀를 생각해 내기가 쉽지 않다. 그런 면에서는 남이 어떻게 생각하건 상관없이 내 갈 길을 가는 식의 도다가 훨씬 적합하지 않을까 싶었다. 그런데 막상 도다는 진지한 표정으로 벌써 책상에 놓여 있던 만년필을 들고 대기 중이었다. 고양이 간식을 못 찾았는지 가네코 씨는 다시금 새끼 판다처럼 몸을 둥글게 말고 도다의 가랑이 사이에서 자려는 모양이었다.

눈꽃 마블링의 고급 쇠고기와 전갱이 맛된장. 지금 생각하니 너무 잘 맞아떨어져서 위험스러운 메뉴다. 지나치게 맛깔난 것에는 함정이 숨어 있기 마련이다.

한숨을 쉰 나는 손에 들고 있던 살라미 맛 우마이봉을 쟁반에 내려놓았다. 어떤 글귀로 해야 할지 필사적으로 머리를 돌려본다. 그런데 하루토 때 이상으로 정보가 너무 적었다. 애초에 의뢰인과 상대 남자의 이름, 그리고 어디서 알게 되었고 어떤 식으로 몇 년 동안 사귀었는지도 모르는 상태다.

그러자 도다가 작업복 주머니에서 꺼낸 메모를 보면서 책상 위에 있던 봉투에 받는 이의 이름을 쓰기 시작했다. 편지지와 세트로 된 봉투였는데 얇고 반질반질한 하얀 종이에 벚꽃 꽃잎 무늬가 있었다.

"저기……. 11월하고 벚꽃은 시기적으로 너무 동떨어져 있는 거 아닌가요?"

"계절을 일부러 무시하는 편이 뭔가 핀트가 나간 느낌을 주잖아."

"그런 전술인가요?"

나는 그러려니 하고 도다가 쓰는 글씨를 지켜보았다. 받는 이는 '오카자키 다쿠마 님'이고 주소는 도쿄 스기나미구다. 뒷면에는 '모리쿠보 사리나' 하고 이름만 적었다. 답장할 생각 말고 제발 그냥 조용히 꺼져달라는 무언의 요구를 표현하려는 모양이었다. 만년필 잉크는 짙은 붉은색으로 아름다운 색깔이기는 하나 보기에 따라서는 바짝 마른 피처럼 보이기도 한다. 이런 색을 고른 것 또한 작전의 하나겠지. 도다는 이번에도 빙의된 사람처럼 놀라울 정도의 실력을 발휘하여 부드럽고 모난 데 없는 정돈된 필체를 보여줬다. 펜글씨의 교본 같은 글씨다.

"그 의뢰인이라는 모리쿠보 씨는 글씨를 정말 예쁘게 쓰시네요."

"아, 이건 그냥 적당히 쓰는 거야. 닥 군은 사리리의 글씨체를 잘 모를 거라고 했으니까 '이 사람이라면 이런 글씨체겠구나' 싶은 이미지로 쓴 거지. 평소에 연락을 톡으로만 해서 손글씨로 된 편지를 주고받은 적이 한 번도 없대."

요즘 커플이니 당연하다. 생각해 보니 나도 러브레터랍시고 쓴 적은 한 번도 없다. 이제는 유물처럼 되어 버린 러브레터. 연애와 관련해서 생전 처음으로 머리를 쥐어 짜내는 문장이 남의 이별 이야기에 대한 것이라니.

"닥 군하고 사리리는 또 뭐예요?"

"뭘 물어봐? 보나 마나 뻔하지. 서로 뭐라고 부르는지가 중요하다고 전에 네가 그랬잖아. 그래서 이번에 내가 미리 물어봤지."

도다가 험악한 표정으로 대답하면서 주소와 이름을 다 쓴 봉투와 메모를 치우고는 편지지를 앞으로 당겼다.

"자, 시작해 봐."

이런 바보 같은 애칭으로 서로를 부르는 커플이라니, 솔직한 말로 어떻게 되든 상관하기 싫었다. 어쩌면 닥 군도 사리리가 헤어지고 싶어 하는 걸 알면서도 모르는 척하고 있는 게 아닐까? 우선은 둘이 잘 이야기해 보고 나서 다른 사람을 끌어들이든 뭐든 했으면 좋겠다. 그런 생각이 들기는 했지만 스키야키는 벌써 뱃속에서 소화되는 중일 테니 어쩔 수 없는 일이었다. 그냥 이참에 얼굴 한 번 본 적 없는 사리리에 빙의해서 닥 군에게 할 말을 하는 수밖에 없다.

나는 눈을 내리깔아 하얀 편지지만 시야에 담고서 호흡을 가다듬었다.

"닥 군.

이런 편지를 갑자기 받으면 닥 군이 많이 놀라겠다고 생각합니다. 하지만 난 이 세상의 엄청난 비밀을 알게 되었고, 한시도 지체할 수가 없고, 당장이라도 모두에게 진실을 알게 해야겠다는 생각이 들어서 닥 군한테 제일 먼저 알리려고 합니다.

닥 군도 판다 알죠? 하얗고 까맣고 포동포동하고 사람들이 많이 좋아하는 그 동물 말이에요. 올해 일본 어느 동물원에서 판다

쌍둥이가 태어났다고 더 화제가 되었고 다들 판다에 완전히 빠져 있는 느낌이 들었어요.

이렇게 쓰는 것만 봐도 알겠지만, 그리고 닥 군은 벌써 알고 있으리라 믿지만 나는 판다에 대해 별로 흥미가 없었어요. 물론 판다를 좋아하는 사람이 있으면 '정말 귀엽죠~' 하고 맞장구를 쳐주는 정도는 했지만, 마음속으로는 '그냥 흰색하고 까만색이 섞인 곰이지' 하고 생각했어요.

닥 군은 항상 '사리리는 마음이 착해서 남의 눈치를 너무 봐'라고 말했지요? '나랑 있을 때는 그냥 하고 싶은 대로 해'라고도 그랬고요."

"진짜?!"

도다가 만년필을 멈추더니 깜짝 놀란 표정으로 고개를 들었다.

"난 소고기 준 여자한테 그런 얘기를 들은 적이 없는데?"

짜증이 확 치밀었다. 내가 말하면 도다가 그 자리에서 막힘없이 핏빛 글씨를 편지지에 써나가고, 어느새 내 목소리는 그대로 형상으로 만들어지고, 그 목소리조차 내가 아닌 사리리의 목소리 같은 착각이 들면서 영혼이 붕 떠오르는 쾌감을 느끼려던 찰나에 갑자기 중간에 집중력이 흐트러져 버렸기 때문이다.

"무슨 짓을 해도 받아주는 닥 군이라면 틀림없이 그렇게 말했겠다고 짐작한 겁니다."

"그래? 혹시 지카가 예전에 여친한테 그렇게 말한 거 아냐?"

도다가 능글능글 웃으며 놀렸다.

"아니거든요. 저는 인간관계에 예의와 절도가 있어야 한다고 믿는 편이라서요. '있는 그대로의 너를 보여줘'라는 식의 노래 가사를 들으면 그야말로 '진짜로?' 하고 오히려 되묻고 싶어요. 집에 혼자 있을 때처럼 상대가 방귀를 뿡뿡 뀌고 콧구멍을 후벼 파고 있어도 사랑하는 마음에 전혀 변함이 없다면 모르지만 그 게 어디 가능하겠어요?"

"그럼 네가 닥 군이랑 사귀면 되겠네. 코앞에서 방귀를 뿡뿡 뀌어도 다 받아줄걸."

"그러니까 저는 예의와 절도를 중시한다니까요. 사귀는 사이 건 가족이건 남이랑 있을 때는 '있는 그대로의 나'를 보이고 싶 지도 않고 그럴 필요도 없다고 생각한다고요."

"그렇구나. 난 할배랑 방귀로 이야기하고 막 그랬는데."

"도다 씨가 방귀로 뭘 했건 알 바 아니네요. 그래서, 어떻게 할 까요? 닥 군이 한 말은 지워 버리고 다른 식으로 이어갈까요?"

"아니. 이야기가 어떤 식으로 흘러갈지 궁금하니까 그냥 계속 해 봐."

"그럼."

나는 가벼운 헛기침으로 목을 고른 다음 말을 이어갔다.

"그렇게 말해줘서 너무 좋았고 정말 든든했어요. 그래서 딱 군 한테는 내가 알게 된 진실을 숨김없이 말할 수 있는 거예요.

지난달에 일어난 일이에요. 주말 오후에 TV에 나오는 정보 프로를 멍하니 보고 있는데 쌍둥이 새끼 판다 특집이 나오더라고요. 일반 공개가 가능할 정도로 무사히 자란 기념이니 뭐니 하면서 태어나서 지금까지 자라온 모습들을 소개해 줬어요. 그 영상을 보다가 갑자기 벼락을 맞은 것처럼 온몸이 부들부들 떨리기 시작했어요. 하늘의 계시를 받은 거예요. 판다는 지구 밖에서 온 외계생명체라는 계시였어요!"

"지카, 너 머리가 어떻게 된 거 아냐?"

도다가 또다시 훼방을 놓았지만 나는 대꾸도 안 하고 말을 이어갔다.

"왜냐하면 새끼 판다의 성장이 너무 느린 거예요. 생후 백일이 지나도 아직도 꿈틀꿈틀 움직이는 정도밖에 못 해요. 태어나자마자 막 뛰어다니는 사슴하고는 너무 다르잖아요.

게다가 엄마 판다도 이상해요! 쌍둥이는 평소에 사육담당자가 키우는데 가끔 엄마를 만나러 갈 때가 있어요. 그런데 한 마리씩만 만나게 하더라고요. 왜 그런지 궁금해서 TV를 유심히 보다보니 알게 되었어요. 엄마 판다는 새끼 판다의 꼬리를 물고 들어서 새끼 머리를 아래쪽으로 해서 안더라고요. 그러다가는 꼬리가 끊어질 것 같고 그런 식으로 하면 머리에 피가 쏠리잖아요.

하는 짓이 너무 서툴러서 자기가 낳은 새끼가 쌍둥이라는 사실도 모르는 게 아닐까 싶었어요. 새끼 판다는 한 마리씩 번갈아 엄마를 만나는데 엄마는 아기가 서로 다른 두 마리라는 걸 몰라보는 것 같더라고요. 그러고는 또 머리를 아래쪽으로 해서 안아주고……!"

"잠깐, 잠깐, 너무 빨라. 못 따라가니까 천천히 좀 해."

"그런 식이면 도저히 쌍둥이를 한꺼번에 키우지 못할 것 같은데 동물원이면 그나마 괜찮겠지만 야생의 거친 환경에서 어떻게 지금까지 번식하고 새끼를 키웠을까 하는 의문이 들었어요. 더구나 TV에서 그러는데 판다는 발정기가 1년에 이틀인가 밖에 안 되는 데다가 그사이에 어떻게든 교미를 해도 임신하기가 하늘의 별 따기라고 하더라고요. 중국의 드넓은 산과 들에 사는 판다는 도대체 어떻게 새끼를 낳고 번식을 했을까요? 타이밍이 딱맞게 마음에 드는 상대를 만나거나 하지는 못했을 거 아닌가요? 발정기가 1년에 이틀밖에 안 되다니 너무 적고 짧은 거 아닌가요? 그 점이 너무 이상했어요."

"판다 말고도 그런 동물이 있을 것 같기는 한데."

"지구에서 살아남기에 너무 힘들겠다는 생각이 들었어요. 그런데 바로 그 순간 진실을 알게 된 거죠. 판다는 지구에서 태어난 생물이 아닌 외계생명체라는 사실을 말이에요. 그래서 대나무를 먹을 때도 별로 맛있게 보이지 않는 거예요. 대나무 말고 진짜로 자기 입맛에 맞는 먹이-나는 그게 우주 에너지를 응고시킨 스틱 타입의 검은 물체라고 믿어요-가 있는데 지구에서는 그걸 얻을 수 없으니까 어쩔 수 없이 대나무를 먹는 거죠. 이 깨달음으로 모든 의문에 해답을 얻었어요. 새끼를 거꾸로 끌어안는 이유도 판다의 고향별에는 중력이 없어서 방향 같은 건 신경을 쓰지 않아도 되니까 그런 거였어요.

이제야 내가 이 세상에 태어난 이유를 깨닫게 되었어요. 판다를 고향별로 돌아가게 해주기 위해서였어요. 우연한 사고 때문에 판다는 지구에 온 거죠. 어떤 '사고'였는지 자세한 사정은 비밀이라 아직 알 수 없지만 아마 운석과 관계가 있을 거라고 짐작하고 있어요. 그들은 익숙하지 않은 환경인 이 지구에서 괴로워하고 있어요. 머나먼 고향을 그리며 슬퍼하고 있어요. '귀엽다'라고 난리를 치고 있을 때가 아닌 거죠.

전 세계에 있는 동물원들뿐만 아니라 중국 정부도 미국 정부도 일본 정부도 판다가 외계생명체라는 사실을 잘 알면서도 너무 귀여우니까 지구에 그대로 있게 하고 싶어서 그 사실을 모르는 척 외면하는 거예요. 판다의 귀여움을 착취하는 행위를 당장 그만두게 해야 합니다!

나는 앞으로 판다를 보호하고 고향 별로 돌려보내는 활동을 시작하려고 합니다. JAXA(일본우주항공연구개발기구)나 NASA와도 연락하고 협상해야 하니까 너무 바빠서 닥 군을 만나지 못하게 될지도 모르지만, 이 위대한 사명을 위해 정의로운 활동에 매진할 거니까 괜찮아요. 그러니까 닥 군도 너무 걱정하지 말아요. 그리고 닥 군도 앞으로 판다들을 지켜주세요.

사리리 드림."

"괜찮기는 뭐가 괜찮아. 지카, 정신은 말짱한 거야? 도대체 어느 외계생물한테 뇌파를 접수당한 거야?"

마지막까지 다 쓴 도다가 신음하듯이 물었다. 편지지가 모자라서 마지막 페이지 끄트머리는 글자가 극단적으로 작아졌고, 뒷면으로 이어졌다. 그래도 글씨는 끝까지 단정함을 잃지 않았고, 오히려 그런 점이 핏빛 잉크 색과 어우러져 더욱 불안감을 자아냈다.

"성실하고 상식적으로 보이던 사람이 어느 날 갑자기 이상한 음모론에 빠져서 전혀 말이 통하지 않게 되었다는 이야기를 여기저기서 종종 듣잖아요. 그래서 그런 방법을 이용할 수도 있겠다 싶었지요."

나는 판다의 외계생명체설을 끝까지 마무리 지을 수 있어 다행이라는 생각에 안도의 한숨을 쉬면서 완전히 식어버린 현미녹차로 목을 축였다. 하루토와는 달리 사리리는 정말 공감하기 힘들었지만 그래도 나름대로 빙의하려고 노력하는 사이에 두뇌가 팽팽 돌아가는 감각이 들면서 말이 거침없이 쏟아져 나왔다. 그리고 모든 일을 마친 지금 기분 좋은 피로감으로 머릿속이 멍한 상태였다.

"하긴 사귀던 여자한테 이런 편지를 받으면 백 년의 사랑도 한순간에 식어버릴 것 같기는 하네."

도다는 편지를 깔끔하게 접어서 봉투에 넣었다. 사리리에게 내용을 확인하게 하기 위해서인지 봉투를 붙이지 않고 책상에 올려놓았다.

"그런데 혹시라도 '뭐든 들어줄게' 하는 놈이 이번에도 그대로 받아주면서 '나도 판다를 고향 별로 돌려보내는 활동에 동참할게' 하고 나서면 어떡하지?"

"그때야말로 진짜로 헤어지자는 말을 직접 하면 되잖아요. 내가 사랑하는 사람이 말도 안 되는 주장을 하기 시작하면 걱정이 되어서라도 '그건 아니잖아' 하고 말리고 설득하는 게 정상 아닌가요? 이런 판다설조차도 아무렇지 않게 받아들인다면 도다 씨 말처럼 닥 군은 연애에 대해 태만한 사람이고 사리리를 진심으로 아끼거나 사랑하지 않는다고 봐야지요."

"그러네. 사람을 시험하는 건 안 좋은 일이지만, 일단은 소고기를 준 여자 자신의 판단에 맡겨야지."

도다 씨는 잠든 가네코 씨를 방바닥에 내려놓았다. 대필하는 사이 꼼짝도 하지 못해 다리가 저린 모양이었다. 책상을 옆으로 끌어당겨서 지지대 삼아 다리를 펴고 종아리를 주무르기 시작했다.

"그나저나 판다라니? 어디서 나온 발상이야?"

도다가 웃음을 머금은 목소리로 물었다.

"나는 글씨를 쓰면서 '아아, 지카 이 녀석, 의식이 머나먼 곳으로 떠나버렸네' 싶어 머리가 아플 지경이던데."

굳이 말하자면 하늘의 계시는 대개 별것도 아닐뿐더러 엉뚱할 수 있다는 천왕배 레이스의 경험을 바탕으로 아까부터 눈앞에 보이는 가네코 씨의 투실투실 복스러운 자태가 덧붙여져 그게 힌트가 되었다고 할 수 있다. 판다는 참 신기한 생물이라고 평소에 생각하기도 했다.

"지난달에 제가 은행 창구에서 차례를 기다리고 있었는데요."

"뭐야, 또 이상한 소리 하기 시작하는 거 아냐?"

"아마 아닐 거예요."

"이미 충분히 아주 이상한데. 요즘 같은 때 일부러 은행 창구를 찾아간다고? 주식도 인터넷으로 사고파는 시대에?"

"애석하게도 그런 투자를 해본 적은 없네요. 집세를 자동이체로 나가게 해두었는데 집 계약이 바뀌는 주기에 맞춰서 그것도 2년에 한 번씩 갱신하게 되어 있거든요. 그런데 이번에는 이사하지 않아서 자동이체도 그대로 계속 이어지게 하려고 은행 창구에 간 거예요."

"이거 봐, 이거 봐. 역시 이상하다니까. 일부러 자동이체를 한다고? ATM에서 매달 송금하는 것보다 수수료가 더 나가잖아?"

"그렇죠. 그런데 직장이 이교대 근무로 돌아가서 그런지 날짜나 요일 감각이 애매할 때가 많거든요. 그래서 매달 직접 송금하려고 하면 자꾸 날짜를 놓치게 되더라고요. 그러니까 집세를 밀리지 않고 내려면 할 수 없이 자동이체를 시켜야 해요."

"고지식한 건지 게으른 건지 모르겠네."

도다는 다리를 주무르던 손을 이제야 멈추더니 현미녹차를 단숨에 들이켰다.

"아무튼 은행에서 기다리는데, 편하게 볼 수 있는 동영상이어서 그런지 거기 모니터에 새끼 판다가 자라는 모습이 나오더라고요. 내용은 아까 편지 쓸 때 말한 그대로였는데 그걸 보면서 판다는 참 신기한 생명체라는 생각을 했어요. 이렇게 아무 생각 없이 사는데 지금까지 멸종되지 않은 건 기적이 아닌가 싶었고, 그런 판다를 소중히 지키며 키우는 사람들도 참 대단하다고 생각했죠."

"너도 참…… 별종이네."

"그런가요? 세상에서 살아남기 힘들어 보이는 판다의 허술하고 어눌한 면이 보는 이들의 공감을 불러일으키는구나 싶었고, 그래서 어떤 면에서는 이해가 되던데요."

마당에 비치는 햇살이 가을 오후의 연한 빛으로 바뀌었다. 손목시계를 보니 벌써 오후 1시 반이었다. 반나절이나 여기 있던 셈이다. 그런데 아침부터 술을 마시면서 스키야키를 먹고 함께 편지 대필까지 마치고 나니 순식간에 시간이 지난 듯했다. 도다 때문에 억지로 오게 되어 처음에는 너무 불편하고 한시라도 빨리 나가고 싶었는데 지금은 마음이 통하는 친구와 함께 있는 것 같은 느낌만 남아 있었다.

아마 도다가 옆에 있는 사람을 편하게 해주는 분위기를 가지고 있어서인 것 같다. 그런 한편으로 도다가 생각보다 다른 사람을 잘 살피고, 주변에 신경을 많이 쓰는 사람이라는 사실도 이번에 와서 알게 되었다. 항상 자기 멋대로 일을 진행하고 남을 휘두르는 것처럼 보여도 적절한 때 냄비에 고기를 추가하기도 하고 내 술잔에 술을 따르는 등 도다는 나를 대접하기 위해 은근히 신경을 많이 썼다.

도대체 어떤 사람일까? 이제야 비로소 도다라는 사람이 진짜로 궁금해졌다. 지금까지는 단순히 일을 부탁해야 하는 상대에

게 사무적인 연락을 하고 그 과정에서 어쩔 수 없이 대필을 도와
주기도 했을 뿐이었다. 그런데 도다는 어째서 굳이 나에게 편지
문안을 생각하게 했을까가 궁금해졌다. 보나 마나 대답은 "우연
히 거기 있었으니까"일 게 뻔하다. 그런 추측 때문에 굳이 물어
보지는 않았다.

쟁반에 올려둔 우마이봉을 집어 들고

"이제 슬슬 가보겠습니다."

하고 말했다.

"설거지해놓고 갈까요?"

"됐어, 설거지는 무슨. 달랑 냄비만 씻으면 되는데. 설거짓거
리가 적은 게 스키야키의 장점이지."

"정말 맛있게 잘 먹었습니다. 감사합니다."

"나야말로 도와줘서 고마웠어. 초대장 봉투는 배달시킬 테니
까 걱정하지 말고."

잔뜩 쌓아놓은 책상 위에 얹어둔 점퍼를 챙기는 것을 보더니
도다도 으이차 하고 일어섰다.

"대필 의뢰가 또 들어오면 연락할게."

"사양하겠습니다."

말은 그렇게 했어도 또 얼떨결에 돕게 되겠구나, 하는 예감이
들었다. 함께 편지 대필을 하는 동안에는 말하자면 내가 컴퓨터

고 도다가 프린터 같다. 양쪽은 무선으로 이어졌고, 자기 성능을 최대한으로 발휘해서 하나의 작업에 임한다. 그렇게 일심동체가 된 듯한 묘한 감각을 느낀다. 그래서인지 나도 모르게 도다에게 마음을 열기 시작한 것 같았다.

가네코 씨를 안은 도다는 지난번처럼 현관 앞까지 나와서 나를 배웅했다.

내가 신발을 신는 동안 하릴없이 가네코 씨의 등을 쓰다듬던 도다가 문득

"그러고 보니 지카는 실물로 판다를 본 적이 있어?"

하고 물었다. 실물로 판다라니 참 이상한 표현인데 직접 눈으로 본 적이 있느냐는 뜻이겠거니 했다.

"초등학교 5학년 때였나, 아무튼 딱 한 번이요."

하고 대답했다.

"친척 결혼식 때문에 우리 가족이 다 같이 도쿄로 온 적이 있는데 그때 우에노에 있는 동물원에 가서 봤어요."

"그래서 어땠는데? 진짜 외계생명체 같았어?"

"엉덩이를 내밀고서 쿨쿨 자고 있었어요."

"그럼 아주 편하게 지구 생활에 잘 적응했다는 뜻이네."

"네, 아마 지구에서 태어난 게 맞을 거예요."

우리는 얼굴을 마주 보며 피식 웃었다.

"도다 씨는 판다를 본 적이 없어요?"

"응, 못 봤어. 동물원 자체에 한 번도 가본 적이 없으니까."

도다가 아무렇지도 않게 말해서 나도 놀란 심정을 드러내지 않으려고 애썼다.

어렸을 때부터 일본에서 살았다면 그런 일이 있을 수 있을까? 부모님이 너무 바빠서 동물원에 데려가지 못했다 하더라도 학교 소풍은? 우에노 동물원까지는 아니더라도 작은 동물원이 있는 지역은 얼마든지 있다. 친구나 사귀는 사람과 놀러 갈 때도 동물원으로 가는 경우가 적지 않다. 그런데 한 번도 간 적이 없다니.

'그럼 다음에 같이 가봅시다. 하루토한테도 같이 갈 수 있는지 물어보고요.'

이렇게 말하고 싶었는데 이런 말을 할 정도로 친한 사이가 아니지 않은가 싶어 주저하게 되었다. 게다가 공연히 이런 말을 했다가 도다가 숨기고 싶어 하는 무언가를 또 들춰내게 되지 않을까 하는 우려 때문에 결국 "그럼 이만 실례하겠습니다" 하는 어색한 인사만 하고 말았다.

도다는 나의 순간적인 놀람과 망설임을 알아차리지 못했는지

"또 와."

하고 밝은 목소리로 대답했다. 도다의 품에 안긴 가네코 씨가 수정처럼 투명한 눈으로 나를 바라보았다.

점퍼 주머니 속에서 우마이봉이 낙엽처럼 부스럭거렸다. 도랑 길을 빠져나와 시모다카이도역으로 걸어가는 동안 나는 도다에 대해 생각해 봤다.

어떤 인물인지 도무지 알 수가 없었다. 다만 어딘가 외로운 사람이라는 생각이 들었다. 혼자 산다던가, 서예 교실이 잘 되고 학생들도 좋아하는 선생님 같다던가, 본인이 아주 속 편하고 호탕해 보인다던가, 그런 겉모습과는 전혀 상관이 없는 차원에서 도다가 우리와 동떨어진 곳에 있는 것처럼 느껴지는 순간들이 있다.

먹물 향기가 은은하게 풍기는 저 조용하고 낡은 집이 그런 느낌을 주는 것일까? 대화도 하고 같이 먹기도 하고 편지 대필까지 하는데도 도다를 마주하다 보면 아주 가끔 우리가 가진 상식이나 감각이나 언어가 전혀 통하지 않는 존재 같다는 느낌이 든다. 그야말로 도다가 머나먼 별에서 온 외계생명체인데 필사적으로 지구인 흉내를 내면서 우리가 생각하는 '일상생활'에 적응하려고 하는지도 모른다는, 그런 느낌 말이다.

말도 안 되는 상상이다. 그렇지만 주위와는 결정적으로 다른 부분을 숨기면서 '평범함'을 연기해야 한다면 얼마나 힘들고 외로운 일일까?

물론 도다뿐만 아니라 누구에게나 다른 사람과는 다른 부분이 반드시 존재한다. 그래도 주위에 맞추려고 애쓰기도 하고, 혹은 도저히 안 맞춰져서 삐져나가기도 하면서 세상을 살아간다. 어렸을 때 동물원에서 본 판다도 엉덩이를 이쪽에 돌린 자세로 누워서 고향의 산과 들을 그리워하고 있었을지도 모른다.

바람이 불기 시작해서 점퍼를 입었는데도 쌀쌀했다.

3

매년 그렇지만 올해도 연말연시는 일하느라 정신없었다. 당연히 아리마 기념 레이스 때도 경마장에 가지 못했다. 게다가 섣달그믐부터 정초에 걸쳐 야간 근무조였다.

어린 자녀가 있는 직원들은 주간 근무 위주로 시프트가 편성되는 경우가 많다. 가끔 야간 근무조에 들어간다 해도 크리스마스나 새해 첫날 같은 명절에는 가족과 함께 지낼 수 있도록 다른 직원들이 배려한다. 그러다 보니 필연적으로 나 같은 솔로는 야간 근무가 잦을 수밖에 없는데 개인적으로는 오히려 그게 더 반갑다. 수당도 그만큼 더 붙고 성수기가 아닐 때 갑자기 사정이 생겨 근무를 바꾸려는 경우에 "쓰즈키 씨가 지난번 야간 근무에 들어가 줬으니까 이번에는 제가 대신 할게요" 하고 나서주기도 하기 때문이다.

게다가 나는 미카즈키 호텔의 밤 분위기를 좋아한다. 룸서비스 주문이 들어오기도 하고 가끔은 어디가 아프다는 손님도 있어서 긴장의 끈을 놓을 수는 없다. 그래도 객실에 있는 손님들이 잠들고 고요함이 파도처럼 퍼져나가 호텔 전체가 고요의 바다에 잠기는 걸 느낄 때면 왠지 행복한 기분이 든다. 고객들의 편안한 잠을 지키는 수호자가 된 것 같기도 해서 더욱 정신을 바짝 차리게 된다.

같이 야근하는 동료와 함께 프런트의 난방이 꺼지지 않도록 번갈아 확인하기도 하고, 호텔 안에 문제가 없는지 돌아다니면서 살핀다. 불기가 있는 곳이나 공용 공간의 잠금 상태도 확인하고 그사이에 로비에서 신주쿠 주오공원의 캄캄한 숲과 한밤중에도 모든 창문이 캄캄해진 적이 없는 고층 빌딩들을 바라본다. 사무실에서 서류작업을 처리하는 때도 있고 설비 점검을 위해 온 업체 사람과 잡담을 하기도 한다. 손님들이 잠들어 있는 동안에도 미카즈키 호텔은 여전히 숨을 쉬며 돌아간다.

1월 1일 아침, 나는 옷매무새를 잘 확인한 다음 셰프가 정성을 다해 만든 '레스토랑 크레셴도의 특별 오세치 요리(일본의 설날 음식-옮긴이)'를 객실에 배달하러 다녔다. 사전에 예약한 숙박 손님들에게만 드리는 오세치 요리인데 한 끼에 다 비울 수 있는 작은 찬합에 일본과 서양의 알록달록 화려한 색채의 한입 요리들이 다양하게 담겨 있다. 전통 일본식 가다랑어 국물로 만든 떡국 한 그릇과 설날에 마시는 술을 대신하여 청주 또는 생과일주스를 샴페인 글라스에 담아 함께 제공한다. 객실에서 편안하게 설날 기분을 만끽할 수 있다고 해서 인기가 많은 설날 특별 룸서비스인데 매년 이걸 즐기려고 일부러 미카즈키 호텔에서 새해를 맞이하러 오는 단골손님들이 많다.

물론 레스토랑 '크레셴도'에서 평소와 같은 조식을 드시는 손님들도 있다. 그쪽은 분위기가 어떤가 싶어 레스토랑에 가서 보니 정초 분위기를 내기 위해서인지 각 테이블에 있는 작은 유리 꽃병에 빨간 열매가 달린 남천 가지가 있었다. 역시 셰프의 눈길이 주방은 물론이고 업장 안의 모든 곳을 빈틈없이 살피고 있구나, 하고 감탄했다. 새벽부터 출근해서 일하던 레스토랑 홀 담당자와 눈길을 주고받으며 말없이 고개를 끄덕였다.

사흘간 이어지는 새해 연휴 동안 계속 호텔에서 지내는 손님이 있는가 하면 초하루에 체크아웃하는 손님도 있다. 연말연시에는 평소와 다른 업무가 많은데 그에 비해 근무자는 아무래도 줄어드는 경향이 있어 평소라면 주간 근무자가 하는 체크아웃 업무까지 하고 손님들을 배웅한 다음에 일을 마쳤다.

집에 가기 전에 사무실에 들렀더니 호텔로 배달된 연하장들이 책상 위에 수북했다. 단골손님이나 거래처에서 보낸 연하장들이다. 업무용 컴퓨터의 연하장 명단 파일을 열어 호텔에서 보내야 하는 연하장 중에 빠진 사람이 없는지 확인한다. 미나세 씨 사모님은 작년에 일찌감치 연하장을 대신한 상중 엽서를 보내셨는데 '내년에도 늘 묵었던 날에 딸네 가족과 함께 가겠습니다'라는 글이 손글씨로 덧붙여져 있었다. 우리 호텔 직원들로서도 정말 감사하고 보람이 느껴지는 일이어서 지배인이 직접 답신을 보낸 것으로 알고 있다.

연하장을 분류해 본 결과 연하장 열세 장을 새로 보내야 할 필요가 있다는 사실을 알게 되었다. 명단에 재빨리 정보를 덧붙이고 호텔에서 만들어둔 연하 엽서에 주소와 이름을 넣어서 프린트했다.

올해의 연하 엽서는 수채화로 연하게 미카즈키 호텔 전경을 그린 그림이다. 호텔 위의 하늘 부분에 인사말과 '근하신년'이라는 글자가 인쇄되어 있다. 이 '근하신년'이라는 글자는 도다가 쓴 글씨다. 우리 호텔에서는 평소 거래하는 필경사들에게 해마다 돌아가면서 이 글씨를 써달라고 의뢰해서 사용한다. 도다는 상중인데 이런 부탁을 해도 되려나 싶었는데 전화했더니 "그래, 하지 뭐" 하고 걱정했던 내가 맥이 빠질 정도로 가볍게 받아주었다.

덧붙여 말하자면 필경사들은 글씨의 프로답게 연하장 하나도 허술하게 하지 않고 매년 빠짐없이 보내주는 사람들이 많은데 화려한 글씨체부터 위풍당당한 글씨체까지 그 필체를 보는 것만으로도 눈이 즐거워진다. 도다는 평소에 어떤 연하장을 보내려나 궁금했는데 상중 엽서도 오지 않은 것으로 보아 아마 귀찮다고 연하장을 통한 인사 자체를 안 하지 싶었다.

사실 나는 스키야키를 먹은 날 이후로도 두 번이나 더 도다 서예 교실을 찾아갔다.

한 번은 '근하신년'을 써달라고 하기 위해서였다. 도다는 내가 지켜보는 앞에서 종이에 여러 글씨체로 썼고 나는 그때마다 먹물이 피어올라 새해를 축복하는 용의 모습으로 솟아오르는 듯하여 감탄사를 금치 못했다. 도다가 서예 교실 선생님이나 필경사로서뿐 아니라 서예가로서의 실력도 역시 대단하다는 점을 문외한인 나도 절실하게 느낄 수밖에 없었다.

그런데 막상 도다 자신은

"이렇게 기교가 들어간 글씨체를 쓰면 할배가 영락없이 '이게 뭐냐, 경박하게! 기본에 충실해야지. 허심탄회!' 하고 막 뭐라고 했었는데."

하며 붓대로 관자놀이를 문질렀다.

"새해 축하 인사인데 어때? 할배는 저세상에서 실컷 화내라고 하지 뭐."

나는 먹물이 마르기를 기다렸다가 그 종이들을 파일에 넣어 호텔로 들고 가서 사무실에 죽 붙여놓았다. 그리고 어느 '근하신 년'을 연하장에 쓸지 지배인을 비롯해 모든 직원에게 투표하게 해서 정했다. 직원들은 "다 좋은데 어떡하지?" 하고 고민하면서도 즐거운 얼굴로 투표했다. 뜻하지 않게 모두에게 기분 전환이 되는 작은 즐거움을 준 것 같아 기분이 좋았다.

또 한 번은 바로 얼마 전인 12월 30일이었다. 연말의 분주함이 절정에 이르는 때여서 한가하게 도다 서예 교실에 놀러 갈 경황이 없었는데도 "망년회 할 거니까 너도 와" 하는 연락을 받고는 주간 근무가 끝난 오후에 어슬렁어슬렁 찾아갔다. 칠칠치 못하게도 점점 도다에게 넘어가는 것 같은 느낌이다.

미카즈키 호텔 로비에 있는 엄청난 크기의 도자기 화병에는 크리스마스 바로 다음 날부터 새해 분위기에 맞는 꽃이 장식된다. 우리 호텔과 오랫동안 함께 일해온 화도가(일본 전통 꽃꽂이 장인 - 옮긴이)가 직접 소나무 가지 혹은 붉거나 흰 동백꽃 등으로 꾸민 화려한 꽃꽂이다. 12월 30일에는 화도가가 다시 한번 호텔로 찾아와 화병이 제대로 장식되었는지 상태를 확인하고 현관과 기둥에 설치된 새해 장식도 감수했다. 화도가의 지시에 따라 우리 직원들은 끙끙거리며 커다란 소나무 장식의 위치를 조정하기도 하고, 사다리를 타고 기둥에 꽃과 등자로 경사를 뜻하는 매듭을 설치했다. 규모가 작은 호텔에서 내부나 바깥 장식을 하는 데 업자나 중장비를 동원하기에는 예산이 부족한 경우가 많다. 손님들에게 방해가 되지 않도록 신경을 쓰면서 어떻게든 직원들끼리 해결해야 하기에 쉽지 않은 일이다.

화도가가 만반에 걸쳐서 장식을 마련해 준 덕분에 간신히 예정대로 일이 진행되었고 나는 중노동의 후유증으로 뻐근한 허리를 문지르면서 도다 서예 교실로 갔다.

도다가 말한 망년회는 '간식 대회'였던 모양이다. 1층의 작은 방과 큰방을 다 열고 긴 책상들을 접어서 구석으로 치워 생긴 넓은 공간에 초등생과 중등생 열다섯 명 정도가 모여 주스를 마시기도 하고 과자를 먹기도 하면서 정신없이 떠들어댔다. 가네코 씨는 어딘가로 피신해 버렸는지 모습이 보이지 않았다.

그렇게 모인 아이 중에 하루토도 있었다. 도다의 안내를 받아 방안에 들어온 나를 보자마자

"쓰즈키 아저씨!"

하며 바로 달려와서 반겨주었다.

"여름에 편지 써주셔서 고맙습니다."

"나야말로 우마이봉 잘 먹었어. 살라미 맛이던데."

"여기에도 우마이봉이 있어요."

하루토가 가리킨 쪽을 보았더니 장식벽을 등지고 도다가 방바닥에 털썩 주저앉은 참이었다. 도다 앞쪽 방바닥에 큼직한 담요가 깔렸고, 거기에 우마이봉을 비롯해서 조미 오징어, 플라스틱병에 든 라무네 가루 등 다양한 싸구려 과자들이 잔뜩 있었다. 각각의 과자 겉봉에 실을 달아 놓았고, 그 실들을 이리저리 복잡하게 꼬아서 가장자리로 이어지게 만들었다. 자기가 갖고 싶은 과자 하나를 고르고 그 과자를 갖기 위해 실 중의 하나를 골라 뽑는 놀이인 모양이었다. 마쓰리(일본의 전통 축제 – 옮긴이) 때 포장마차에서 하는 놀이 같았고, 담요 위의 과자들을 지키는 도다는 일본식 작업복을 입고 있어서 마쓰리에서 흔히 보는 장사치 같았다.

"한 사람이 세 번씩 뽑을 수 있어요."

하루토는 바지 주머니에서 작은 종잇조각을 꺼냈다. 서서 먹는 국숫집의 식권 크기였는데 '과자 뽑기 티켓'이라고 적힌 달필의 글씨가 보였다. 도다가 직접 만든 모양이다. 하루토는 벌써 뽑기를 한 번 해서 두 장만 남았다면서 그중 한 장을

"아저씨도 한번 뽑아볼래요?"

하고 나에게 내밀었다.

"아니, 난 됐어. 하루토가 다 뽑아."

몇 번을 사양하고 나서야 하루토는 '과자 뽑기 티켓'을 주머니에 도로 넣었다. '애가 어쩜 이렇게 착할까' 하고 기특해하면서 하루토를 찬찬히 쳐다보았다. 여름에 봤을 때보다 키가 좀 큰 것 같다.

"안 그래도 궁금했는데 쓰치야하고는 연락하면서 지내?"

"네. 그 편지는 쓰치야가 읽자마자 바로 '이거 누가 써준 거야?'라고 했지만요."

하며 하루토가 웃었다. "한 달에 한 번씩은 어떻게 지내는지, 무슨 돌을 찾았는지 편지로 연락해요."

역시 들통났구나.

"도움이 못 돼서 미안하다. 그래도 결과적으로 잘 됐으니까 그냥 봐주는 걸로. 오케이?"

"당연하죠."

하루토는 진지한 표정으로 끄덕였다.

"쓰치야가 《은하철도의 밤》을 다시 읽어보겠다고 그랬어요. 나도 아저씨랑 작은 쌤한테 부탁하기를 잘했다고 생각하고요. 나 혼자서는 끝까지 편지를 못 썼을 거예요."

그렇게 말해줘서 내 마음도 한결 홀가분해졌다. 동시에 좀 더 괜찮은 내용의 글을 만들 수 있게 되어야겠다는 이상한 도전 의식이 샘솟는 게 신기했다. 그래서 '정신 차려! 너는 대필하는 사람이 아니라 호텔리어라고!' 자신을 스스로 나무랐다.

하루토는 친구가 불러서 아이들 무리로 돌아갔고 나는 도다 옆에 앉았다.

"'근하신년' 글씨가 우리 직원들 사이에서 호평이었습니다. 감사합니다."

"그래? 다행이네."

"해마다 아이들하고 이런 망년회를 하나요?"

"할배 때는 홍차 마시면서 쿠키 먹는 모임이었지. 할배가 갔으니 이런 짓은 때려치워야겠다고 했는데 애들이 언제 하느냐고 자꾸 조르고 나도 우마이봉이 또 먹고 싶기도 해서."

그렇군. 그래서 '과자 뽑기 티켓'을 일부러 만들어 뽑기 형식의 과자 파티로 만들었군. 이러니저러니 해도 학생들을 생각하고 위하는 참 좋은 선생이다.

초등학교 3, 4학년쯤으로 보이는 남자아이가 담요 앞으로 다가와 '뽑기 티켓'을 도다에게 내밀었다.

"어서 옵쇼~! 한 장이니까 뽑기 한 번이다."

남자아이는 긴장한 표정으로 실을 죽 잡아당기더니

"아아! 또 맛 오징어잖아! 이번에는 요구르트를 뽑고 싶었는데!"

하며 하늘을 우러러 탄식했다.

"오징어도 맛있잖아. 징징거리지 말고 그냥 먹어."

"그야 맛은 있지만. 그나저나 작은 쌤, 요구르트에도 실 단 거 맞아요? 쪼그매서 귀찮다고 안 달고 그냥 둔 거 아니에요?"

"이 자식 봐라. 너 남이 장사하는 데 와서 헛소리하면 가만히 안 둘 거야."

실제로 본 적은 없지만, 예전에는 야쿠자 똘마니가 마쓰리에서 장사치로 나서기도 했다는 이야기를 들은 적이 있는데 도다가 꼭 그런 양아치처럼 험악하게 대꾸했다.

그러더니 "요구르트가 도대체 뭐야……? 아, 이건가?" 하며 아주 작은 단지 모양의 플라스틱을 담요에서 집어 올리더니

"옜다, 덤이다."

하며 남자아이에게 던져주었다. 요구르트에는 진짜로 실이 달리지 않았다. 남자아이와 나는 얼떨결에 한목소리로

"안 달렸네!"

하고 따졌다.

"하다 보면 그럴 수도 있는 거지. 뭘 일일이 따지고 그래?"

도다가 그래서 어쩔 거냐는 식으로 뻔뻔하게 나왔다.

"지카, 너도 먹고 싶은 거 하나 집어."

사양하지 않고 우마이봉 살라미 맛을 골랐다. 파삭파삭한 과자를 맛보면서 방 안을 뛰어다니기도 하고 트럼프 카드놀이를

하기도 하는 아이들을 바라보았다. 도다 서예 교실에서는 게임기를 가방에서 꺼내면 안 된다고 한다.

"할배가 만든 고리타분한 규칙이야."

도다가 말했다.

"하긴, 여기는 붓글씨에 집중하는 데니까 그게 맞기는 하지. 오늘은 과자에 집중하고 있지만."

도다도 우마이봉 살라미 맛을 먹더니 빈 봉지를 정성스럽게 접어서 묶었다. 마당에 있는 벚나무는 나뭇잎을 모두 떨구어 앙상해졌고 울타리 곳곳에 핀 연분홍색 애기동백이 회색 겨울 하늘 아래 선명한 색채를 자랑했다.

"사리리한테서 뭐라도 연락 온 것 없어요?"

"아 참, 그거 말인데, 사흘 전쯤에 전화가 왔거든."

방금 기억났다는 식으로 도다가 무릎을 치면서 대답했다.

"대필해 준 편지를 보낸 뒤로 아무런 소식이 없기에 '본인도 판다랑 같이 판다별로 날아가 버렸나 보다' 했거든. 그러던 참에 전화가 왔는데, 이게 웬일이야, 놀랍게도 그 닥 군이랑 결혼할지도 모른다고 하더라고."

"네에~!?"

너무도 갑작스러운 소식에 깜짝 놀랐다.

"아니, 한 달 반 남짓 사이에 도대체 무슨 일이 있었던 거래요?"

"그 편지를 받고도 닥 군은 아무렇지도 않은 얼굴로 소고기를 준 여자네 집에 와서 '그렇구나, 판다가 그랬구나' 하는 헛소리를 지껄인 모양이더라고. 그래서 어떻게든 자연스럽게 헤어지기를 바랐던 여자도 완전히 뚜껑이 열려서 '뭐? 판다가 그랬구나? 이런 말도 안 되는 이야기를 듣고 기껏 한다는 얘기가 그랬구나야?!' 하고 화를 내면서 다그쳤다더군."

그 말도 안 되는 이야기를 생각해낸 나로서는 민망할 따름이었다. 어쨌든 사리리는 닥 군에게 그동안의 불만을 쏟아냈고 닥 군은 '알았어. 앞으로는 사리리의 마음이 어떤지 물어보고 대화도 많이 하도록 할게'라며 받아들였다. 그래서 두 사람 사이는 전보다 더 좋아졌고 결과적으로 내년 여름쯤에 결혼하자는 이야기까지 나왔다고 한다. '뭐든 받아줄게'라는 태도를 끝까지 견지한 닥 군의 승리라고 할 수 있다.

"도대체 어쩌자는 걸까요?"

하고 내가 투덜거렸다.

"저는 일터가 호텔이다 보니 이상하고 말도 안 되는 요구에 대해 어지간히 단련된 편인데도 이번 건에 대해서는 은근히 화가 나네요. 그럴 거면 왜 남을 끌어들여서 힘들게 했느냐고 따지고 싶네요."

도다는 "워~워~" 하고 나를 진정시키면서

"뭐가 어떻게 작용할지 모른다는 점에서는 말로 직접 하건 대필로 쓴 편지를 주건 마찬가지니까."

하고 말했다.

"아니, 물론 저도 두 사람의 불행을 바랐던 건 아니에요. 어쨌든 해피엔드로 끝났으면 다행이라고 생각은 해요."

"그래? 아무튼 다음 외계생명체는 뭐로 할지 생각해 둬."

하며 도다가 비꼬듯이 비쭉 웃었다. 도다도 사리리와 닥 군을 '도무지 이해가 안 되는 족속'이라고 여기고 있는 게 느껴졌다. 그건 그렇고 내가 대필을 도와준다는 전제를 깔고 말하는 건 참 아줬으면 좋겠다.

도다는 아이들에게 집에 가져갈 선물로 과자를 두 개씩 고르게 한 다음 망년회를 끝마쳤다. 그렇게 주고도 남은 과자들을 안주 삼아 둘이 2층 작업실에서 청주를 찔끔찔끔 마셨다. 또 낮술을 하게 되었네 싶었으나 별말 없이 가만히 있어도 어색하거나 하지 않았다. 도다와 나는 이제 정말 오래 알고 지낸 친구 같은 느낌이었다. 고향집에 온 듯한 분위기를 풍기는 이 집의 마력 같은 건가 하고 서랍장 위에 있는 고 도다 야스하루 씨 내외의 사진을 향해 여러 번 건배하면서 멍하니 생각했다. 아무래도 술기운이 머릿속을 어지간히 마비시킨 모양이다. 구시로시에 있는 우리 부모님 집은 아파트다.

도다 서예 교실에서는 매해 정초에 사흘간에 걸쳐 새해 첫 붓 글씨를 쓰는 모임을 연다고 한다. 망년회와는 달리 고등학생 이상 어른 클래스의 학생들도 참가하고 싶은 날짜에 와서 새해의 포부나 한시, 일본 고전 시 등을 자유자재로 쓰는 모양이었다.

"지카도 해보지 그래?"

도다가 제안했는데 흥미는 있었지만 거절했다. 1월 중순에 연차를 내고 고향에 갈 예정이 잡혀서 그전까지는 빡빡하게 근무해야 하기 때문이다.

"그래? 그럼 첫 붓글씨 모임에는 내후년에 와야겠네."

도다는 순순히 물러났다. 그나저나 업무상으로 알고 지내는 사이에 그렇게 한참 뒤의 약속까지 잡는다고? 황당하고 어이없는 한편으로 기대가 되기도 하는, 뭐라 말할 수 없는 심정이었다. 한마디로 줄이자면 '헐~!'이었다.

사실 오늘도 어째서 나를 망년회에도 부르고, 새해 첫 붓글씨 모임에도 부르는지 도다에게 물어보고 싶었다. 도다의 친구 관계에 대해서는 아는 바가 전혀 없다. 하지만 서예 교실에서 학생들을 대하는 태도만 보면 누구하고도 금방 친해질 수 있을 듯하고 도다를 싫어하거나 기피하는 사람은 거의 없겠다는 생각이 들었다. 내가 아무리 대필 글귀를 잘 생각해낸다 해도 그래봤자 문외한이니 나보다 이 작업에 훨씬 더 적합한 사람이 분명 있을 것이다. 그런데도 굳이 나를 자꾸 불러내는 이유를 모르겠다.

어쩌면 내가 가진 '말을 걸기 쉬운' 체질이랄까 특기가 원인일 수도 있겠다. 서예 교실이 없을 때의 도다는 화려한 외모나 쾌활한 분위기와는 반대로 거의 외출도 하지 않은 채, 야스하루 씨가 돌아가신 이후로는 가네코 씨만을 상대로 이 집 안에서 조용해 지내고 있는지도 모른다. 그래서 뭔가 기분 풀이를 하고 싶어지면 성격이 만만하고, 말 걸기 쉬운 나를 불러내는 것일 수도 있다.

만약 이 가설이 사실이라면 나의 이런 체질이 도움이 되어 참 다행이라고 생각한다.

그 뒤로도 그냥 체념의 경지로 도다와 술을 주거니 받거니 하다가 저녁이 되어서야 집으로 돌아왔다. 가네코 씨는 결국 끝까지 모습을 보이지 않았다.

"오늘은 특별히 더 시끄러웠으니까 삐져서 욕실 안에 틀어박혀 있을 거야."

도다가 현관 앞에서 웃으며 말했다.

"잘 들어가고. 또 와."

"미리 인사드립니다. 새해 복 많이 받으세요."

양자로 들어왔다는 도다는 원래 어디 출신일까 문득 궁금해졌는데 그 또한 물어보지 못했다.

175

그런 일들이 지난 연말에 있었고 오늘 이렇게 새해 초하루를 맞이했다. 근무를 마친 나는 추가로 프린트한 연하장을 우편함에 넣은 다음 아케보노바시에 있는 내 집으로 돌아왔다. 다른 사람들은 다 고향에 갔는지 아니면 늦잠을 자는지 오후 시간의 빌라 건물은 쥐 죽은 듯 조용했다.

물론 우리 집에는 신년 장식 따위 아무것도 없다. 히터를 '강'으로 틀고 방 안이 데워지기를 기다리면서 주전자로 물을 끓여 즉석 우동에 부었다. 전에 사둔 떡국용 찹쌀떡 하나를 작은 접시에 놓고 전자레인지에 돌려 약간 부들부들해진 것을 우동 안에 넣었다. 간소하게 새해 기분을 맛보기 위해서였다.

간단한 식사를 마치고 씻고 나서 우편함에서 꺼내 온 연하장을 살펴보았다. 구시로의 고등학교 친구들한테 몇 장, 삿포로의 전문학교 시절 친구들한테서 몇 장. 다른 호텔로 옮긴 예전 동료한테 한 장. 그리고 하라오카 씨. 매년 연하장을 주고받는 사람들은 이게 다다. 도다의 교우관계에 대해 뭐라고 하기 전에 나야말로 알고 지내는 사람이 너무 없다는 사실을 반성해야 하지 않을까 싶다.

하지만 사실 나는 학생 때부터 인간관계를 좁고 깊게 하는 스타일이었다. 일터에서는 업무에 지장을 주지 않도록 나름 원만하게 지내는 편인데 그것 말고 개인적으로는 정말로 마음에 맞는 몇몇 사람하고만 알고 지내면 충분하다고 여긴다. 도다처럼 몇 번 만나지도 않았는데 뭐가 뭔지 모르는 사이에 분위기에 휩쓸려 급격하게 가까워지는 경우가 나로서는 지극히 예외적이다.

구시로에 있는 친구가 보낸 연하장에는 '연초에 한번 이쪽으로 온다면서? 일정 잡히면 연락해'라고 적혀 있었다. 하라오카 씨의 연하장을 보니 '아리마 대패!'라고 적힌 글씨에서 비탄에 젖은 심경이 그대로 드러났다. 사모님과 손주들 세 명까지 모두 활짝 웃는 얼굴로 찍은 사진을 연하 엽서로 만든 것이어서 내용과 괴리감이 너무 심했다.

물론 하라오카 씨의 소식은 안타까운 일이었다. 그러나 그런 안타까운 마음과 상관없이 나는 혼자 피식 웃고 말았다. 잘 쓰고 못 쓰고를 떠나 누군가의 손글씨를 보면 그 사람의 목소리가 들리는 것 같다. 전에는 이런 생각을 해본 적이 없다. 도다가 만들어내는 수도 없이 다양한 필체를 직접 보다 보니 필체에 따라 달라지는 '목소리'를 느끼는 감수성이 예민해진 모양이다.

그런데 도다가 빙의해서 쓴 필체의 목소리는 그때마다 들렸는데 도다 자신의 목소리는 어쩌면 한 번도 들어본 적이 없는지도 모른다는 생각이 들었다. 도다 자신의 서체가 어떤 것인지를 나는 아직도 모른다.

친구들 단톡에 새해 인사와 함께 고향 방문 일정을 올렸다. 하나둘씩 각자의 메시지가 올라왔다. 몇 번 톡을 주고받은 끝에 모든 사람의 일정과 뜻이 맞는 날짜가 잡혔고, 곧바로 한 사람이 근처 술집을 예약하겠다고 나섰다.

하라오카 씨는 톡을 하지 않는다. 그렇다고 정초부터 남의 집에 전화를 걸기도 망설여졌다. 그냥 아리마 레이스 때문에 다친 마음을 달래준다는 뜻에서 고향에 가면 신선한 생선이나 보내드려야겠다고 생각하며 머릿속에 메모했다.

히터를 틀어놓은 채로 이불 안으로 들어가 아직 대낮인데도 잠을 청했다. 혼자서 맞이하는 신정이어도 새로운 한 해가 시작되었다는 사실만으로 뭔가 청량한 기분이 드는 게 신기했다. 저녁 시간쯤에는 일어나서 신사 참배를 한 다음 근처 규동 집에나 가야겠다.

근무 일정도 조정하고, 그동안 쌓였던 유급휴가도 더해서 예정대로 1월 중순의 목요일부터 일요일까지 구시로에 갈 수 있었다.

3년 만에 다시 내린 구시로 공항 밖으로 한 발짝 나가자마자 '이 정도였나?' 싶을 정도로 너무 추워서 온몸이 오그라들고 귀가 떨어져 나갈 것 같았다. 그래도 마중 나온 형수님이 운전하는 차를 탔더니 그때부터는 편하고 쾌적해졌다. 그러고 보니 홋카이도는 집 안에서도 가게에서도 공공교통기관에서도 히터를 빵

빵하게 튼다는 사실이 기억났다. 그런 면에서는 도쿄에 있는 내 집이 더 춥겠구나 싶어 감회가 새로웠다.

구시로는 원래 눈이 별로 안 오는 곳인데 형수님 말에 따르면 이번 겨울은 유독 더 눈이 적었다고 한다. 그 말을 듣고서 부모님이 사는 아파트로 가는 길에 바깥을 내다보니 밭에 눈이 조금씩 보일 뿐 길가에 쌓인 눈은 없었다.

형수님은 육아휴직 중이고 작년 봄에 태어난 둘째 아기, 하루미는 우리 부모님께 맡기고 나왔다고 했다. 네 살짜리 장남 나쓰오는 어린이집에 간 모양이었다.

차 안에서 형수님의 이야기를 듣다가 나는 깜짝 놀랐다.

"네? 그럼 육아휴직 중에 큰아이를 어린이집에 못 보내는 경우가 있다고요?"

"그렇다니까요. 우리는 그나마 운이 좋았어요. 우리 아이가 다니는 어린이집에 정원이 꽉 찬 상태가 아니라서 나쓰오를 계속 보낼 수 있었던 거죠. 일단은 큰애도 어린이집을 그만두게 하고 같이 데리고 있다가 육아휴직이 끝나면 작은아이까지 같이 다닐 어린이집을 다시 알아봐야 하는 경우도 꽤 많다고 하더라고요."

신생아를 키우는 일이 워낙 힘들어서 육아휴직 제도가 생겼을 텐데 거기에다 말도 안 통하고 한참 손이 가는 큰아이까지 같이 돌봐야 하는 거면 전쟁이 따로 없을 것 같았다. 너무 이상한 시스템이다. 그런데 시스템이 그렇게 이상하게 되어 있다면 자영업 종사자처럼 회사에서 일하는 게 아니어서 육아휴직 제도의 혜택을 아예 받지 못하는 사람은 신생아와 큰아이까지 온종일 돌봐야 하거나, 신생아를 안고 이른 시간부터 큰아이를 유치원에 데려다주고 데리고 와야 하는 경우가 흔하게 있다는 소리다. 이 나라의 출생률이 왜 이 모양인지 알 것 같았다.

미카즈키 호텔은 전통 있는 호텔의 체면이 있어서인지 '손님들께 웃는 얼굴을 보여드리기 위해서는 우선 직원들을 웃게 해야 한다'라는 신조를 내세운다. 그래서 복리후생이 잘 되어 있다.

최근에는 남자 직원들도 육아휴직을 쓰게 되었는데 갓난아기를 상대하면서도 호텔 일을 통해 키운 친절한 배려심을 발휘하는지 "생각보다 육아가 적성에 맞더라고요" 하며 다들 만족스러운 표정으로 직장에 복귀한다. 그런데 형수님 이야기를 듣고 보니 그 기간에 어린이집 찾는 것만으로도 고생이 많았겠다는 짐작이 되면서 출산휴가나 육아휴직을 낸 동료 직원들도, 그런 와중에 일부러 마중을 나와 준 형수님도 새삼 대단하다는 생각이 들었다.

구시로역 근처의 부모님 집에 도착하니 부모님과 아직 돌도 안 된 조카 하루미가 맞아주었다. 부모님은 그사이 약간 나이가 들긴 했어도 건강해 보였고 하루미는 통통하게 살이 오른 모습이 정말 귀여웠다. 태어나자마자 톡에 올린 사진으로 얼굴을 본 게 엊그제 같은데 벌써 9개월이고 먹는 걸 좋아해서 이제 막 나려는 유치와 잇몸으로 이유식을 말끔히 먹어 치운다고 한다.

"우리 조카가 그새 많이 컸네~."

조심스럽게 안아 올리자 하루미는 좋다고 하며 꺅꺅 소리를 내고 웃었다. 으음~ 가네코 씨보다 훨씬 묵직하군.

"많이 무겁죠? 먹는 대로 내버려둬서 너무 살이 오른 것 같아요."

형수님이 걱정스럽다는 듯이 말하면서 덧붙였다.

"이대로 가다가는 스모 선수가 되라고 스카우트 들어올 판이네요. 여자아이인데."

"그러면 또 어때요? 이 아이가 컸을 때는 여자 스모 선수가 나올 수도 있을 텐데요."

내가 그렇게 말하자

"그럼. 하루미 같으면 스모 선수 중에서도 최고가 될 수 있을 거야."

"지금부터 '스모 선수 적금'을 들어놔야겠네."

하며 부모님도 맞장구를 쳤다.

"그런가요? 그럴 수도 있겠네."

형수님이 활짝 웃으면서 하루미의 볼을 사랑스럽게 쓰다듬었다. 부모님만 그런 게 아니라, 온 집안 식구가 '하루미 바보'가 되어버린 것 같았다. 하긴, 아기가 뿜어내는 사랑스러움의 위력 앞에서 모두 꼼짝을 못 하는 게 당연하다.

형수님은 어린이집에서 나쓰오를 데리고 오고, 퇴근한 형도 부모님 집으로 와서 모두 함께 저녁을 먹었다. 오늘 저녁밥의 하이라이트는 엄청난 양의 생선회와 어머니가 튀긴 감자 크로켓이었다. 감자 크로켓은 내가 어렸을 때부터 제일 좋아하는 반찬이었다.

"내가 좋아하는 걸 기억하고 있었네?"

하고 말하자

"그야 당연하지."

어머니가 으쓱하며 대답했다.

그 직후에 나쓰오가 감자 크로켓을 한입 가득 먹으면서

"나도 할머니가 해주는 크로켓이 제일 맛있어!"

하고 큰 소리로 자랑하는 것을 보고는 '아아, 어머니의 사랑이 아니라 할머니의 사랑이었구나' 하고 눈치를 챘지만 그래도 고마운 마음에는 변함이 없었다. 덕분에 오랜만에 어머니의 집밥을 맛있게 먹었다.

처음에는 나쓰오가 낯을 가리면서 내 근처에 얼씬도 하지 않왔다. 갓난쟁이 때 보고 처음인데 갑자기 낯선 아저씨가 나타나서 "삼촌이다~" 하며 아는 척해 봐야 미심쩍어하는 게 당연하다. 그래도 저녁을 다 먹을 즈음이 되자 어느새 친근해지고 편해졌는지 자기가 제일 좋아하는 책인 어린이 동물 사전을 보여준다며 꺼내왔다.

"이건 사자입니다! 고기를 한꺼번에 4킬로그램 먹을 수 있습니다! 사냥감이 없어서 못 먹는 날도 있습니다!"

"이건 눈표범입니다! 하루에 10킬로미터나 이동할 수 있습니다!"

사진을 일일이 손가락으로 짚으면서 해설까지 했다. 엄마나 아빠한테 자꾸 읽어달라고 해서 듣다 보니 책에 적힌 내용을 모두 외워버린 모양이다.

동물 사전을 열심히 들여다보는 옆 모습이 어릴 적 형의 얼굴을 빼다 박은 듯했다. 형에게 그렇게 말하자

"아니, 우리는 오히려 너 어릴 때랑 똑같다고 그랬는데?"

"그림책을 얼마나 좋아하는데요. 그래서 지카라 도련님처럼 독서가 취미가 될지도 모르겠다고 했어요."

형과 형수가 그렇게 말하며 웃었다. 내 이야기가 그런 식으로 화제에 오르기도 한다는 사실이 뜻밖이어서 어딘지 쑥스럽고 낯간지러웠다.

잠투정하는지 하루미가 칭얼거리기 시작해서 형과 형수는 슬슬 집에 들어가 봐야겠다고 했다. 형네에게 주려고 가져온 선물을 서둘러 내밀었다. 도쿄에는 그럴싸한 선물이 많은 것 같으면서도 마땅하지 않아 항상 뭘 가지고 와야 할지 고민스럽다. 구시로도 그렇지만 홋카이도에는 맛있는 명물이 한가득하다. 결국 이번에도 부모님과 형네에 모두 '미카즈키 피낭시에'와 택배로는 살 수 없는 긴자의 초콜릿 명품점의 선물 세트를 드렸다. 그 가게와 제품의 이름들은 모두 혀를 깨물 듯한 발음이다. 그래서 처음에 떠올랐던 생각도 '아, 거기 초콜릿 가게 것을 사 갈까?'였고, 실제로 가게에 갔을 때도 "여러 가지 초콜릿이 골고루 들어간 세트로 두 개 주세요" 하는 식으로 말했다.

조금 늦기는 했어도 세뱃돈이 든 작은 봉투를 나쓰오한테 줬다.

"고맙습니다~!"

예의 바르게 인사한 나쓰오는 엄마가 말릴 새도 없이 그 자리에서 봉투를 열어보더니 "우와~ 많이 들었다!" 하며 신나 했다. 그냥 100엔짜리 동전 다섯 개인데……. 어릴 때 세뱃돈으로 종이돈 하나보다 동전이 많이 들었을 때가 더 좋았다는 기억이 나서 되도록 반짝반짝하는 새 동전으로 골라 넣기는 했다. 그래도 너무 좋아해서 도리어 좀 미안해졌다.

"저, 이것도 내용물은 똑같습니다만."

하며 쑥스러운 표정으로 하루미 몫의 세뱃돈 봉투를 형수님께 내밀었다.

"아유~ 이런 것 준비하지 않으셔도 되는데!"

하며 형수님이 미안해했다.

"넌 하루미 출산 선물까지 보냈으면서 뭘 이런 걸 다 주고 그래?"

형도 옆에서 나서서

"비행깃값도 드는데 고향 올 때는 선물이고 뭐고 신경 쓰지 말고 그냥 와."

하고 말했다.

"에이, 그래도 새해도 됐고 했는데 어떻게 그래? 얼마 되지도 않는 거……."

공연히 멋쩍고 쑥스러워서 웅얼웅얼 말끝을 흐렸다.

형네 가족은 걸어서 5분 거리인 근처 아파트로 형수님이 운전하는 차를 타고 돌아갔다.

아버지와 나는 저녁 먹은 설거지를 하고 어머니가 술상을 준비했다. 형수님은 아직 모유 수유 중이고 형은 아이들을 챙겨야 해서 저녁상에 술을 내지 않았다. 하지만 부모님과 나는 모두 술을 좋아한다.

셋이서 허브 소주에 뜨거운 물을 탄 칵테일을 마시면서 그동안 지내 온 이야기를 나누었다. 이야기를 나눈다고는 해도 '말을 걸기 쉬운' 내 체질이 부모님을 상대로도 발휘되는지 나는 거의 듣는 쪽이었다. 화제는 친척들의 경조사부터 내년에 아버지가 정년퇴직하면 이 아파트를 팔고 좀 더 작은 집으로 옮길까 고민 중이라는 이야기까지 다양했다.

"정년퇴직이라고 해봐야 아직 예순다섯밖에 안 되셨잖아요? 다른 데 취직할 생각은 없는 거예요?"

"지인이 작은 회사를 하는데 와서 일하지 않겠느냐고 그러더라. 그래서 거기서 한 5년쯤 더 일할 작정이다. 물론 월급은 확 줄어들겠지만, 주중에 나흘만 출근하면 된다고 했으니까 쉬엄쉬엄하면 되겠지."

"그럼 굳이 이 아파트를 급하게 팔 이유가 없잖아요? 여기는 입지도 교통도 좋고 하니까 출퇴근하는 데 크게 무리만 아니면 나중에 일을 완전히 그만둔 다음에 생각하는 게 어때요?"

"그렇지? 사실 내 생각도 그렇거든."

어머니가 식탁 위로 몸을 내밀면서 말했다.

"물론 어디 진짜 좋은 집이 나타나거나 하면 또 모르지만. 집 팔고 이사하는 일을 그렇게 서둘 이유는 없을 것 같아."

집안에서 어머니의 발언이 제일 무게감이 있는 데다 거기에 내 의견까지 보태져서 '아파트 처분은 보류하되 부동산에 대한 정보는 계속해서 알아본다'라는 정도로 결정되었다. 당초에 가지고 있던 아버지 생각보다 훨씬 유보적인 타협안이었다.

"너는 요즘 좀 어떠냐?"

아버지가 물었다.

"제대로 쉬면서 일하는 거냐?"

"아까 너희 형도 그런 말을 하더라만."

어머니도 걱정스러운 표정으로 거들었다.

"집안 식구한테 선물이고 뭐고 신경 써서 들고 오려고 하지 않아도 돼. 도쿄는 다달이 나가는 방세만 해도 만만치 않을 텐데."

"제 나이 벌써 서른여섯이고, 내일모레면 마흔이거든요? 다 큰 자식 걱정을 왜 그렇게들 하세요?"

"나이가 몇이건 부모 눈에 자식은 어린애야."

"그럼, 한참 어린 애지."

부모님이 얼굴을 마주 보면서 말했다. 그야 그렇지만, 그런 뜻이 아니잖아?

아저씨 소리를 들어도 전혀 어색하지 않은 나이가 되었는데도 부모님 머릿속에 있는 나는 처음 집에서 독립했던 열여덟, 아니 어쩌면 다섯 살 꼬마의 모습으로 남아 있는지도 모른다. 부모님 보다 먼저 욕실에 들어가 몸을 씻고 나서 고등학생 때까지 쓰던 방에 들어가려고 문을 열어본 나는 그 생각이 더욱 강해졌다. 방 안은 미리 켜둔 난로로 공기가 훈훈했고, 깔끔하게 정돈된 침대에 있는 이불까지 이불 건조기로 말려서 폭신폭신하고 따뜻했기 때문이다. 다 늙은 아들에게 심하다 싶을 정도로 오냐오냐하는 느낌이었다.

방 자체도 처음 보는 건강기구와 배달 상자 몇 개가 있는 것 말고는 내가 쓰던 책상과 책장까지 그대로였고, 청소도 자주 하는 모양이었다. 맞은편에 있는 형 방도 아까 들여다봤는데 거기는 거의 창고나 다름없는 지경이었다. 그래도 형이 어렸을 때 벽에 붙여놨던 포스터나 수학여행에서 사 온 목도는 여전히 그 방에 있었다. 지금은 예전보다 둥글둥글해지고 온화해진 형도 어렸을 때는 나와 달리 힘이 넘치는 축구 소년이었고 어디로 튈지 모르는 성격이었다.

이제 달랑 두 식구 살림이 된 부모님이 4인 가족이 쓰던 크기의 이 아파트가 버거운 마음도 어느 정도 짐작이 되었다. 부모님은 나에게 "결혼은 어쩔 작정이냐?"는 식의 말을 한 번도 한 적이 없다. 지금 당장이야 도쿄에서 내가 좋아하는 일을 하며 혼자 편하게 살고 있지만, 앞으로는 그러지 못할 수도 있다.

부모님 노후에 대해 걱정할 때가 오다니. 아니, 이 나이면 나 자신의 노후도 생각해 봐야 하는 게 아닌가? 그렇게 자신에게 딴지를 걸면서 난로를 끄고 침대 이불 속으로 들어간 나는 책장에서 골라 온 《승려 살인사건》이라는 책을 정신없이 읽다가 방의 불도 환하게 켜둔 채 잠들어버렸다.

이튿날인 금요일은 어머니를 따라 슈퍼마켓으로 쇼핑하러 나갔다가, 밤에는 고등학교 친구 셋과 술집에서 만나 즐겁게 먹고 마셨다. 나 빼고는 다들 결혼해서 애까지 있는 유부남이었는데 우리끼리 이야기하기 시작하자 어느새 10대 때로 돌아간 기분이 들었다. 그래서 처음에는 "차를 가지고 와서" 안 된다며 우롱차를 찔끔거리던 친구들도 분위기를 이기지 못하고 술을 마시기 시작했고, 그렇게 먹고 떠들다 한밤중이 되어서야 각자 택시나 대리기사를 불러서 돌아갔다.

토요일에는 형수님이 운전하는 차로 부모님을 모시고 시 외곽에 있는 천연 온천에 당일치기로 다녀왔다. 집에서 애들을 돌보고 있던 형도 저녁때에는 음식 재료가 잔뜩 든 에코백을 어깨에 메고 부모님 집으로 합류했다. 어깨띠로 하루미를 앞에 안고, 방방 뛰는 나쓰오의 손을 잡고 걸어와서인지 한겨울인데도 형은 땀범벅이었다. 소파에 뻗은 형을 내버려두고 칭기즈칸 요리(숯불에 석쇠를 걸쳐놓고 양고기 등을 구워 먹는 요리 – 옮긴이)를 준비해서 환풍기를 최대한으로 돌려놓고 다 같이 먹었다. 하루미까지 양고기를 움켜쥐려고 손을 뻗어서 깜짝 놀라 소파 쪽에 데리고 가 어른들이 교대로 붙어 있었다. 그래도 하루미는 아랑곳없이 "아~, 음마~!"하며 소파에서 양고기를 내놓으라고 떼를 썼다.

일요일에는 부모님과 산책 겸해서 구시로역 근처에 있는 수산 시장에 갔다. 그 무렵이 되자 할 이야기도 거의 없어져서 브런치로 조개구이집에서 가리비와 굴과 임연수 등을 먹을 때는 "이거 맛있네", "그러게, 정말 맛있는데" 하는 말만 되풀이했다. 밥값 계산하면서 어머니가 내겠다는 걸 말리느라 혼났다. 식후에 시장을 천천히 구경하면서 다니다가 살이 잘 오른 가자미와 고등어와 열빙어 세트가 보여 하라오카 씨 댁에 택배로 부쳐달라고 주문했다.

역 앞에서 공항으로 가는 리무진 버스를 탔다. 버스를 타기 전에 부모님하고

"몸조심하고 건강하게 지내라."

"응. 형이랑 형수한테도 인사 전해주세요. 언제 다 같이 도쿄로 놀러 와요."

"그것도 좋겠네. 네가 일하는 호텔에서 묵어보고도 싶고."

"아, 그런 거면 부모님까지는 직원 할인이 가능해요."

하고 이런저런 인사를 했다. 그런데 내가 자리에 앉고 나서도 좀처럼 버스가 출발하지 않는 바람에 창밖에 서 있는 부모님도 '이제 그냥 가도 되나, 아니면 버스가 출발하는 걸 보고 가야 하나' 하며 어색한 분위기가 잠시 흘렀다. 3분 후에 겨우 버스가

움직이기 시작했고, 우리는 창문을 사이에 두고 서로 손을 흔들었다.

구시로 공항에서 직장 사람들에게 줄 선물을 찾았다. 이 지역 제과 회사가 만드는 '아카리'가 눈에 띄었다. 같은 회사의 '유히'라는 서양식 찐빵 과자는 잘 알고 좋아하는데 '아카리'가 있는 줄은 몰랐다. 가게에 있는 광고판에 따르면 '아카리'는 공항에서만 파는 한정 상품으로 우유 앙금과 홋카이도에 서식하는 관목인 하스카프 잼이 들어 있는 찐빵 과자라고 한다. '보름달을 모티브로 했다'라고 하니 초승달이라는 이름을 가진 미카즈키 호텔에 안성맞춤인 선물 같았다. 두 상자 구매했다. 직원들 모두에게 줄 수 있는 양은 아니지만 어쩔 수 없었다.

내 저녁용으로 '꽁치 말이 초밥'도 샀다. 간을 한 밥 위에 꽁치 한 마리를 통째로 올려서 초밥 말이 같은 모양으로 만든 밥이다. 간장의 풍미와 꽁치랑 밥 사이에 있는 차조기잎의 향기가 잘 어우러지는 맛깔나는 초밥이다. 도쿄에 있으면서 간혹 이게 생각나고 먹고 싶을 때가 있었다. 모처럼 살 수 있는 곳에 왔으니 이 기회를 놓칠 이유가 없다.

조금 망설이다가 도다에게 줄 선물로 '마리모(공 모양의 바다 녹조류. 일본의 천연기념물 – 옮긴이) 양갱'을 사기로 했다. 구시로에 다녀온다고 이야기했으니 빈손으로 가는 것도 예의가 아니라는 생각이 들어서였다.

3시 넘어 비행기가 구시로에서 출발했다. 평소 혼자서 생활하기에 모처럼 가족들과 함께 지내는 게 피곤한 점도 있고 신경도 쓰였지만 그래도 알차고 만족스러운 시간이었다.

일정 고도에 올라서 순항을 하는 비행기가 기류 때문에 가끔 흔들렸다. 창밖은 새하얀 구름에 싸여서 아무것도 보이지 않았다. 아케보노바시에 있는 우리 집까지 세 시간 남짓. 먼 것 같지만 가깝고, 가까운 듯해도 역시 먼 거리다. 처음 시모다카이도역에 내려서 보았던 한여름의 다섯 갈래 길이 머릿속에 떠올랐다.

선물로 사 간 '아카리'는 직원들에게 평이 좋았다. 그래서 나중에 고향 갈 일이 있으면 또 사 오겠다고 약속했다. 하라오카 씨도 핸드폰으로 전화해서 맛있는 생선을 먹은 덕분에 다시 말을 보러 갈 기력이 생겼다고 했다. 하라오카 씨 부인도 생선을 맛있게 먹기는 했는데 기력을 발휘할 방향성에 대해서는 이론의 여지가 많은 모양이었다.

다시 바쁜 일상으로 돌아왔다. 도다에게 주려고 산 '마리모 양갱'은 붓글씨 의뢰가 들어왔을 때 봉투와 함께 보내주면 되겠지 싶어 사무실 컴퓨터 옆에 두었다. 그러다 2월 초에 들어선 어느 날 무심코 포장 상자를 들여다보니 '마리모 양갱'의 유통기한이

제조일로부터 60일이었다. 일반적으로 양갱의 유통기한은 1년 정도 되겠지 하는 생각에 천하태평으로 내버려두고 있었는데.

나는 '마리모 양갱'을 일단 집으로 들고 갔다가 이튿날인 화요일이 쉬는 날이어서 아침 10시에 도다 서예 교실로 갔다. 미리 연락하지는 않았지만, 평일 오전 중에는 교실이 없을 테고, 혹시라도 도다가 외출하고 집에 없으면 '마리모 양갱'에 메모를 붙여 우편함에 넣어두면 되겠다고 생각했다.

초인종을 눌렀는데 아무런 반응이 없어 역시 집에 없나보다 하고 막 돌아서려는 참에 도다가 미닫이 현관문을 열었다.

"어, 지카네. 오늘 온다고 했었던가?"

"아니요. 갑자기 찾아와서 죄송합니다. 지난번에 고향에 다녀오면서 가지고 온 선물을 드리려고 잠깐 들렀어요."

"고맙게 뭘 그런 걸 다……."

나는 현관 앞에서 주고 나올 작정이었는데 도다가 현관문을 활짝 열어놓은 채 안쪽으로 들어가 버렸다. 하는 수 없이 집 안으로 따라 들어갔다.

도다를 따라 2층 작업실로 올라갔더니 방바닥에 큼직한 붓글씨 깔개가 깔려 있고 그 위에 아직 아무것도 쓰지 않은, 고급스러워 보이는 종이가 있었다. 화선지라는 종류의 종이라고 했다. 화선지는 소재나 만드는 방법에 따라 두께와 질감이 천차만별로 달라지는데 어떤 화선지든 평소 붓글씨를 연습할 때 쓰는 종이보다는 비싸다고 한다. 게다가 먹물이 스며드는 방식도 제각기여서 어느 정도 실력을 갖추지 않으면 제대로 쓰지 못한다는 것이다. 지금 깔개 위에 있는 화선지는 패션 잡지를 펼쳤을 때 정도의 크기다. 이 종이는 의뢰에 따라 도다가 적당한 크기로 자른 것이라 했다. 원래는 가로 135센티미터, 세로 70센티미터의 전지 크기나 전지를 세로로 반 자른 반절지라는 크기가 기본이라고 한다.

깔개 옆에 놓인 벼룻집 안에 벼루가 있고 붓을 먹물에 적셔둔 상태였다.

"일하시는데 방해를 해버렸네요."

"마침 한 단락지어서 안 그래도 좀 쉬려던 참이었어."

도다는 벼룻집을 창가에 있는 앉은뱅이책상에 옮겨놓고 닫혔던 장지문을 열었다. 처음 보는 작업실 옆방은 예상했던 대로 침실이었다. 이부자리가 상시로 깔려 있다는 점은 우리 집과 마찬가지인데 이불 위에 먹물이 채 마르지 않은 글씨 두 장이 있었다. 보아하니 글씨를 쓴 다음 종이를 이불 위에 얹어 말리는 모양이었다. 저러다 먹물이 이불에 스며들면 어쩌나 걱정하는 사이에 도다는 아직 백지로 남아 있는 화선지와 깔개를 침실 쪽으로 질질 끌어다 놓아 작업실 바닥 공간을 넓혔다.

"아무 데나 적당히 앉아 있어. 차 한잔 가져올 테니까."

"아, 제가 가져온 게 양갱이에요."

종이 가방에서 '마리모 양갱' 상자를 꺼내기도 전에

"마침 잘됐네. 그럼 녹차로 하지 뭐."

하며 도다가 아래층으로 내려가 버렸다.

나는 일단 영정이 놓인 서랍장에 '마리모 양갱'을 올려놓고서 야스하루 씨 내외의 사진을 향해 손을 모아 인사했다. 도다는 아직 돌아오지 않았다. 침실과 작업실 사이의 장지문은 열려 있는 상태다. 호기심을 주체하지 못해 문지방 쪽으로 슬금슬금 다가가서 이불 위에 놓인 붓글씨를 슬쩍 들여다보았다.

화선지 두 장도 깔개 위에 있던 빈 종이처럼 패션 잡지를 펼쳐 놓은 크기였는데 같은 한시가 적혀 있었다.

君去春山誰共遊(군거춘산수공유)

鳥啼花落水空流(조제화락수공류)

如今送別臨溪水(여금송별임계수)

他日想思來水頭(타일상사래수두)

인쇄된 활자처럼 틀이 잡힌 반듯한 서체로 신경질적일 정도로 단정하면서도 전체적으로는 신기하게 온기와 체취가 느껴졌다. 나는 무릎으로 선 자세로 등을 굽히기도 하고 펴기도 하면서 이리저리 자세히 뜯어보았다. 한 글자 한 글자의 위아래 높이가 미묘하게 짧다고나 할까, 글자를 살짝 눌러서 납작하게 만든 모양새였다. '군(君)' 자의 '입 구(口)' 부분을 비롯해 전체적으로 글자의 오른쪽 위의 모서리가 아주 살짝 둥글게 보였다. '입 구(口)' 부분의 왼쪽 위 모서리는 선 두 개가 마주 닿지 않고 약간 벌어진 틈이 있었다.

생판 문외한이기는 해도 '정서한 활자체와 똑같이 생기지 않아서 오히려 사람다운 냄새가 풍기는 걸까' 하고 생각하며 글씨에서 눈을 떼지 못했다. 그런데 계속 보다 보니 뭔가 슬픔이 느껴졌다. 한시가 가진 뜻은 제대로 모르지만 늘어선 글자들에서 고요한 슬픔이 밀려들어 내 마음마저 그 안에 잠겨 드는 듯했다. 이 감정은 도대체 뭘까 하면서 글씨를 찬찬히 봤더니 단정하면서도 글자들이 약간 납작하게 눌린 점도, 선이 서로 맞닿지 않은 부분이 있는 점도 모두 슬픔을 나타내고 있는 것 같았다. 도다가 이 글씨를 쓰면서 속에서 흘러나오는 슬픔을 주체하지 못해 이런 글씨체가 나오지 않았을까 하는 생각이 들었다.

계단을 올라오는 발소리가 들리더니 도다가 주전자와 찻잔, 양갱용 작은 앞접시와 나이프, 그리고 이쑤시개 통을 얹은 쟁반을 들고 돌아왔다. 작업실 바닥에 쟁반을 내려놓고 주전자의 녹

차를 찻잔에 따르면서

"그래서, 양갱은 어디 있어?"

하고 물었다. 나는 붓글씨를 조금 더 보고 싶었지만, 그 말에 허둥지둥 일어나 영정사진 앞에 놓았던 '마리모 양갱'을 방바닥에 내려놓았다. 그리고 도다의 정면에 다시 자리를 잡고는

"별것 아니지만……" 하고 도다 쪽으로 내밀었다.

"고마워."

하고 말하며 받아들고는 포장지를 보던 도다가 "마리모?!" 하고 외쳤다.

"마리모가 들었다고?"

"아니요. 마리모는 특별 천연기념물이자 멸종 위기종이어서 허가 없이는 채집할 수 없습니다. 그냥 마리모처럼 동그란 모양의 초록색 양갱이에요. 자르지 않아도 되니까 나이프는 필요 없어요."

"그래?"

도다가 포장을 뜯었더니 '마리모 양갱'이 방바닥에 데굴데굴 굴러 나왔다. 작은 고무풍선 속에 양갱을 주입하는 방법으로 공 모양을 만들어낸 상품이다. 우리가 자주 보는 물풍선보다 크기가 작고 그 속에 물 대신 양갱이 가득 차 있다고 보면 된다.

양갱 주입구에 해당하는 풍선 주둥이는 작은 쇠붙이로 밀폐

되어 있다. 도다는 쇠붙이에서 삐져나온 고무를 손가락으로 집었다.

"이게 뭐야, 무슨 콘돔⋯⋯."

"그 소리 할 줄 알았어요."

내가 헛기침을 하며 말을 가로막았다.

"이쑤시개로 '마리모 양갱'을 톡 찔러보세요."

도다는 '마리모 양갱'을 개인 접시에 올려놓고 내가 말한 대로 이쑤시개로 찔렀다. 그러자 구멍이 생기면서 고무가 확 줄어들어 안에 있던 동그랗고 탱글탱글한 양갱이 쏙 빠져나왔다.

"우와~! 이거 되게 재밌다. 손이 끈적끈적해지지도 않고."

도다가 천진난만하게 감탄하더니 들고 있던 이쑤시개로 양갱 내용물을 콕 찔러서 입안에 쏙 던져 넣었다.

"거기다 맛도 있네."

"그렇죠? 구시로가 자랑하는 특산품 중의 하나입니다."

"하지만 솔직히 이걸 보고 생각이 안 날 수가 없겠는데. 콘돔⋯⋯."

"부적절한 발언은 삼가시지요."

내가 다시 헛기침으로 뒷말을 막았다. 모처럼 붓글씨를 보고 감동했는데 그 글씨를 쓴 사람의 언사가 이 모양이라 감동에 찬물을 끼얹은 느낌이었다.

나도 방바닥에서 '마리모 양갱'을 한 개 주워 작은 접시에 올려놓고 이쑤시개로 콕 찔렀다. 도다도 마음에 들었는지 두 개째 먹으려 하는 참이다. 한동안 말없이 양갱과 녹차를 즐겼다. 창밖에는 겨울 하늘이 보이는데 방 안은 히터 덕분에 따뜻했다.

　"그래서 고향에 간 건 어땠어? 다들 잘 계셔?"

　도다가 방바닥에 남아 있던 '마리모 양갱'을 주워 모아 원래 포장 상자 안에 넣으면서 물었다.

　"네, 덕분에 모두 별 탈 없이 잘 계셨어요. 작년에 형네 둘째가 태어났는데 이번에 보니 엄청 포동포동한 데다 얼마나 잘 먹던지."

　"어, 형이 있었어? 가만있자……, 그럼 이름이 혹시 '갈 행(行)' 자를 써서 '코'라고 부르는 거 아냐? 쓰즈키 지카라[続力]랑 같이 합치면 '속행력'이 되잖아."

　"아닙니다. '노력'이에요."

　하고 내가 작은 목소리로 말했다.

　"응?"

　"형 이름은 '힘쓸 노(努)' 자를 써서 '쓰토무'라고 읽어요. 제 이름이랑 합하면 '노력'이 되지요."

　"진짜야?!"

　아하하하 하고 도다가 박장대소했다.

"도대체 누가 이름을 지은 거야?"

"부모님이죠."

"대단한 양반들이네. 너무 진지해서 그렇게 된 거야, 아니면 대충대충 지어버린 거야?"

노력이 얼마나 중요한지에 대해 강조하는 이야기를 부모님 입에서 들은 적이 없으니 그냥 생각나는 대로 지었을 것이다. 사실 남한테 놀림당하기 딱 좋은 이름이다.

아직 웃음을 그치지 않은 도다의 목소리에 섞여 복도 쪽 장지문에 누군가 통, 통, 하고 몸을 부딪치는 소리가 들려왔다. 보나마나 가네코 씨일 게 뻔했다. 간신히 웃음을 멈춘 도다가 일어서서 장지문을 열어주었다.

"작품이 있는데 들어오게 해도 괜찮아요?"

"뭐 어때. 가끔 내 낙관 대신 가네코의 발바닥이 찍히는 경우가 있기는 하지만."

가네코 씨는 침실 쪽은 쳐다보지도 않고 원래 자리에 도로 앉은 도다의 작업복 옷소매에 달려들어 놀기 시작했다.

나는 찻잔과 개인 접시를 쟁반에 올려놓고서

"저건 한시 맞죠?"

하고 옆방 이불을 가리키며 물었다.

"내용은 잘 모르겠지만 뭔지 모를 슬픔이 느껴지던데요."

"그럼 내가 제대로 쓴 모양이네."

도다는 가네코 씨가 심심해하지 않게 소매가 팔랑거리도록 가끔 팔을 들었다 내렸다 하면서 말했다.

"유상(劉商)이라는 당나라 시인의 〈송왕영(送王永)〉이라는 시야."

"저 한시는 어떤 뜻인가요?"

"'그대 가고 나면 봄 산은 뉘와 함께 노닐까? 새 울고 꽃 떨어지고 하릴없이 냇물이 흐르네. 지금 냇가에 서서 그대를 떠나보내니, 그대를 그리는 마음이 쌓이면 이 냇가에 또다시 오려네' 뭐 이런 느낌이지."

"그렇군요. 제목의 '왕영'이 길을 떠나는 친구 이름인가 보네요. 하루토 편지도 공연히 제가 내용을 생각하느니 이 한시를 써주는 편이 훨씬 나았겠어요."

"그렇게 생각해? 이 유상이라는 자는 시를 쓰는 사이에 점점 감상에 빠져들어서 그렇지 원래는 왕영과 그렇게까지 친하지 않았을 것 같은데?"

"진짜 그랬어요?"

"아니, 나도 잘 모르지. 옛날 고리짝 시인의 사생활까지 어떻게 알겠어?"

"아니, 그렇게 무책임한 말이 어디 있어요? 그런 사람이 어떻게 저런 글씨를 쓰는지 모르겠네."

감동에 젖었던 내 마음을 어떻게 할 거야? 도다의 넘겨짚은 해설 때문에 김이 새버렸다.

"물론 글씨를 쓸 때는 되도록 시의 세계에 젖어서 당시 모습이나 마음이 글씨 자체에서 배어 나오도록 최선을 다하지."

도다가 가네코 씨를 안더니 침실과 작업실 사이에 서서 이불 위에 늘어놓은 화선지 두 장을 내려다보며 말했다.

"그래 봐야 원숭이처럼 흉내만 내는 건지도 모르지만."

"예전에도 그런 식으로 말한 적이 있는데……"

나도 도다 옆에 서서 글씨를 내려다보며 물었다.

"어째서 흉내만 낸다는 식으로 말하는 건가요? 제 눈에는 정말 대단해 보이는데."

"이 글씨는 '장식벽에 걸어놓을 작정이다. 구양순(당나라 초기의 서예가 - 옮긴이) 풍의 글씨였으면 좋겠다'라는 의뢰를 받고 쓴 거야."

"아, 네에."

"구양순은 당나라 시대, 아니 서예 역사 전체를 통틀어서 봐도 손꼽히는 서예가야. 단정한 서체여서 정자체의 표본이라고 할 수 있을 정도지."

"그런 사람의 글씨를 흉내 낼 수 있다는 자체가 대단한 일 아닌가요?"

"어디까지나 '누구누구 풍'이니까 내 글씨는 겉만 번지르르한 짝퉁인 거지. 할배는 '누구누구 풍'으로 써달라는 의뢰를 극도로 싫어해서 '너는 잔재주가 너무 많은 게 탈이다. 돈 많은 놈들이 자기 집 벽에다 뭘 걸든 신경 쓰지 말아라. 자기들 좋아하는 돈이나 덕지덕지 붙여놓으라고 그래' 하며 수시로 야단을 치곤 했지."

야스하루 씨가 도다를 질책한 이유는 도다의 재능이 돈 버는 일로 공연히 허비될까 우려해서가 아니었을까? 나는 구양순 서체 자체를 모르기 때문에 도다의 글씨가 그저 시늉만 낸 것인지를 판단할 수는 없다. 그러나 도다가 쓴 〈송왕영〉을 보고 느낀 슬픔은 시에 담긴 혼을 구현한 글씨에서 우러나온 것이었으리라는 생각이 자꾸 들었다. 흉내만 낸 짝퉁 글씨를 보고 내용도 모르면서 마음이 뭔가 감동하는 일이 과연 가능할까?

"이 글씨를 의뢰한 사람도 돈이 많은가요?"

"완전히 부자라고 할 만큼은 아니라도 어느 쪽이냐 하면 있는 쪽이라고 해야겠지. 진짜로 돈이 많은 부자라면 유명한 서예가에게 부탁할 테니까."

"그런데 〈송왕영〉을 써달라고 지정한 것도 그 사람이잖아요?"

"그렇지."

"그럼 그 의뢰인은 취향 때문이 아니라 나름대로 고심한 끝에 도다 씨라면 이 시를 제대로 써주겠거니 확신해서 의뢰한 거예요. 어쩌면 진짜로 친구와 이별하는 일이 있었을 수도 있고요."

"그럴까? 그냥 유명한 한시라서 써달라고 하지 않았을까?"

"유명한 한시라면 그야말로 수도 없이 많잖아요. 저야 잘 모르니까 지금 당장 머릿속에 떠오르는 시가 있는 건 아니지만."

"지카는 참~ 사람이 좋단 말이지."

도다는 졌다는 표정으로 웃었다. 그 뜻은 요즘 식으로 말하자면 '머릿속이 꽃밭'이라는 뜻인가? 뭘 알지도 못하는 주제에 그럴듯한 말로 나서는 게 아니었는데 싶어서 민망해졌다. 그러나 도다는 비꼬려고 그런 말을 한 게 아니었던 모양이다.

"어느 쪽이 더 나을 것 같아?"

하며 이불 위에 있는 화선지 두 장을 턱으로 가리켰다. 내 의견을 물어볼 줄은 상상도 하지 못했기 때문에 마구 당황하면서도

"오른쪽이요."

하고 바로 대답했다. 왼쪽 글씨가 균형은 더 잘 잡혀 있는 것처럼 보였지만 마음속 깊은 곳에서 슬픔이 조용히 용솟음치는 듯한 느낌 때문에 처음부터 내 눈길을 끌었던 글씨는 오른쪽이었다.

"그럼 오른쪽을 의뢰인한테 주면 되겠군."

"아니, 잠깐만요. 그렇게 간단하게 결정해도 괜찮아요?"

"간단하게, 라니. 어젯밤부터 수도 없이 썼고, 종잇값도 만만치 않은데 마음에 들지 않아서 버린 것만도 여러 장이고, 그렇게 고생고생하면서 겨우 이 두 장만 최종적으로 남긴 거란 말이야."

"뭐, 그런 거라면……."

"뭐지? 왜 못마땅해 보이지?"

"아니, 종이가 아직 한 장 더 남아 있어서요."

이불 옆으로 밀어 놓은 깔개와 그 위의 화선지를 흘깃 보면서 말했다. 아까 보니 벼루에 놓인 붓도 먹물에 적신 상태였다.

"혹시 뭔가 더 쓰려고 했던 게 아닐까 생각했거든요."

"사람이 눈치가 너무 빨라도 문제야."

도다는 나에게 가네코 씨를 떠맡기더니 화선지가 올려진 깔개를 작업실 쪽으로 끌어당겼다.

"사실은 한 장만 더 써볼까 고민하던 참이었거든. 그런데 이것보다 더 좋은 글씨는 아무래도 안 나올 것 같단 말이지. 그래서 그만두려고."

백지로 남은 화선지를 도다가 둘둘 말아버리려고 해서

"그러면!"

하고 나도 모르게 외쳤다.

"그럼 도다 씨가 제일 좋아하는 한시를 써보지 그래요?"

"응? 왜?"

"그냥요."

대답은 그렇게 했지만 자기가 좋아하는 한시라면 '흉내 내기'가 아니라고 스스로가 느낄 수 있는 글씨, 도다의 본질이 드러나는 서체를 볼 수 있지 않을까 하는 생각이 들었기 때문이다.

"어젯밤부터 너무 혹사해서 한없이 섬세한 내 팔이 유리처럼 바스러질 지경인데."

도다가 귀찮다는 듯이 투덜거렸다. 그런데 기대가 잔뜩 담긴 내 눈길뿐만 아니라 내 품에 안겨 '빨리 어떻게 좀 해봐. 언제까지 내가 이딴 놈한테 안겨 있어야 하냐고!'라는 항의를 가득 담아 째려보는 가네코 씨의 시선을 이기지 못해

"알았어, 알았다고. 하면 될 것 아냐."

하며 다시 화선지를 펼치고 문진을 올렸다.

"좋아하는 한시라고 해봐야 나도 유명한 것밖에 모르지만……."

앉은뱅이책상에서 벼룻집을 들고 와 옆에 놓고 깔개를 향해 정좌했다. 나도 방해가 되지 않도록 도다의 오른쪽 뒤편, 이 정도면 아슬아슬하게 보이지 않겠지 싶은 위치에 조용히 정좌하고 앉았다. 그러는 바람에 내 품 안에 있던 가네코 씨가 탈출해 버렸고, '아차!' 싶었지만 도다의 뒷모습에서 뿜어져 나오기 시작한 푸르스름한 불꽃 같은 기운을 감지했는지 내 옆에 얌전히 자

리를 잡았다.

도다는 새로이 붓에 먹물을 찍은 다음 벼루에 가볍게 문질러 붓끝을 가지런히 다듬었다. 그러면서 왼손으로는 화선지 귀퉁이를 잡더니 상체를 앞으로 기울이고 붓을 화선지에 댔다.

그 뒤로는 마치 눈앞에서 마법을 보는 듯했다. 붓을 통해 화선지로 옮겨 간 먹물 한 방울이 어느새 글씨의 모양새로 섬유 사이에 스며들어 검은 궤적을 드러내는 게 아닐까 생각될 정도로 매끄럽고 거침이 없는 붓놀림이었다. 물론 도중에 먹물을 찍기 위해 붓이 벼루에 잠깐 들릴 때가 있었지만 그조차도 화선지 위에 만들어지는 글씨의 완급 중 일부, 글씨의 수려한 곡선과 하나가 된 행동으로 보였다. 숨도 쉬지 않는 게 아닐까 의심할 정도로 도다는 글씨에, 아니 글씨의 검은색과 화선지의 흰색이 빚어내는 아지랑이 같은 환영 속에 녹아들어 그 일부가 된 것처럼 보였다.

서예가가 온몸과 온 마음을 구사해서 자기 존재조차 사라져 버릴 정도로 정신을 집중한 그 순간, 세계가 반전되어 눈앞에 있는 글씨에 서예가의 모습, 서예가의 마음과 혼까지 담긴 삼라만상이 형상화된다. 천 년도 더 된 선인들의 숨결과 그들의 눈에 비쳤던 풍경, 느꼈던 감정이 서예가가 종이에 구현한 글씨에 담겨서 보는 이에게 전달된다. 붓 하나만 가지고도 우주의 모든 것을 종이에 봉인할 수 있고, 그것들이 종이 위에서 생생하게 살아

움직이도록 만들 수 있다. 아마도 서예란 그런 것이겠구나.

도다, 그리고 도다가 만들어내고 있는 먹물의 흐름을 직접 지켜보며 그런 생각이 들었다.

마지막 한 자락의 붓놀림이 언제 멎었는지, 마치 끝난 것을 의식하지 못한 음악처럼 화선지에 아련한 여운을 남겼다. 바로 그 순간, 그때까지 적힌 모든 글씨가 서로 울림을 전하면서 새로운 곡을 연주하기 시작했다. 도다가 쓴 한시가 무엇인지 나는 알 수 없었다. 초서라고 부르는 것인지, 아무튼 아까 보았던 〈송왕영〉보다 훨씬 흐르는 글씨체였고, 내 눈에는 얼어붙을 듯이 아름다운 흐름과 넘실거림으로만 보였을 뿐이다.

그렇다. 서로 녹아들고 호응하며 매끄럽게 이어지는데도 뭔가 팽팽하고 차가웠다. 쇠줄로 된 가야금으로 연주하듯 아름다우면서도 습도나 온도가 전혀 느껴지지 않는 음색이 들리는 듯했다. 어딘지 모르게 서늘하고 무서운데도 그 매력에 홀려 이제 갓 탄생해 눈앞에 있는 글씨에서 눈길을 떼지 못했다. 그렇게 바라보는 사이에 물결처럼 넘실거리는 흐름 속에 형태가 분명히 드러나는 글자도 있었다. 나는 암호를 해독하듯이 더듬거리며 그나마 알아볼 수 있는 글자들을 눈으로 찾았다.

첫 번째 글자는 '연기 연(煙)' 자인가? 아, '밤 야(夜)' 자에 '머물 박(泊)' 자도 있네. 글씨가 뿜어내는 칠흑 같은 빛에 압도되면서도 나는 정좌한 채로 어느새 도다 바로 옆까지 다가갔다. 왜 그런지 모르지만, 가네코 씨도 나를 따라 앞으로 나와서 한껏 기지개를 켜더니 털을 고르기 시작했다. 도다가 글씨를 쓰는 동안에는 분위기를 보며 참았던 모양이다.

붓을 내려놓은 도다도 머리 위로 깍지를 껴서 두 팔을 한껏 뻗은 다음 우두둑우두둑 뼈 부러지는 소리를 내며 목을 돌렸다.

"나름 잘 나왔네."

나름 정도가 아니라 어마어마한 작품이라고 생각한다는 뜻으로 나는 고개를 크게 끄덕였다. 그런데 "팔릴 수도 있으니까 다음 전시회에 내야겠다" 하며 도다가 냉큼 종이를 들어 옆방 이불 위에 놓았다. 여운이고 감회고 없었다. 하다못해 한시의 설명이라도 해달라고 하려고

"저기"

하고 말을 거는 나에게 도다는 이불에서 집은 〈송왕영〉의 한시 글씨를 "자" 하며 내밀었다. 의뢰인에게 주는 쪽이 아닌 왼쪽에 있던 글씨였다.

"이거 줄게. 화장실 문에 붙여놓던, 유리 같은 거 둘둘 싸서 버릴 때 쓰던, 알아서 해."

"네에? 이걸 어떻게 받아요?"

의뢰인한테 주지 않는다고 해도 어째서 애써 쓴 작품을 마치

상점가에서 무료로 나눠주는 달력이나 헌 신문하고 똑같은 수준으로 다루는지 모르겠다. 내 눈에는 그야말로 전시회에 출품해도 될 만한 수준으로 보이는데.

"그래? 필요 없어? 그럼 버리지 뭐."

도다가 아무런 망설임도 없이 글씨를 찢어버리려고 해서 나는 펄쩍 뛰어오르며

"아니 아니, 필요해요! 저 주세요!"

하고 외쳤다.

집에 돌아가려고 현관에 선 내가 양쪽 손바닥을 펼치고 그 위에 글씨를 올려놓은 모습을 보더니

"설마 그 상태로 전철을 탄다고?"

하고 도다가 물었다.

"당연하죠. 접어서 흔적을 남기는 건 말도 안 되고, 말아서 들고 가도 손에 난 땀 때문에 종이가 불 것 같으니까요."

"아니, 별로 대단한 것도 아닌데, 뭘 또 그렇게까지……."

도다는 피식 쓴웃음을 짓더니 "그럼 잠깐 있어 봐" 하며 복도 안쪽으로 들어갔다가 조금 뒤에 비닐 랩 심지를 손에 들고 돌아왔다.

"랩이 아직 좀 남아 있는데 그건 밥 데워 먹을 때 써."

나는 고맙게 받아서 조심조심 글씨를 말아 비닐 랩 심지 안에

넣었다. 심지 위아래로 종이가 삐져나왔지만 그래도 이렇게 하면 들고 가기도 쉽고, 손에 난 땀이 묻지도 않을 테니 안성맞춤이다.

"'마리모 양갱' 고마워."

도다는 이날도 현관 앞까지 나왔다.

"점심때가 됐는데 아무것도 못 차려줘서 미안하네."

"아니에요. 이제 좀 쉬세요."

도다는 유리처럼 섬세한 팔을 혹사하는 바람에 힘들다고 서예 교실이 시작되는 저녁 시간까지 한숨 자야겠다고 했다.

가네코 씨는 우리랑 같이 1층으로 내려왔는데 나를 배웅하느니 밥그릇에 고개를 처박는 쪽을 선택한 모양이다.

"귀한 작품 소중히 간직하겠습니다."

발걸음을 옮기기 전에 내가 인사하자

"그래. 잘 갖고 있어. 비상시에 잘 비벼서 부들부들하게 만들면 엉덩이를 닦을 수도 있으니까."

도다가 대답했다.

"또 보자."

나는 비닐 랩 심지를 손에 들고 시모다카이도역에서 게이오선 전철을 타고 종점인 신주쿠에서 내려 서점에 들렀다. 머릿속에 기억해 둔 '연기 연' 자 등 몇 가지 글자들을 가지고 한시 책을 이것저것 펼쳐보다가 한시 감상에 도움이 될 만한 초보자용 책 한 권을 골라 구매했다.

벌써 오후 3시가 넘은 시간이었다. 서점 지하로 내려간 나는 카레 냄새에 끌려 뱃속이 요동쳤지만 비닐 랩에서 삐져나온 부분에 카레가 튀어서 글씨가 지저분해지면 큰일이라는 생각에 허기를 꾹 참고 신주쿠 산초메역을 향해 지하상가를 걸었다.

도에이 신주쿠선을 타고 바로 다음 역에서 내려 아케보노바시에 있는 집으로 돌아왔다. 들어오자마자 옷부터 갈아입고 식탁에 글씨를 펼치고 치수를 쟀다.

도다처럼 식탁에서 이부자리 위로 글씨를 피난시킨 다음 물을 끓여서 야끼소바 컵라면을 먹었다. 먹으면서 글씨를 어떤 식으로 장식하는 게 좋을지 인터넷으로 찾아봤다.

표구를 한다 해도 우리 집에는 족자를 걸어놓을 만한 장식벽이 없다. 결국 온라인으로 적당한 가격대의 액자를 사기로 했다. 그렇게 하면 가볍게 벽에 걸어둘 수 있다. 제대로 된 액자나 족자로 만드는 건 지금보다 좀 더 괜찮은 집으로 이사한 다음에 하기로 했다. 액자는 모레쯤 배달된다고 했으니 그때까지는 식탁과 이불 위에 번갈아 가면서 올려놓으면 된다.

컵라면으로 식사를 마친 다음 서점에서 사 온 책을 펼쳤다.

도다가 제일 좋아한다는 한시는 역시 당나라 시인인 두목(杜
牧)의 〈박진회(泊秦淮)〉였다. 서점에서 본 한시 책에 모조리 다 실
려 있을 정도로 유명한 작품인 모양이다.

煙籠寒水月籠沙(연롱한수월롱사)

夜泊秦淮近酒家(야박진회근주가)

商女不知亡國恨(상녀부지망국한)

隔江猶唱後庭花(격강유창후정화)

책에 나온 훈과 번역, 감상하는 방법 등을 참고로 나름대로 풀
이하면 이런 느낌일 것 같았다.

"물안개가 차가운 강물 위에 가득하고 달빛이 강가의 모래 한
알 한 알을 비춘다. 진회강에 있는 술집 근처에 세워둔 배 안에
서 밤을 지냈다. 술집에서 일하는 여자들은 망국의 한 따위 아랑
곳없다. 강 건너편까지 들릴 정도로 떠들썩하게 〈후정화〉를 부
른다."

〈후정화〉란 주색에 빠져 나라를 망하게 한 황제가 만든 애절
한 망국의 노래라고 한다. 하지만 술집에서 손님들을 접대하는
디바들은 몇백 년 전에 무슨 일이 있었는지 알 바 아니니까 그
슬픈 노래를 밝고 신명 나게 불렀을 테지. 술집에 있던 손님들도

그 아름다운 목소리에 좋다고 박수갈채를 보냈을 것이다. 노랫소리는 강물 위로 흐르는 물안개를 부드럽게 나부끼게 하고 달빛을 받는 모래알들을 더욱 반짝이게 했겠지.

흘러나오는 노랫소리를 들은 시인 두목도 혼자 술잔을 기울이고 있었을 것이다. '역사도 모르는 것들이 저 노래를 좋다고 불러대다니 부르는 기녀들이나 듣는 손님들이나 참 우스운 꼴이군' 하고 핀잔했다고 해석할 수도 있지만 나는 왠지 그렇지 않았으리라는 생각이 든다. 어리석은 황제 때문에 나라가 없어져도 백성들은 씩씩하게, 어떻게든 삶을 즐기면서 살아가려 한다. 황제가 있어서가 아니라 그렇게 평온한 일상을 살아가려는 백성들의 뜻이 있기에 이 세상이 계속된다. 두목은 백성들의 생명력과 생활하는 힘 같은 것에 감명을 받았던 게 아닐까?

그리고 또 한 가지. 나라가 망해도 노래는 남았다. 그 노래를 부르던 여성들을 시로 읊은 두목의 시가 남았다. 남아서 지금도 우리에게 과거에 있던 일을, 달이 비추는 아름다운 강변의 풍경을, 그곳에 울리던 맑은 노랫소리를 전해준다. 두목 자신은 자기 시가 이렇게 오래도록 많은 사람의 사랑을 받으리라고는 예상하지 못했을지도 모른다. 그래도 노랫소리를 듣는 순간 아름답고 슬프고 덧없는 무언가, 굳이 한마디로 말하자면 '예술'이 가진 힘에 희망을 느꼈으리라 생각한다. 그래서 그날 밤의 분위기, 눈

과 귀로 보고 들은 그 모든 것을 깊은 감동과 더불어 시로 옮기
지 않고는 배기지 못했을 것이다.

　그런데 도다가 쓴 〈박진회〉는 차가웠다. 나는 책을 식탁에 내
려놓고 너무 정제되어 얼어붙은 듯한 음색이 울리던 도다의 글
씨를 떠올렸다. 물론 맑은 달빛이 비치는 추운 밤에 어울리는 필
체였다고 할 수 있지만 내가 한시 책을 보고 떠올린 〈박진회〉의
인상과는 상당히 다른 느낌이었다.

　"술집에서 일하는 여자들은 망국의 한 따위 아랑곳없다." 뭔
가 깊은 뜻이 숨어 있는 듯했다.

　〈송왕영〉 글씨는 집으로 배달된 액자에 넣어 벽에 걸었다. 항
상 이부자리가 깔린 좁아터진 집과는 전혀 어울리지 않는 장엄
한 글씨지만 그 액자가 걸린 한 귀퉁이만이라도 서화 수집이 취
미인 마피아의 호화로운 저택처럼 중후하면서 멋진 분위기가 된
듯해서 볼 때마다 뿌듯했다.

　부르지도 않았는데 찾아간 이후로 고삐가 풀려버렸는지 그 뒤
로 나는 시시때때로 도다 서예 교실을 찾게 되었다. 이메일로 보
내도 충분한데 굳이 초대장 명단을 직접 가져가기도 했고, 특별
히 볼일이 있지도 않은데 퇴근하는 길에 들리기도 했다.

　작품으로서 붓글씨를 쓸 때 얼마나 온 힘을 다하는지 알고 나

자 도다라는 인물이 더욱 궁금해졌다. 또 인정하기는 싫지만 도다와 함께하는 시간이 편하고 좋았기 때문이다.

학생들이 모여 있어도 도다 서예 교실은 어딘지 모르게 조용하고 평온한 분위기가 있다. 시간의 흐름과 동떨어져서 존재하는 듯한 그곳에 가면 묘하게 긴장이 풀어지며 편하게 숨 쉴 수 있었다. 서예 교실이 있는 시간대는 학생들도 자유롭게 드나들고 도다도 누가 가건 오건 상관하지 않는다는 자세여서 거래처이기는 해도 바짝 신경을 곤두세우고 대하는 게 점차 의미 없게 느껴지기 시작했다.

평일 저녁 비교적 이른 시간에 도다 서예 교실로 가면 주로 초등학생들이 배우려고 와 있었다. 학생도 아니면서 종종 얼굴을 보이는 내 존재에 아이들도 익숙해졌는지

"지카, 또 왔네~!"

"아저씨, 일 안 해?"

하며 말을 걸기도 한다. 시건방진 말투가 오히려 귀엽다.

나도 시험 삼아 중학교 서예 시간 이후로 처음 붓을 들어봤는데 안타깝게도 재능이라고는 한 톨도 없는 모양이었다. 도다는 내가 쓴 못생긴 '눈 설(雪)' 자를 보더니 "지카는 손목이 완전히 굳어 있는지도 모르겠다"라며 고개를 갸웃거리면서도 동그라미를 쳐줬다. 물론 함께 있던 초등학생들까지

"이 눈은 흐물흐물 녹아버릴 것 같은데."

"너무 비뚜름해서 넘어지겠다."

하며 무지막지한 평가를 가차 없이 쏟아냈다. 그나마 하루토만

"잔뜩 쌓인 눈이 지붕에서 막 떨어지려는 순간 같아요."

라고 긍정적인 말을 해줬다. 배려가 가슴 저리게 고마운 한편으로 초등학생에게 위로를 받는 내 모습이 한심하기도 했다. 하루토가 쓴 '눈 설' 자는 함박눈처럼 고요하면서도 당당한 모습이 여름에 봤던 '바람 풍' 자의 불안하던 가느다란 선과는 천지 차이였다.

클래스가 끝나고 하루토가 현관에 가까운 작은방의 구석에서 돌아갈 채비를 시작했다.

"아까 그렇게 말해줘서 고마워."

앉은뱅이책상을 사이에 두고 하루토 맞은편에 앉으며 말했다.

"내가 쓴 '눈 설' 자에 참신한 해석을 했잖아."

"아니에요. 그냥 생각나는 대로 말한 거예요."

차가운 눈보다도 쿨한 반응이었다. 그런데 하루토의 볼이 살짝 발그레해진 것으로 보아 쑥스러워서 그렇게 말한 모양이었다.

"하루토는 글씨가 점점 더 좋아지는 느낌이던데. 이제 조금 있으면 6학년이니까 그럴 만도 하지."

씩씩하게 잘 크고 있는 모습이 대견해서 말했다. 그런데

"네? 아직인데요. 4월이 되어야지 6학년이에요."

하며 이번에는 쑥스러움도 뭐도 아닌 쿨한 반응이 돌아왔다. 그 말을 듣고 나한테 한 달 반의 시간은 하루나 다름없지만 하루토한테는 영원처럼 길게 느껴질 수도 있겠다는 생각이 들며 초등학생이 가진 시간의 흐름에 대한 감각은 나와 이렇게 다르구나, 하고 다시금 감회에 젖었다.

우리가 나누는 이야기가 들렸는지

"여기서 떠들어대지 말고 빨리 집에 가서 저녁 먹어!"

하며 학생들을 내쫓던 도다가 피식 웃었다.

소지품을 모두 서예 가방에 집어넣은 하루토가 일어서려 하지 않고

"아 참. 오늘 쓰즈키 아저씨가 와서 다행이네."

하고 말했다.

"대필을 또 부탁하고 싶어요."

"내용이 뭔데?"

하루토에게 물으면서 "도다 씨, 잠깐만요" 하고 손짓으로 불렀다. 하루토의 학교생활에 또다시 암운이 드리워질 만한 일이 벌어진 것이 아닐까 싶어 걱정되었다. 그렇다면 대필이라는 수단은 물론이고 한 주먹 하게 생긴 도다의 겉모습을 이용해야 할 국면이 될 수도 있다.

하루토는 도다가 내 옆에 앉을 때까지 기다렸다가 다른 학생들이 다 돌아가고 없는 텅 빈 작은방에서 이야기를 시작했다.

"내가 편지 대필을 한 적이 있다고 했더니 친구가 '나도 써줬으면 좋겠다'라고 해서요. 5학년 때 같은 반이 된 애인데 요즘 자주 같이 놀거든요."

"믹키의 친구면 쓰치 말이지?"

도다의 어이없는 물음에 내가 대신 대답했다.

"이봐요, 도다 씨. 남이 얘기하면 좀 제대로 들으라고요. 쓰치야는 3학년 때부터 친구였고 작년에 모리오카로 전학 갔잖아요."

"그러고 보니까 그러네. 그럼 누구야?"

"사사키라고 해요."

하루토는 실망도 동요도 보이지 않고 대답했다. 도다가 남의 이야기를 듣지 않는다는 사실을 충분히 염두에 두고 말한 모양이었다. 하루토의 마음속에서 도다에 대한 믿음이 완전히 바닥을 친 상태가 아닐지 염려하지 않을 수 없었다.

"사사키는 작년 여름에 여동생이 태어났는데 나이도 차이가 크게 나고 해서 정말 이뻐해요. 빨리 자라서 걷기도 하고 말도 했으면 좋겠다고 항상 그러거든요. 그러면 같이 공원에서 놀 수 있을 텐데, 라고 하면서요."

"그래, 그래."

나는 형과 네 살 터울인데 어렸을 때 형 손을 잡고 근처 공원에 놀러 가곤 했다. 물론 형은 친구들하고 노느라 정신없었고, 나는 혼자 내팽개쳐져서 징징거리며 울곤 했지만. 좀 더 큰 다음에는 아이스크림이나 만화 잡지를 사 오라며 근처 편의점으로 '빵셔틀'을 시키기도 했다. 돌이켜보니 생각할수록 화가 치밀었지만, 형 동생의 역학 관계라는 게 대개 그런 식이겠지. 남매거나 나이 터울이 더 많이 나면 사사키처럼 '좋은 오빠'가 되는지도 모른다.

"그런데 불만스러운 점도 있대요. 엄마를 도와줘야 할 집안일이 많이 생겼대요."

"그래? 뭘 얼마나 많이 하길래?"

"원래 현관 앞을 빗자루로 쓰는 일만 했는데 이제는 욕실 청소까지 해야 한대요."

"그 정도는 해도 되지 않나?"

신생아를 돌보느라 형네 가족이 얼마나 정신없이 사는지를 떠올리면서 내가 말했다.

"아기 돌보는 게 보통 힘든 일이 아니라고 하니까 사사키가 그런 일을 해주면 엄마한테 도움이 많이 될 거야."

"아, 사사키도 욕실 청소하기 싫다는 건 아니에요."

하루토가 허겁지겁 변명했다.

"그냥 3학년 때부터 용돈이 한 달에 400엔인 게 그대로라서……."

"그렇군. 그럼 자기 노동에 합당한 임금을 부모님께 청구하고 싶다는 말이군."

"임금?"

"아, 미안. 용돈 말이야."

"네. 맞아요."

사사키의 본심을 제대로 전할 수 있어서 마음이 놓였는지 하루토는 웃는 얼굴로 끄덕이더니 서예 가방 바깥 주머니에서 접힌 종이를 꺼냈다.

"사사키의 글씨를 알아야 하니까 연습장에서 한 장 찢어서 가져왔어요."

책상에 펼친 종이는 공책 크기였고 줄이 하나도 없었다. 그 종이에는 연필로 그린 일러스트, 배가 불룩 튀어나오고 호랑이 모양 팬티를 입은 아저씨 그림이 꽉 채우고 있는데 뭔가를 쓸 공간이 없어서 그랬는지 아저씨 배 부분에 '※천둥맨'이라는 메모가 있었다.

"……이게 뭐야?"

"애니 캐릭터요. 사사키는 그림을 잘 그리는 편이거든요."

그림도 글씨도 자유분방하고 개성적이었다. 사실 속으로는 혹시 사사키가 집안에서 지나치게 혹사당하고 있으면 어쩌나 걱정했는데 글씨나 그림에 나타난 성격으로 보아 그럴 염려는 없을 것 같다. 자유롭고 편하게 잘 자랐고, 용돈 올려달라고 부모님에게 요구할 줄도 아는 야무지고 맹랑한 아이인 모양이다.

개인적으로는 어렸을 때부터 용돈을 통해 돈에 대한 감각을 키우는 것도 나쁘지 않다는 생각이다. 하지만 실제로 편지를 쓰는 사람은 도다니까

"도다 씨는 어떻게 생각해요?"

하고 의견을 구하려 옆을 쳐다봤더니, 졸고 있었다. 팔짱을 끼고 눈을 감고서 이야기를 듣는 척하는데 고개가 앞뒤로 꾸벅꾸벅 흔들렸다. 어쩐지 아까부터 너무 조용하다 싶었다. 당연히 팔꿈치로 옆구리에 펀치를 먹였다.

맞은편에 앉은 하루토는 도다가 졸고 있다는 사실을 아까부터 눈치챘던 모양이다.

"어엉?"

하며 눈을 뜬 도다를 보더니

"작은 쌤은 별로 마음이 없나 보네."

한숨을 쉬며 말했다.

"좀 그러네. '부모님의 관심을 동생한테 빼앗겨서 외로워요'라고 해도 영 와닿지 않아서."

도다가 거북한 얼굴로 볼을 긁적긁적했다.

"내가 외동이라 그런가?"

"사사키의 의뢰는 그런 게 아니라 용돈을 올려달라는 부탁이에요."

옆에서 끼어들 수밖에 없었다. 도다에 대한 하루토의 신뢰도가 더는 바닥을 쳐서는 안 된다.

"그랬나?"

도다의 반응은 여전히 굼떴다.

"애들이 용돈을 얼마씩 받는지 도통 몰라서."

물론 나도 요즘 아이들 용돈 시세가 어느 정도인지 모른다. 집마다, 또 부모마다 기준이 있을 테지만 사사키의 경우는 이제 곧 6학년이 되고 하니까 예를 들어 400엔에서 500엔으로 올려달라는 정도면 지나친 요구가 아닐 것이다.

"어쨌든 시험 삼아 한번 해보죠?"

하루토한테 연필을 빌려서 도다의 손에 쥐여줬다. 오늘은 편지를 가지고 오지 않았다고 해서 '천둥맨'이 그려진 종이를 뒤집어서 백지 쪽을 가리키며 도다에게 말했다.

"제가 문장을 생각할 테니까 우선은 연습한다는 느낌으로요."

그러나 도다는 내가 머릿속으로 글귀를 생각하는 사이에

"아냐, 하지 말자."

면서 연필을 휙 집어 던져버렸다.

"왜요?"

우마이봉 하나만 받고도 기꺼이 대필해 줬으면서 어째서 이번 일은 이렇게 미적미적 자꾸 뒤로 빼려고 할까?

"사사키의 글씨, 흉내 내기 힘들어요?"

하루토도 걱정스러운 표정으로 물었다.

"그렇지는 않은데……"

도다는 잠시 생각하더니 말을 이었다.

"어쩌면 삭키네 부모님은 '용돈은 용돈이고 집안일 돕는 건 당연히 솔선수범해서 하는 거니까 집안일 했다고 돈을 주는 건 옳지 않다'라고 생각하실지도 모르잖아. 그러니까 당장 대필해서 편지로 내밀지 말고 삭키가 직접 부모님하고 이야기하는 쪽이 좋을 것 같네."

또 이상한 별명을 마음대로 붙여놨군. 그건 그렇지만 도다 치고는 상식적인 제안이었다. 하루토도 이해를 했는지

"알았어요. 사사키한테 그렇게 말할게요."

하며 끄덕였다. 착각일지도 모르지만 도다를 바라보는 하루토의 눈이 반짝이는 듯했다. 땅바닥을 팔 수준이었던 신뢰도가 약간은 올라간 모양이다.

서예 가방을 챙긴 하루토가 씩씩하게 나갔다. 혹시 모르니까

책상 위에 남겨두고 간 '천둥맨' 그림을 물끄러미 바라보며 도다가 작게 중얼거렸다.

"알지도 못하는 걸 어떻게 쓰라고."

"저도 이 애니는 전혀 모릅니다."

내가 맞장구를 치자 도다는 갑자기 정신이 든 표정으로 고개를 들더니

"지카도 몰랐어? 서른 넘으니까 유행을 따라잡기가 힘들어지네."

하며 웃었다.

그런 반응을 보고 도다의 중얼거림이 무의식적으로 나온 혼잣말이었음을 알아차렸다.

도다는 무엇을 '알지 못한다'라고 했을까? 그런 의문이 들었지만, 옆에서 콧노래를 흥얼거리면서 책상을 마른걸레로 닦기 시작한 도다를 보고 허겁지겁 도와주는 바람에 물어보지 못하고 지나쳤다.

그 뒤로도 두 번 정도 학생들 틈에 껴서 붓글씨에 도전해 봤지만 진짜로 손목이 너무 굳어서인지 센스가 없어서인지 여전히 서툴기 짝이 없는 솜씨만 내보였을 뿐이었다. 처음에는 대놓고 웃던 초등학생들도 어느새 눈치를 보며 내 작품에서 눈길을 돌린 채 혼자 소리죽여 큭큭거리게 되었다. 바늘방석이었다. 결국

정식으로 서예 교실에 참가하는 것은 포기하고 가끔 생각날 때 찾아가서 도다랑 술을 마시기도 하고, 열심히 서예를 배우는 학생들의 모습을 가네코 씨와 함께 견학하는 데 전념했다.

도다의 말대로 가네코 씨는 어른들 클래스일 때는 1층에서도 왔다 갔다 하며 종종 여자 학생의 무릎 위에 올라가기도 했다. 하지만 그러는 이유는 여자가 좋아서라기보다 아저씨나 할아버지 학생들이 간혹 "에엣취!" 하고 느닷없이 큰 소리로 재채기를 하기 때문이라는 생각이 들었다. 그때마다 가네코 씨는 화들짝 놀라 펄쩍 뛰었고, 다른 학생들도 놀라서 어깨가 흠칫하는 바람에 교실 여기저기서 망친 글씨가 나오곤 했다.

"마쓰 씨, 제발 재채기는 좀 살살 해달라고 했잖아요. 손이 삐끗해서 고막을 찌를 뻔했네."

도다가 귀를 후비던 손을 멈추고 뭐라고 하자

"아이고, 미안해요."

하며 마쓰 씨라고 불린 할아버지가 코를 훌쩍였다.

"요즘에는 2월부터 꽃가루가 날려서 너무 힘드네."

아무리 그래도 어째서 중장년의 남자들만 그렇게 말도 안 되는 소리로 재채기를 하는지 모르겠다. 나는 나이가 들어도 고양이가 경계할 만한 행동은 삼가야지 하고 다짐했다.

도다와 술잔을 기울이는 것은 어른 클래스가 끝난 다음이다.

도다는 안주 겸 늦은 저녁으로 쇠고기 통조림과 양배추 볶음, 또는 미역과 잔멸치가 든 샐러드 등을 휘리릭 만들어낸다. 닭고기 찜에 유린기 비슷한 양념을 얹어서 만든 요리를 보고는 이렇게 손이 많이 가는 요리까지 할 줄 아는구나 싶어서 깜짝 놀랐다. 그러나 도다는

"지카가 요리에 대해 너무 몰라서 그런 거야."

라고 했다.

"닭고기는 설탕이 약간 들어간 청주에 재워서 전자레인지로 돌리면 그만이야."

그런데도 도다의 요리는 모두 간이 잘된 것이 맛깔났다. 1층 큰방에서 앉은뱅이책상을 사이에 두고 마주 앉아, 전자레인지로 데운 청주를 찔끔찔끔 마셨다. 마당에 내리는 눈을 바라보면서 마실 때도 있었고, 한밤중에 간식을 내놓으라고 떼쓰는 가네코 씨를 말리면서 술잔을 기울이기도 했다. 별다른 대화가 없어도 어색하지 않았다. 그러다 집에 갈 때는 배웅 나온 도다가 어김없이 "또 와" 하고 인사했다.

서예 교실이 없는 날이나 오후 이른 시간에 가면 도다는 대개 2층 방에서 일하고 있었다. 우리 호텔에서 의뢰한 주소 쓰기일 때도 있고, 전시회가 있는지, 혹은 누군가가 붓글씨를 주문했는지 모르지만 커다란 화선지 앞에서 묵묵히 먹을 갈 때도 있었다.

'이 사람은 볼 때마다 학생들에게 붓글씨를 가르치거나 아니면 자기가 직접 붓글씨를 쓰거나 하고 있네' 하는 생각이 들어 새삼 감탄했다. 역시 겉보기는 얼렁뚱땅하니 대충 사는 것 같아도 실상은 성실하고 금욕적이구나.

도다가 일하는 동안 방해가 되지 않게 나는 서예전 작품집이나 역사적 명필의 글씨가 실린 도록을 방에 있는 책꽂이에서 골라 구석에 앉아서 조용히 본다. 덕분에 구양순의 필체도 알게 되었고 안진경이나 후지와라노 유키나리 같은 이름도 알 수 있게 되었다.

"흠, 흠"거리며 서예 사진에 얼굴을 가까이 대고 들여다보고, 기회만 있으면 실물을 접하고 싶다고 바라면서도 공개된 실물을 보기는 힘들겠지, 하고 혼자 지레짐작하기도 했다.

도판을 보다 보면 검은 바탕에 흰색 글씨로 된 사진이 보일 때도 있었다. 이건 왜 이러냐고 도다에게 물었더니 "아, 비석이나 청동기 같은 데 새겨진 글씨를 탁본한 거라서 그래"라고 설명했다. 특히 오래전 시대로 거슬러 올라갈수록 글씨가 종이에 적히지 않는 경우가 많다고 했다. 종이에 적힌 직필이 남아 있지 않아 탁본으로만 전해지는 명필도 많다고 한다. 또한 편지나 메모로 적은 글씨 중에도 명품이 있는데 예를 들면 안진경의 〈제질문고(祭姪文稿)〉는 비분에 찬 생생한 필체가 보는 이들의 가슴을 울렸다고 한다. 안진경 본인도 설마 자기가 쓴 제문의 초고가 감상 대상이 되어 후세 사람들에게 감동을 주리라고는 생각지도 못했을 테니 어쩌면 저세상에서 놀라고 있을지도 모른다.

나는 글씨를 알아볼 만한 경험도 없고, 지식도 없고, 심미안도 없는 사람이어서 솔직히 말하자면 아직도 까막눈이나 다름없다. '뭔가 꼬불꼬불하네' 정도의 감상밖에 안 생기는 글씨도 있지만 그래도 자꾸 보다 보니 글씨를 쓴 사람의 숨 쉬는 리듬이나 감정이 느껴지는 듯했다. 그래서 한마디로 붓글씨라고 하지만 저마다 각양각색이고 보는 맛이 있어 재미있다는 생각이 들면서 생판 문외한인 나도 흥미를 느끼게 되었다.

도다는 글씨를 쓸 때 옆에 누가 있어도 별로 신경이 쓰이지 않는 모양이다. 좀 신경 쓰이는 척이라도 해야 그나마 섬세하고 신경질적인 예술가처럼 보일 텐데 내가 무슨 짓을 하건 상관없이 팍팍 써나가다가 "음~, 이제 할 만큼 한 것 같네" 하고는 적당히 붓을 놓는다. 도다가 일을 마치는 타이밍을 어떻게 알아맞히는지 그맘때가 되면 가네코 씨가 귀신같이 찾아와서 장지문에 몸을 퉁퉁 부딪치며 빨리 열라고 채근한다.

나는 도다가 작업복 주머니에서 꺼내서 내민 고양이 간식을 가네코 씨한테 주면서

"도다 씨는 쉬는 날에도 항상 일해요?"

하고 물었다.

"어엉?"

도다는 깔개를 치우고 방바닥에 뒹굴뒹굴하면서 작업복 앞섶에 손을 찔러 넣어 긴 팔 티셔츠 위로 배를 벅벅 긁어댔다.

"항상 그런 건 아니지. 서예전을 보러 갈 때도 있으니까."

'그것도 일이나 마찬가지 아닌가?'

이렇게 딴생각하는 걸 알았는지 가네코 씨가 똑바로 하라는 듯이 간식을 쥔 내 손에 발톱을 세웠다. 도다는 도다대로

"뭐야 그 눈길은? '진짜 심심하게 사는 인간'이라고 한심해하는 거야?"

하고 시비를 걸었다.

"아야, 야야. 누가 그렇게 봤다고 그래요?"

"지카야말로 쉬는 날에 뭐 하고 지내는데? 여기 올 때 말고."

"글쎄요~ 서점에 가기도 하고, 가끔은 경마장에 갈 때도 있고……."

"심심하게 사는 거로 치면 거기서 거기네 뭐."

도다가 데굴 하고 창문 쪽으로 몸을 굴렸다. 마당에 있는 벚나무 가지 끝에서 아주 조금 부풀기 시작한 싹이 바람에 흔들렸다.

어쨌든 그런 대화가 오간 뒤, 그다음 주 월요일에 도다가 지정한 장소인 구단시타역 개찰구에서 만나기로 약속했다.

"나도 쇼핑 정도는 하고 산다는 걸 보여주겠어"라며 큰소리쳤는데 가는 곳이 서예용품점이어서 '그러면 그렇지. 그래봤자 서예밖에 없는 생활이 맞네'라고 생각하며 속으로 고개를 끄덕거렸다.

그날 도다는 평소의 일본식 작업복이 아닌 청바지와 회색 파카에 검은 머플러를 두른 차림이었다. 특별히 눈에 띌 만한 복장이 아닌데도 지나치는 사람들이 던지는 시선이 심심찮게 느껴졌다. 덩치 좋고 얼굴이 잘생긴 것도 불편한 점이 많겠다고 생각했는데 도다는 그런 시선들에 익숙해서인지, 아니면 눈치를 채지 못하는지 임금님처럼 당당히 걸어갔다.

처음 가본 서예용품점은 분위기부터가 그윽하면서 전통 있는 점포의 품격이 드러나는 곳이었다. 엄청나게 큰 붓, 깜짝 놀랄 정도로 비싼 먹이나 벼루 등 보이는 물건마다 신기해서 둘러보는 것만으로도 즐거웠다. 도다는 젊은 가게주인으로 보이는 사람과 담소를 나누면서 화선지를 이것저것 살펴봤다.

화선지가 든 커다란 보따리를 안고 가게에서 나온 도다가 거보라는 듯이 으스대면서 말했다.

"어때? 이제 내가 할 일이 없고 심심한 인간이 아니란 걸 알았지?"

"아니, 저는 그런 생각을 한 적이 없다니까요?"

모처럼 밖에 나왔으니 그냥 들어가기가 아까워서 진보초까지 슬슬 걸어갔다.

"날씨가 진짜 푹해졌네."

"네, 이제 정말 봄이 시작된 모양이네요."

G1 레이스(경마 종류 중 하나-옮긴이)가 집중적으로 열리는 계절이 다가온다. 한가하게 정신 놓고 있을 때가 아니다. 적어도 더비(특별 레이스)에는 꼭 가고 싶으니까 지금부터 근무시간도 조정하고, 하라오카 씨한테도 연락해야지. 머릿속으로 이런저런 궁리를 했다.

점심으로 진보초의 유명한 전문점에서 카레를 먹었다. 일껏 산 귀한 화선지에 카레 소스가 튀면 어쩌나 싶어 속으로 노심초사했다. 그런데 도다는 전혀 신경이 쓰이지 않는지 마법의 램프 모양을 한 은색 소스 그릇 손잡이를 잡더니 밥 위에 카레 소스를 한꺼번에 부었다.

갑자기 생각이 나서 도다에게 물었다.

"하루토가 말하던 사사키라는 아이의 용돈 문제는 어떻게 되었을까요?"

호텔 근무시간과 타이밍이 맞지 않아서 한동안 아이들이 오는 서예 교실 시간에는 얼굴을 비치지 못했고 그래서 그 이야기가 마음에 걸렸다.

"음~ 삭키가 부모하고 임금 협상을 하는 데 실패했다나 어떻다나……."

"그럼 대필 의뢰가 다시 들어온 것 아니에요?"

"아니, 아무 소리 없던데. 그냥 얌전히 욕실 청소를 하고 있나 보지."

와구와구 카레를 먹어 치운 도다가 고개를 갸웃거렸다.

"지카, 감자 안 먹어?"

각자 접시에 밥 외에도 통감자가 두 개씩 곁들여져 나왔다. 도다는 일찌감치 자기 몫을 먹어버렸는데 나는 카레와 밥만으로도 배가 차서 감자는 손을 대지 않았다.

"하나 드실래요?"

하는 내 말이 채 끝나기도 전에 도다는 숟가락을 놓고 포크를 집더니 내 감자를 두 개 다 냉큼 낚아채 갔다. 위장이 엄청 튼튼하군, 하고 감탄하는 사이에 하루토가 부탁했던 대필 이야기는 흐지부지되고 말았다.

식후에 소화도 시킬 겸 해서 헌책방들을 둘러봤다. 도다 옆에서 가게 앞의 100엔 코너를 들여다보고 있었는데

"무카이? 무카이 맞지?"

하는 노인 특유의 약간 쉰 목소리가 뒤에서 들렸다. 나는 당연히 '아, 누가 아는 사람을 만나서 인사하는구나'라고 생각하고

말았는데 도다가 화들짝 놀라며 목소리가 나는 쪽을 쳐다보는 바람에 덩달아서 돌아보았다.

키 작고 비쩍 마른 할아버지가 서 있었다. 짙은 감색 양복은 양판점에서 파는 저가품 같았는데, 지팡이를 짚고 연한 베이지색 중절모를 쓴 모습이 상당히 인품 있게 보였다. 도다는 화선지를 안은 상태로 허리를 쭉 펴서 자세를 바로 하더니 깍듯하게 45도 각도로 허리를 숙이고는

"나카무라 씨. 오랜만에 뵙습니다."

하고 인사했다.

나카무라라는 이름의 할아버지는 화선지에 눈길을 한 번 주더니

"잘 지내고 있는 모양이네."

하며 온화한 미소를 지었다.

"도다 씨 내외분은 잘 계시고?"

"두 분 다 돌아가셨습니다. 할매…… 아니 어머니께서는 10년 전쯤에, 아버지께서는 작년에 작고하셨습니다."

"저런……"

나카무라 씨가 모자를 벗고 잠시 묵념했다.

"삼가 조의를 표합니다."

정수리의 백발이 듬성듬성했다. 워낙 살이 없어서 그런지 두

루미를 닮은 인상의 노인이다. 도다는 전에 없이 공손한 자세로

"나카무라 씨는 그동안 별고 없이 잘 지내셨습니까?"

하고 물었다.

"나? 나야 이제 은퇴를 앞두고 있지."

모자를 다시 쓴 나카무라 씨가 가볍게 어깨를 으쓱하며 말했다. 그러면서도 표정은 환했다.

"네? 언제요?!"

"벚꽃이 질 무렵 정도려나."

"그다음은, 후계자는 어느 분이?"

"아무한테도 물려주지 않으려네. 아예 없애버리려고."

"그게 무슨……."

"무카이. 아니 도다 씨. 이제 시대가 바뀐 걸세."

망연자실한 표정으로 선 도다의 팔을 나카무라 씨가 정겹게 토닥이며 말했다.

"오늘 여기서 만나 반가웠네. 잘 지내시게."

나카무라 씨가 내게도 묵례를 해서 나도 허겁지겁 고개를 꾸벅 숙였다. 나카무라 씨는 야스쿠니도리 대로를 따라 간다 방향으로 사라졌다. 그 뒷모습이 인파에 섞여 보이지 않게 된 후에도 도다는 심각한 표정으로 골똘히 생각에 잠겨 있었다. 헌책방 앞을 계속 가로막고 서 있기도 미안해서 진보초 교차로 쪽으로 도

다를 끌고 갔다.

"오래전부터 아는 분인가요?"

"어어."

"저기…… 무슨 일 때문에 그래요?"

"어어."

정신이 완전히 딴 데 팔린 상태였다. 아까 들은 대화로 유추해 봤을 때 무카이는 양자로 들어오기 전의 도다의 성이었고, 나카무라 씨는 서예 관계자로 보였는데 도다의 혼을 이렇게 쏙 빼놓을 만한 요소가 도대체 뭘까? 나카무라 씨가 서예가로서 은퇴하고 서예 교실도 폐업한다는 점은 안타까운 일이지만 연세도 있고 하니 그 또한 피치 못 할 일이 아니겠는가.

진보초역에서 도에이 신주쿠선 열차에 오른 다음에야 도다는 정신이 돌아온 듯 주변을 둘러봤다. 그때까지 내 뒤를 따라 걸어온 것은 무의식적인 행동이었던 모양이다.

"'이제 그만 갈까요?' 하고 물었더니 도다 씨가 '어어' 하고 끄덕여서 전철을 탔는데 괜찮은 거죠?"

"응. 있잖아, 지카."

하며 도다가 화선지를 다시 안았다.

"이제부터 내가 좀 바빠질 것 같거든. 전에 의뢰받은 일이 있었는데 완전히 까먹고 있었네."

"그래요? 그럼 앞으로 주소 쓰기 작업의뢰가 들어오면 기한을 좀 넉넉히 달라고 해보겠습니다. 그 의뢰받은 일은 언제쯤 끝날 것 같아요?"

"글쎄~ 언제가 되려나? 어쨌든 끝나면 이쪽에서 먼저 연락할게."

말끝을 흐리는 꼴이 영락없이 수상하다. 틀림없이 뭔가 숨기고 있구나, 하고 생각하는 참에 전철이 아케보노바시에 도착했고

"빨리 내려야지. 지카네 집, 여기잖아."

하고 도다에게 등을 떠밀리다시피 해서 플랫폼에 내렸다. 전철 창문 너머로 도다가 손을 가볍게 흔들었고 전철은 순식간에 출발했다.

4

그 뒤로 2주가 지나도록 아무런 연락이 없었다.

3월 하순에 들어서 벚꽃이 활짝 핀 상태였다. 도다 서예 교실 마당에 있는 벚꽃도 볼만하게 피었을 텐데. 바쁘다고 했으니 쳐 들어가기도 꺼림칙했고, 봄방학에 들어서자 나는 나대로 호텔 업무가 정신없이 바빠져서 좀 더 있다가 한번 찾아가 봐야겠다 고 생각했다. 그런데 그렇게 한가하게 있을 수 없게 된 사태가 발생했다.

평일인 그날은 아침부터 쌀쌀하니 봄비까지 내려서

"이번 주말에 꽃구경 가려고 했는데 비 때문에 꽃잎이 다 지 게 생겼네요."

"그러게 말입니다. 그때까지 꽃이 잘 버텨줘야 할 텐데요."

라는 식의 대화를 손님들과 열다섯 번 정도 주고받았다. 휴식 시간에 다른 직원에게 그렇게 말했더니

"네? 진짜요? 나는 그냥 두어 번 정도 그런 이야기를 했으려나."

라는 대답이 돌아왔다. 보아하니 나의 그 특이체질이랄까 특기가 여전히 잘 발휘되는 모양이었다. 그건 그렇다 치고, 다른 직원들도

"벚꽃이 피면 이상하게 갑자기 날씨도 쌀쌀해지고 비까지 오는 꽃샘추위가 기승을 부린단 말이야. 손님들이 춥다고 하면 안 되니까 내부 온도를 1도 올려야겠다."

라고 한숨을 쉴 정도로 기분이 가라앉는 날씨였다.

나는 저녁 6시에 낮 근무를 마치고 야간 근무조 직원에게 업무를 인계한 다음 퇴근하기 전에 사무실에 들러 업무용 컴퓨터로 이메일을 확인했다. 연회장 '미카즈키'를 예약한 손님과의 미팅 일정에 관한 내용, 우리 호텔과 거래하는 웨딩플래너가 보낸 예산 견적 보고 등을 차례로 확인한 다음 답신을 보냈다. 마지막에 남은 것은 도다가 보낸 이메일이었다. 수신 시간을 보니 오후 5시 52분, 방금 들어온 셈이다. 깜박했었다는 일을 다 끝냈나? 또 뭔지도 모를 용건으로 나를 불러내려는 건가? 그런 생각을 하면서 이메일을 열어본 나는

"뭐야~?!"

하고 외치며 의자에서 벌떡 일어났다. 도다가 보낸 이메일에
는 딱딱한 어조로 밑도 끝도 없이 '개인 사정으로 필경사 등록을
취소하오니 이에 대한 처리를 부탁드리고자 합니다. 이제까지의
거래에 진심으로 감사드리는 바입니다'라고 적혀 있었다.

당장 핸드폰으로 도다 서예 교실에 전화를 걸었는데 신호음만
계속 들릴 뿐이었다. 아 참, 서예 교실을 하는 시간대지. 학생들
을 봐주느라 전화를 받을 수가 없나? 그런데 방금 이메일을 보
냈잖아?

나는 곧바로 퇴근 준비를 한 다음 호텔 직원용 출입구로 뛰어
나갔다.

시모다카이도역에 내렸더니 주변은 완전히 깜깜해졌고, 빗줄
기는 한층 거세져서 거의 태풍 수준의 비바람이 몰아쳤다. 비닐
우산을 방패 삼아 정면으로 불어닥치는 비바람을 막으면서 다마
전철 철로 옆으로 난 길을 걸었다. 청바지도 운동화도 흠뻑 젖어
서 묵직한 데다 우산대도 한쪽이 부러져 버렸지만 그나마 간신
히 상반신만 지키면서 다섯 갈래 길에 다다랐다.

도랑길은 거의 강물 수준이었다. 아니, 원래가 도랑이니 주변
보다 지반이 약간 낮았을 것이다. 본모습을 되찾은 듯이 길 전체
가 물웅덩이었고, 흘러든 빗물이 갈 곳을 잃고 역류해서 소용돌

이치는 상태였다.

에라 모르겠다. 무작정 도랑길로 돌입했다. 차가운 물이 복숭아뼈 높이까지 차올라 내 운동화는 확실하게 갔구나, 하고 생각했다. 더구나 좁은 길로 돌풍이 불어서 비닐우산도 완전히 박살났다.

"으아아아!"

죽을 둥 살 둥 간신히 도랑길을 벗어난 다음 도다 서예 교실의 초인종을 정신없이 눌러댔다. 서예 교실을 하는 도중일지 모르지만 그런 걸 신경 쓸 여력이 없었다.

도저히 못 버티겠다 싶었는지 미닫이문이 열렸다. 어둠 속에 우산의 잔해를 한 손에 들고 강물에서 기어 나온 괴물처럼 선 내 모습을 본 도다가 "허걱!" 하며 뒷걸음질했다.

"지카였군. 결국 왔구나."

"그야 당연하죠. 뭡니까, 그 이메일은?"

"에휴~, 어쩔 수 없지. 잠깐만 거기 있어 봐."

나는 도다가 들고 온 목욕 수건으로 머리를 대충 닦고, 운동화와 양말을 벗어 발도 닦은 다음에 복도로 올라섰다. 밝은 곳에서 보니 청바지 자락이 진흙투성이였다. 이걸 어떡하지 하고 망연자실 보고 있었더니 운동화에 신문지를 돌돌 말아 넣어주던 도다가 2층에서 운동복 상·하의를 가지고 왔다.

나는 현관에서 가까운 작은방으로 들어가 젖은 옷을 갈아입게 되었다. 예상과 달리 1층에 학생들은 아무도 없었다. 오늘은 원래 어른 클래스가 없었고, 아이들 클래스는 비바람이 너무 심해져서 급하게 취소했다고 한다. 이럴 때를 위해 연락망을 미리 만들어둔 모양이다.

낮은 창문 너머로 활짝 핀 벚꽃이 하얀 모습을 드러냈다. 바람에 흔들리는 가지에서 뭔가 후드득후드득 떨어지는 게 방 안의 불빛을 받아서 보이는데 꽃잎인지 빗방울인지 분간이 되지 않았다.

"어이, 옷 다 벗었으면 바깥으로 던져."

도다가 복도에서 외쳤다. "지금 빨 거니까."

"아니, 그렇게까지 하실 필요는……"

하고 사양했는데 도다가 방 안으로 벌컥 들어와 양말까지 포함해서 내가 들고 있던 젖은 옷을 모조리 빼앗아 갔다. 부엌 더 안쪽으로 화장실, 그리고 세탁기가 있는 욕실이 있는 모양이다.

밤중에 쳐들어와 빨래까지 하게 해서 너무 미안했다. 그러면서 반성했다. 생각해 보니 도다의 이메일에 '어떻게 된 일입니까?' 하고 답신을 보내거나 나중에 전화를 다시 했으면 되는 일이었다. 굳이 이렇게 안 좋은 날씨에 갑자기 쳐들어오지 않아도 되는 거였는데. 도다의 이메일을 보고는 반쯤 제정신이 아니었던 모양이다.

하지만 어쨌든 적어도 빨래가 끝날 때까지는 도다도 나와 이
야기할 마음이 있는 모양이다. 마음이 약간 놓이는 한편으로 뭘
어째야 할지 몰라 우물쭈물하고 있는데 다시 복도 쪽 장지문이
열렸다. 머그잔 두 개가 놓인 쟁반을 든 도다가 나타났다. 향긋
한 커피 냄새가 풍겼다.

"2층으로 올라가자."

멀리서 세탁기가 윙윙 도는 소리를 들으면서 도다를 따라 계
단을 올라 2층 작업실로 들어갔다.

방 안은 방바닥의 반 이상이 큼직한 깔개로 뒤덮인 상태였고,
그 위에 고급스러운 질감의 화선지 다섯 장이 나란히 있었다. 한
결같이 세로 20센티미터, 가로 30센티미터 정도의 가로로 긴
모양이었고 그중 네 장에는 사람 이름이 세로쓰기로 힘 있고, 단
정하게 적힌 게 보였다.

다 합해서 아홉 명의 이름이었는데 한 장에 한 명의 이름이 큼
직하게 적힌 종이도 있었고, 두 명이 적힌 종이, 네 명이 적힌 종
이도 있었다. 이름 오른쪽에 직함이 적힌 사람도 있는 모양인데
글씨가 너무 작아서 단번에 읽을 수가 없었다.

나머지 한 장에는 왼쪽에서 오른쪽으로 쓰는 가로쓰기로 세
줄에 걸쳐

'제3대 스에야마파 은퇴해산식 참석 명부'

라고 이 또한 단정하면서도 힘이 느껴지는 글씨로 커다랗게 적힌 것이 보였다.

"이, 이게 다 뭔가요?"

깜짝 놀라서 그 자리에 멈춰 섰다. 도다는 나에게 쟁반을 건네더니 먹물이 다 마른 것으로 보이는 화선지를 주워 모아서 창가의 앉은뱅이책상 위에 올려놨다. 깔개를 접어 방 한쪽 구석에 밀어 놓는다. 책상 앞의 두툼한 방석에 앉았던 가네코 씨가 '이제야 내려설 곳이 생겼네' 하듯이 방바닥으로 내려와 온몸으로 기지개를 쭉 켰다.

"일단 앉자."

도다가 말하더니 자기가 먼저 방 한가운데 양반다리를 하고 앉았다. 나는 장지문을 닫고 도다와 마주 보는 형태로 정좌하고 앉아 쟁반을 가운데 내려놓았다.

"지난번에 진보초에서 나한테 말을 걸었던 할배 기억나?"

"네."

"그 할배 이름이 나카무라 지로인데 야쿠자 두목이야."

"네?"

그 왜소한 체구에 개미 한 마리 못 죽일 듯이 보이던 노인이? 겉만 봐서는 속을 알 수 없다는 게 이럴 때 쓰는 말이구나.

"야쿠자라고는 해도 요즘 같은 시대에 나 홀로 독고로 꾸려가는 간다의 작은 조직이지만."

"네에?"

뜻도 제대로 모르면서 얼떨결에 큰 소리를 내며 놀랐는데, 사실은 전문용어랄까 업계 용어를 잘 알아듣지 못했다.

"죄송한데 나 홀로 독고가 뭔가요?"

"뉴스에서 들어봤을 만한 유명하고 커다란 야쿠자 조직 산하로 들어가지 않고 독립해서 꾸려나가는 조직이라는 뜻이야."

"아, 네."

"지카도 같이 들었지만, 나카무라 씨는 4월에 스에야마파의 제3대 두목 자리에서 물러나면서 모든 일에서 손을 떼고 은퇴를 결정했어. 따라서 조직원 네 명도 일반인으로 돌아간다고 하더군."

사실은 아까부터 안 좋은 예감이 들기는 했는데 이제 그 예감이 거의 확신으로 바뀌었다. 도다가 등지고 앉은 앉은뱅이책상에 시선을 던졌다. 아까까지 깔개 위에 있던 화선지. 그 종이들은 다 뭐지? '스에야마파'니 '은퇴'니 하는 글자들이 있었는데?

"원래 두목의 은퇴식과 후계자 발표식은 거창하고 요란하게 하기 마련인데 스에야마파는 해산해 버리잖아. 그래서 식도 조직원들하고, 그 외에 아주 가까운 관계자들만 나카무라 씨 자택에 모여서 간단하게 할 모양이야."

"아, 네에."

솔직히 어떻게 반응해야 할지 알 수가 없었다. '관계자'라고 하면 그 사람들도 야쿠자가 아니겠는가? 그쪽 세계에 대해서는 전혀 모르지만, 술잔을 나누어 형제의 의를 맺었느니 하는 관계를 두고 도다가 나름대로 애매하게 표현한 말이라고 생각했다.

"은퇴식이나 후계자 발표식을 할 때는 대부분 참석 명부를 만들어서 참가자들에게 나눠주지. 일반적으로는 근사한 표지를 붙인 책자로 만들어서. 가장자리에 구멍을 두 개 뚫어서 끈으로 묶어서 만든 책자 말이야. 그런데 스에야마파는 가난해서 그냥 편의점에서 복사해서 호치키스로 찍어서 만든다고 하더라고. 아, 그리고 그런 식에서는 붓글씨 이름표도 만들어서 식을 진행하는 방 벽에 붙여놓지."

"저기……."

내가 무엇을 물어보고 싶은지 알아차린 모양이었다.

"이름표라고 하지만 목에 걸거나 하는 그런 게 아니야."

피식 웃으면서 설명을 이어갔다.

"앉는 자리를 나타내는 좁고 긴 종이를 커다랗게 만든 거야. 이름이 적힌 현수막이 벽에 여러 개 붙어 있는 모습을 상상하면 돼. 참가자들은 자기 이름이 적힌 종이 앞에 앉게 되어 있어."

"그렇군요. 그래서, 설마 그럴 리가 없겠지만, 도다 씨는……."

"아니, 맞아. 나카무라 씨의 은퇴식 때 쓸 참석 명부랑 붓글씨 이름표를 써드리게 되었어. 지금 쓰던 글씨는 그 참석 명부 원고이고."

"왜 그랬어요?!"

나도 모르게 엉덩이를 들썩이면서 따지고 들었다.

"아무리 은퇴한다고 해도 그런 야쿠자 조직 행사를 도와주는 일 따위는 절대 하면 안 돼요! 그때 그 나카무라 씨라는 사람한테서 협박이라도 받은 거예요?!"

"협박은 무슨."

워워, 하고 도다가 나를 진정시키며 말했다.

"간다에 있는 조직사무소 겸 나카무라 씨 자택으로 찾아가서 내가 부탁한 거야. 절대로 허락할 수 없다고 하는 걸 사정사정해서 간신히 승낙을 받은 거라고."

"그러니까 어째서 그런……?"

머리를 싸매고 싶은 심정이었다.

"사회 전반적으로 요즘 들어서 특히나 윤리규정 준수에 대한 압박이 심해졌단 말이에요. 우리 호텔에서도 숙박은 물론이고 연회장 출입조차 반사회적 세력으로 여겨지는 사람들에 대해서는 일절 금지하고 있을 정도라고요. 그런데 야쿠자하고 일한 적이 있는 분한테 필경사 일을 어떻게⋯⋯."

거기까지 말하고서야 겨우 깨달았다. 도다는 이미 다 염두에
두고 있었다. 참석 명부니 붓글씨 이름표 같은 걸 해야겠다고 작
정한 시점에서 각오한 일이었다. 그래서 필경사 등록을 취소하
고 싶다는 이메일을 보낸 것이다.

"도다 씨, 사실대로 말해주세요."

간절하게 호소했다. 나카무라 씨는 도다의 오랜 지인인 모양
인데 그렇다고 야쿠자를 위해 도다가 잘못된 길로 나가게 내버
려둘 수는 없다.

"진짜로 협박당하거나 한 게 아니에요? 만약 조금이라도 그런
낌새가 있었다면 우리 호텔 담당 변호사를 소개해드릴 수도 있
고, 제가 나서서 나카무라 씨에게 강력하게 말해줄 수도 있어요.
혹시 벌써 돈을 받아버린 거면 당장 돌려주고⋯⋯."

"금전이 오간 적은 없어."

도다가 나지막하고 조용한 목소리로 말했다.

"말했잖아. 내가 이걸 꼭 하고 싶어서 내 쪽에서 나카무라 씨
한테 억지로 부탁한 일이라고. 참석 명부하고 붓글씨 이름표를
누가 쓰는지는 나카무라 씨랑 나밖에 모르는 일이야."

"나도 알아버렸는데!"

얼떨결에 반말이 나갔다. 이 심각한 사태에 어떻게 대처해야

할지 갈피를 잡을 수 없어서 울고 싶은 심정이었다.

도다의 등록을 취소하고 싶지 않았다. 유능한 필경사를 놓치고 싶지 않은 것도 있지만 도다와 함께한 시간이나 도다의 존재 자체를 잘라내고 싶지 않았기 때문이다. 하지만 내가 일하는 호텔과 그 호텔 직원인 내 입장과 윤리에 비추어봤을 때……. 도다가 야쿠자의 은퇴식에 붓글씨를 제공한다는 사실을 알아버린 이상 등록 취소를 안 할 수가 없다.

알고 싶지 않았다. 그냥 조용히 나카무라 씨에게 붓글씨만 보내주고 나서 아무 일도 없었다는 듯이 필경사 일을 계속하면 되었을 텐데.

내가 무슨 생각을 하고 어떤 결론을 내렸는지 도다도 눈치챈 모양이었다.

"만에 하나 잘못될 수도 있잖아."

결연한 말투로 도다가 말했다.

"만에 하나라도 내가 쓴 글씨라는 사실이 외부에 알려져서 지카나 미카즈키 호텔에까지 피해가 가면 안 되잖아. 그래서 등록을 취소하겠다는 거야."

"네……."

어쩔 수 없이 고개를 끄덕였다.

"그래도 여전히 이해가 안 돼요. 왜 도다 씨가 그렇게까지 해야 하는지."

"판다가 외계생명체라는 사실을 깨달아버렸기 때문에, 같은 이유로는 넘어갈 수 없겠지?"

"이건 애인하고 헤어지느니 마느니 하는 일이 아니잖아요. 그리고 저는 진지하게 물어보는 거거든요."

"그 소고기를 준 여자도 진지하게 의뢰한 일이라면서. 전에는 그래 놓고 지금 와서 왜 딴소리야?"

도다가 한숨을 쉬더니 작업복 안에 입은 긴 팔 티셔츠의 왼쪽 소매를 걷었다.

"가능하면 애매하게 남겨두고 싶었는데. 하긴 그런 식으로 이메일을 보내면 보나 마나 득달같이 달려올 거라고 예상은 했었어."

나는 할 말을 잊은 채 밖으로 드러난 도다의 왼팔을 뚫어지게 쳐다봤다. 손목 바로 위에서 팔꿈치까지 짙은 남색 선으로 된 모양이 보였다. 모란꽃인가? 아무튼 예쁜 꽃 모양이다. 나도 모르게 손을 뻗어서 손가락 끝으로 피부를 만져보았다. 매끄럽고 약간 서늘했다. 스티커나 임시 타투가 아니고, 붓으로 그린 그림도 아니었다. 진짜 문신이었다.

"이게……."

나는 뻗었던 손을 다시 오므렸다. 다리가 저려서 양반다리로 자세를 고쳐 앉았다. 아직 할 이야기가 한참 남았을 것 같았다.

도다는 소매를 도로 내리면서

"여기까지 하다가 감방에 들어가는 바람에 이건 그냥 선으로 그린 윤곽만 남았지."

하고 말했다.

"양쪽 팔뚝하고 등에 있는 건 총천연색이야. 아, 등 쪽 문양은 당연히 사자고. 보여줄까?"

나는 거세게 도리질 쳤다.

"도다 씨도 야쿠자예요?"

"예전에는 그랬지. 발 뺀 지 벌써 12, 3년 됐으니까 지카는 야쿠자 밀접 접촉자에 해당하지는 않아. 그러니까 걱정하지 않아도 돼."

"솔직히 너무 놀라서 뭐가 뭔지 잘 모르겠는데요. 그나저나 그만둔 지 얼마나 됐는지 하고 안심하는 것하고 무슨 관계가 있다는 말이죠? 도다 씨는 그냥 도다 씨잖아요. 야쿠자라고 해서 신변의 위협을 느끼거나 하지는 않아요. 그 점에 대해서는 처음부터 안심하고 있어요."

역대급 혼란 상황 속에서 머리가 정지된 상태였기 때문에 일단 이해가 안 되는 점부터 하나씩 물어보기로 했다. 다른 대처 방법이 없었다.

도다가 약간 허점을 찔린 듯한 표정으로 나를 보더니

"생각보다 지카가 나를 많이 믿어주고 있었네."

하며 웃었다.

"야쿠자들은 발을 빼고 일반인이 되어도 5년 정도는 경찰 같은 사법기관에 기록이 남아서 부동산 임대도 안 되고 은행에 계좌도 못 만들거든. 그리고 그 기간에는 접촉하는 사람들도 일단은 감시 대상이 된다고 하더라고. 진짜 그런지 어떤지는 잘 몰라. 하긴 스에야마파는 마쓰리에서 노점을 하거나 조직원들이 달라붙어서 부업도 하는 작은 조직인 데다 나는 그중에서도 똘마니였으니까 진짜로 5년씩이나 감시했을 것 같지는 않지만 말이야."

5년씩이나 부동산 임대도 못 하고 계좌도 만들지 못하면 일껏 잘살아 보려고 발을 뺐어도 제대로 된 생활을 못 하지 않을까? 제도가 너무 이상하다는 생각이 들었다. 하지만 그보다 더 궁금한 점이 있었다.

"그러니까 도다 씨는 예전에 나카무라 씨가 이끄는 스에야마파의 조직원이었다는 소리네요?"

"그렇지. '이끈다'라고는 해도 사실 몇 명 안 되는 조직이었어. 그러고 보니 모리 씨 이름이 참석 명부에 없네. 그새 돌아가신 모양이군. 하긴 그때도 오늘내일할 정도의 나이였으니까."

도다는 감회가 새롭다는 듯이 혼잣말을 하는데 나는 그게 문제가 아니었다.

"아니, 아니, 그러니까."

하고 이야기를 다시 되돌렸다.

"옛날 판잣집 같은 곳에 옹기종기 모여 사는 그렇게 작은 야쿠자 조직에 있었으면서 어쩌다가 감옥까지 갔어요? 아, 혹시 제 말투가 실례가 되었다면 죄송합니다. 그렇지만 애당초 어쩌다가 서예가가 야쿠자가 된 겁니까? 도무지 이해가 안 되거든요."

"야쿠자가 서예가가 된 거지. 상식적으로 생각해 봐. 붓글씨로 먹고살 수 있는 사람이 뭐하러 일부러 야쿠자가 되겠어?"

상식적으로 아무리 생각해 봐도 야쿠자에서 서예가가 된 경위 또한 짐작할 수 없었다. 내 머릿속은 점점 더 어지러워질 뿐이었다. 도다는 문득 커피가 생각났는지 머그잔을 들고 마시려다가 그사이 완전히 식었음을 알고는 도로 쟁반에 내려놨다.

"할 수 없네. 처음부터 차근차근 이야기해 줄게. 이야기가 좀 길어지겠지만."

방석에 턱을 괴고 잠자던 가네코 씨가 일어나더니 소리 없이 다가와 양반다리로 앉은 도다의 허벅지에 몸을 비벼댔다. 단순히 옆구리가 가려워서 그랬겠지만 응원하려는 몸짓으로 보이기도 했다. 도다는 가네코 씨의 등을 쓰다듬으며 머릿속으로 생각을 정리하는 모양이었다. 나도 양반다리를 하고 앉았는데 경청하는 자세를 보여주기 위해 허리를 곧추세웠다.

잠시 후에 도다가 입을 열었다.

"이름도 떠올리기 싫으니까 그냥 간토 북쪽의 어떤 현이라고만 해두지. 인구가 15만 남짓 되는 흔한 지방 도시에서 태어났어. 역 앞의 상점가에는 점점 빈 점포가 늘어나고 밤이 되면 큰길가 뒷골목 근처 술집하고 아가씨집들이 있는 언저리에만 그나마 사람들이 모여드는 그런 시골 도시 말이야. 내가 초등학생 때쯤 시내에서 떨어진 국도변에 쇼핑몰이 생겼다는데 결국 한 번도 가본 적이 없어. 우리 집에는 차도 없고 돈도 없었으니까."

가네코 씨가 도다의 손길에서 벗어나 내가 입은 운동복 바지 무릎에 코를 대고 냄새를 킁킁 맡았다. "어째서 네놈이 도다의 옷을 입고 있는 게냐?!" 하고 따지고 싶은 표정이었다. 도다는 쟁반에 놓인 머그잔에 시선을 고정한 채 이야기를 계속했다.

"그것 말고도 없는 게 정말 많았지. 아버지는 처음부터 없었고, 엄마도 가끔 집에 있을 때면 술에 취해 있거나 아니면 남자랑 뒹굴고 있었어. 흔히 있는 패턴이지. 아까 '초등학생 때'라고 했는데 사실 나는 학교에 거의 다니지 않았어. 엄마는 최소한의 돈만 주지 나한테 관심이 전혀 없었는데 그러면서도 학교에서 담임이나 복지 관계자가 집에 찾아오면 난리, 난리 치면서 쫓아냈으니까. '학교에 안 가면 귀찮은 일이 생긴다'라는 사실을 어린 마음에 알게 되어서 세탁기 쓰는 법을 알게 된 뒤로는 시끄러워지지 않게 가끔이라도 학교에 다녔지."

"세탁기요?"

"그래. 나도 참 덜떨어진 애였지."

도다가 웃었다.

"우리 아파트 바깥 복도에 있는 먼지투성이 상자가 뭔지 초등 2학년 정도가 될 때까지 전혀 몰랐단 말이야. 집 안은 물건들이 뒤엉켜서 난장판이었고 엄마는 빨래하는 걸 본 적이 없었어. 일할 때 입는 옷은 어쩌다 드라이 맡기거나 했을 수도 있지만, 그것까지는 모르겠고. 어쨌든 처음에는 그 엉망진창으로 쌓인 물건들 속에서 적당히 꺼낸 옷을 입고 학교에 갔는데, 애들이 자꾸 '어우, 냄새야!' 하며 피하더라고. 그 말이 싫어서 1학년 1학기 때부터 벌써 학교를 빼먹기 시작했지. 그래서 어느 날엔가 옆집 누나가 세탁기 돌리는 걸 보고 '아아, 옷을 빨면 되는구나!' 하고 알아차렸을 때 뭔가 굉장히 신이 났어. 그래도 어차피 친구도 없고 수업도 따라가지 못해서 학교에 가봤자 교실에서 멍하니 앉아만 있다 오는 거여서 학교는 정말 가끔 어쩔 수 없을 때만 갔지. 그렇다고 그 시간에 바깥에서 얼쩡거리다가는 어른들 눈에 띄게 되니까 혼자 집 안에서 TV만 봤어."

이건 완전히 방임이고 아동학대가 아닌가. 지금 내가 아는 명랑하고 호쾌한 도다의 모습에서는 상상도 안 가는 생활인데, 도다는 밝은 목소리로 아무렇지 않게 이야기했다. 나는 옆에서 무슨 말을 해야 할지 몰라

"하지만,"

하고 목소리를 쥐어짰다.

"하지만 도다 씨는 어려운 한시를 거침없이 쓰잖아요. 그건 어떻게 배운……"

"그야 한참 뒤에 혼자 열심히 공부했지."

도다는 서랍장 위에 놓인 야스하루 씨 사진에 눈길을 보내며 대답했다.

"할배가 '모르는 말이나 한자가 있으면 이걸 보면 된다'라면서 사전 찾는 법을 가르쳐줬거든. 그러고 보니 노점을 할 때도 거스름돈 계산이 빨랐고, 형님이 사서 보던 사건 실화 주간지를 보는 사이에 일상적으로 쓰는 한자 정도는 혼자 익혔네. 역시 사람은 급하면 뭐든 하게 되어 있어."

"그러면 그때, 그러니까 집 안이 그런 상태였는데 밥은 어떻게 먹었어요?"

"편의점이랑 전자레인지가 있잖아."

도다가 자랑하듯이 대꾸하는 말에 맞춰 가네코 씨가 내 엄지

발가락을 깨물기 시작했다. "아야얏!" 하고 발을 튕기듯이 올렸더니 깜짝 놀랐는지 가네코 씨가 방 안을 피융 하고 쏜살같이 가로질러 책상 밑으로 숨어들었다.

"내가 장담하는데……"

도다는 양반다리를 한 채 몸을 비틀어 가네코 씨를 책상 밑에서 끌어내서 자기 무릎 위에 앉히면서 말했다.

"아무리 물건들이 엉망진창으로 쌓인 집이라도 전자레인지를 여닫을 정도의 공간은 확보되어 있다니까. 그럴 만한 공간까지 없어지면 그때는 정말 위험한 거야. 거기 사는 사람의 정신상태나 삶에 대한 의욕 같은 게 심각하다는 뜻이지."

"그렇군요."

"우리 엄마는 내가 굶어 죽지 않을 정도로는 돈을 놓고 다녔으니까 그나마 다행이라고 봐야지."

도저히 그런 생각이 들지는 않았다. 하지만 내가 나서서 아니라고 할 수도 없는 것 같아 그냥 애매하게 고개를 끄덕이는 시늉만 했다.

도다가 어째서 사사키의 대필 부탁을 들어주려 하지 않았는지, 무엇을 알지 못해 '제대로 못 쓴다'라고 판단했는지 대충이나마 짐작이 갔다. 나는 너무나 동요한 나머지 심장이 두근거려서 맞장구도 제대로 못 치게 되었다. 도다는 그런 내 상태에 아랑곳없이 이야기를 계속했다.

"게다가 중학생이 됐더니, 그때도 여전히 학교에는 거의 안 갔지만, 어쨌든 그 무렵부터 키가 자꾸 커지더라고. 그래서 내 힘으로 돈을 벌 수 있게 됐지."

"네?"

나이를 속이고 아르바이트라도 했나 하고 생각했더니

"용돈 주는 여자랑 잤어. 가끔 아저씨랑도."

하고 도다가 덧붙이는 말 때문에 이번에야말로 할 말을 잃고 말았다. '인기가 있다'라는 이야기를 했을 때 도다의 눈에 비친 어두운 그늘이 생각났다.

"아니 어떻게……."

너무 화가 나서인지, 너무 가슴이 아파서인지 아무튼 감정이 요동을 치는 바람에 손이 바들바들 떨려왔다.

"어린애한테 그런 짓을 하다니, 그건 범죄잖아요."

"나쁜 인간들이지. 하긴 나중에 야쿠자가 된 내가 할 말은 아니지만."

도다는 가네코 씨의 목을 살살 간지럽히면서 맞장구를 쳤다.

"어쨌든 조금이라도 돈이 들어오면서 그만큼 자유롭게 움직일 수 있게 되었어. 그렇게 학교에서 점점 멀어지는 대신 그 볼품없는 동네의 허름한 번화가에 드나들게 되었어. '아무리 싫어

하고 경멸해도 결국은 이렇게 엄마처럼 살게 되나 보다' 하고 생각했지. 사실 그쪽 세계가 나로서도 속이 편하기는 했어. 비슷한 처지의 인간들이 많으니까 집안 사정을 일일이 설명할 필요도 없고, 묘하게 동정하는 눈길로 쳐다보는 사람도 없었으니까. 원래 밤의 세계는 단순한 법칙으로 돌아가거든. 돈하고 주먹."

지금 나는 도다에게 자기의 과거를 털어놓게 했는데 그건 그에게 힘들고 성가시고 고통스러운 일일 것이다. 나는 도대체 도다의 무엇을 알고 싶었을까? 그게 무엇이든 이런 이야기를 하게 할 생각은 없었는데. 그런 후회가 몰려오면서 점점 숨쉬기가 힘들어졌다.

이런 자세한 이야기를 통해 '너랑 나는 모든 면에서 다르다'라고 선을 그으려는 것 같기도 해서 그 점이 나를 더욱 괴롭게 만들었다.

"이제, 그만 이야기해도 됩니다"라고 말하고 싶었다. 그런데 도다는 자기의 과거 이야기를 멈추지 않았다.

"중학교를 간신히 졸업한 직후에 엄마가 죽었어. 여자랑 외박했다가 아침에 집에 갔더니 집 안에서 차가운 시체로 누워 있더라고. 언젠가는 이렇게 되겠지 하고 생각했었으니까 많이 놀라지는 않았어. 술 때문에 몸이 망가지는 게 보였고, 검시 결과로는 약도 했더라고. '병원에 가보라'고 그렇게 말했는데도 끝까지 안 갔던 게 돈이 없어서도 그랬겠지만 약 때문이었을 수도 있겠다는 생각이 들었지. 나는 관공서에서 나온 공무원이 알려준 대로 화장터나 장지 같은 걸 정한 다음에 그때까지 모아뒀던 돈만 장례 비용으로 남겨두고 그대로 날라버렸어. 사실은 그쪽 공장에 취직이 결정된 상태였는데 그런 촌구석에서 죽을 때까지 살 생각은 털끝만큼도 없었으니까."

도다는 일부러 나쁘게 말하지만, 그래도 결국은 어머니가 살아 계시는 동안에는 버려두지 못해 가출도 하지 못한 게 아닐까 하는 생각이 들었다.

"그쪽에서 건들건들 돌아다닐 때 알게 된 사람 중에 나보다 세 살 많은 모토키라는 남자가 도쿄에 와 있었는데, 어디 갈 데가 없어서 처음에는 그 사람한테 무작정 찾아갔지. 그래서 모토키를 통해 일거리도 받고, 먹여 살려줄 여자들 집을 전전하면서 우에노 근처에서 적당히 살았어. 대도시가 이래서 좋구나, 하는 생각을 했지. 나를 알아보는 사람도 거의 없었고, 그래서 속이 편했어. 그러다가 모토키가 전형적인 코스로 어느 조직에 들어갔지. 지카 같은 사람도 알고 있을 만큼 전국적으로 규모가 큰 야쿠자의 하부 조직이었어. 모토키가 '너도 이쪽이 적성이 맞을 테니까 그냥 들어와. 내가 형님을 만나게 해줄게'라고 하더라고. 솔직히 나도 이대로 가면 야쿠자가 되겠다 생각은 하고 있었지.

그런데 망설여지더라고."

"어째서요?"

"야쿠자가 된다고 해서 처음부터 돈을 잘 벌지는 못할 거 아냐? 그러면 어떻게 할 것 같아?"

"뭔가 아르바이트 같은 거를 하나요? 신문 배달하거나 편의점 아르바이트 같은 거?"

"아니, 세상을 얼마나 모르면 그런 소리를 하는 거야? 온 세상이 네 머릿속처럼 꽃밭인 줄 알아?"

도다가 어이없다는 듯이 말하면서 무릎에서 졸고 있는 가네코 씨의 배를 주무르기 시작했다. 가네코 씨가 성가시다는 듯이 실눈을 떴다.

"있잖아, 야쿠자라는 건 직업이 아니라 '사는 방식'이거든. 최소한 명목상으로는 그렇게 내세운단 말이야. 하지만 '사는 방식'이라는 개념만 가지고는 먹고살지 못하니까 약을 팔기도 하고, 자릿세를 걷기도 하고, 간판으로 내세울 회사를 경영하기도 하고, 아무튼 할 수 있는 모든 폭력과 지혜를 모아서 돈을 버는 거야. 그러니까 그런 경제활동 자체가 이미 '사는 방식'을 실천하기 위해 어쩔 수 없이 해야 하는 부업 같은 건데, 거기다가 아르바이트까지 하게 되면 일이 너무 복잡해지잖아. 그리고 무엇보다, 신문 배달이나 편의점 아르바이트를 제대로 할 수 있는 사람

같으면 아예 처음부터 야쿠자가 될 생각 자체를 안 한다고!"

"아, 죄송해요."

"예를 들어 자릿세를 걷고 싶어도 조직마다 구역이 이미 빈틈 없이 짜인 상태기 때문에 나중에 끼어들어 가로채는 건 거의 불가능하다고 봐야지. 괜찮은 돈벌이를 찾아내서 '자기 힘으로 벌 수 있는 야쿠자'가 되려면 경험과 감각이 필요해. 그럼 아무 돈벌이도 못 하는 동안에는 어떻게 사느냐? 여자한테 얹혀사는 거야. 지금 손꼽히는 거물급 두목이라고 하는 사람들도 젊은 시절에는 아마 너나 할 것 없이 여자들 등쳐 먹고 살았을 거야."

"그럼 도다 씨한테 딱 맞는……. 아니, 말이 헛나왔어요. 죄송합니다."

또 얼토당토않은 소리를 무신경하게 내뱉은 것 같아 허둥지둥 사과했는데

"모토키가 하던 말도 '가오루는 인기가 많으니까 잘할 거야' 였어."

하고 도다가 으스댔다. 인기를 자랑하고 싶은지 아닌지 태도를 분명히 해줬으면 좋겠다.

"그런데 나는 영 내키지 않았어. 먹는 것부터 뭐부터 모조리 여자 신세를 지고 살려면 어지간히 부지런하게 여자를 챙기고 그래야 하잖아. 나는 그럴 정도로 여자에 대해 흥미가 있지는 않

왔거든. 열여덟 살인가 그 정도였는데도 벌써 완전히 시들어버 린 상태였다고 해야 하나.”

그토록 어린 나이에 벌써 ‘시들어버린’ 배경에는 거기에 이르 기까지 도다를 착취했던 어른들의 영향이 크게 작용했으리라 생 각했지만 물론 아무 말 없이 듣기만 했다.

“그래도 일단 기합이나 넣어둘까 하는 생각에 우구이스다니 에 있는 실력 좋은 문신사한테 찾아갔지.”

“아니 잠깐만, 잠깐만요.”

이야기가 느닷없이 튀어버린 느낌이었다.

“무슨 기합이요?”

“그 문신사도 ‘뭐? 기합을 넣으려고 문신한다고? 이거 완전 정 신 나간 놈이네’라고 하더라고.”

도다가 당시를 떠올리는 표정으로 말했다.

“‘새파란 애송이가 아무 생각 없이 들떠서 이런 데까지 오고 말이야’라고 핀잔을 주는데 나도 어렸을 때라서 그 말에 뚜껑이 열려서 ‘아무 생각 없다고? 네가 뭘 알아? 야쿠자가 되기는 되어 야 하는데, 이거다 싶은 조직이 아무 데도 없는데 어쩌라고? 그 러니까 할 수 없이 겉모양이라도 맞추려고 그러는 거잖아!’ 소리 를 질렀더니 스에야마파를 알려주더라고.”

“그렇게 문신사가 조직에 알선하는 시스템도 있는 거예요?”

"아니. 원래 야쿠자를 소개하는 문신사 따위는 없는데 내가 너무 불안해 보였나 보지. '그래서, 네가 말하는 이거다 싶은 조직은 어떤 데냐?' 하길래 '여자 등쳐 먹지 않아도 되는 조직'이라고 대답했더니 '그래, 있다' 하면서 알려줬어."

문신은 거절당했지만 귀중한 정보를 얻은 도다는 당장 간다에 있는 스에야마파를 찾아갔다. 두목인 나카무라 씨는 도다가 천애 고아라는 사실을 알고는 사환으로 일하며 사무소 겸 자택에서 살 수 있게 받아주었다.

"그날부터 나는 형님들한테 배우면서 밥도 하고 청소도 하고 근처에서 마쓰리가 열리면 노점에서 장사하기도 했지. 두목은 아마 처음부터 나를 야쿠자로 만들 생각이 없었던 것 같아. 예의 범절에 대해서는 엄격하면서도 '너 뭐든 하고 싶은 일 없냐? 학교 가고 싶으면 말해라. 학비 대주마'라고 항상 그랬거든. 조직원들이 모두 함께 봉투 붙이는 부업을 하는 가난한 살림이면서 말이야."

도다가 유쾌한 듯이 어깨를 흔들며 웃었다.

"두목이 나를 거둬준 거야. 형님들도 다 성격이 좋은 사람들이라 동네 사람들하고도 친하게 잘 지냈지. 무슨 소설에서나 나올 법한 야쿠자 같아서 '여기 있어도 돈 벌기는 글렀군' 하고 생각했는데 솔직히 말하면 그래도 상관없었어. 모토키는 '하필이면 골라도 어떻게 그런 가난뱅이 조직에 들어가냐'라고 비웃었지만 나는 두목을 진짜 아버지처럼, 형님들을 진짜 형제처럼 느꼈으니까."

도다가 진심으로 원했던 것은 돈이나 좋은 차나 예쁜 여자들의 환심이 아니었다는 뜻이다. 정말 가지고 싶었던 가족과도 같은 우애를 야쿠자 조직에서 겨우 발견했다는 사실이 너무도 안타깝고 참담하다는 생각이 들었다. 하지만 한편으로는 이해가 되기도 했다. 사회에서 아무리 손가락질하고 배척당해도 반사회적 세력이 절대로 없어지지 않는 이유는 거기가 아니고는 갈 데가 없고, 거기에 있어야만 살아갈 수 있는 사람들이 있기 때문이다. 더는 갈 곳이 없는 사람들이 그런 곳에 발을 들여놓았다고 해서 그 원인과 책임이 본인에게만 있다고 할 수 있을까?

도다는 사환으로 2년가량 일하다가 내키지 않아 하는 나카무라 씨를 설득해서 정식으로 조직원이 되었다고 한다. 그 일을 계기로 우구이스다니의 문신사에게 가 문신을 하기 시작했다.

"돈이 모일 때마다 조금씩 새기는 거야. 열심히 봉투에 풀칠하고, 다코야키도 열심히 구워 팔았지. 하긴 그걸로는 도저히 안 돼서 가끔 여자랑 자고 용돈을 받기도 했지만. 몰래 문신사에 들락거린다는 사실을 두목한테 금세 들켜서 '뭐 하는 짓이냐, 정신 나간 놈아!' 하고 얻어맞기도 했는데, 그렇게 난리를 치는 두목도 옛날 스타일의 고지식한 야쿠자라서 어마어마한 문신으로 온몸을 휘감았거든. 그런 사람이 말하는데 무슨 설득력이 있겠냐고."

그 온화해 보이고 인품도 있어 보이던 할아버지 등에 문신이 있다고……? 호텔리어로서 사람을 보는 눈이 나름 있는 편이라고 자부했는데 아직 한참 먼 모양이다.

도다는 스에야마파에서 나름대로 즐겁고 행복하게 지냈는데 정식 조직원이 된 지 1년쯤 된 어느 날 모토키한테서 오랜만에 전화가 걸려왔다고 한다.

"후덥지근하고 더운 여름밤이었지. '볼일이 있어서 어디 좀 가야 하는데 한잔했더니 맛이 갔거든. 운전 좀 해주라' 부탁하더라고. '택시로 가면 되잖아요?'라고 하는데도 돈이 없네 뭐네 하면서 끈질기게 버티는 거야. 끝까지 거절해도 됐는데 모토키한테는 이리저리 신세를 지기도 했고 마침 사무소 당번이 아닌 날이기도 해서 알았다고 했지. 사무소를 지키던 형님한테 '아는 놈이 불러서 잠깐 다녀올게요' 하고 말한 다음에 모토키가 말한 우에노 술집으로 전철을 타고 갔어. 가보니 모토키는 정말로 술이 떡이 되어서 근처 유료주차장에 세워둔 차로 갈 때도 부축해줘야 할 지경이었지."

그런데 모토키는 조수석에 앉고 얼마 지나지 않아 술이 깼는지 눈빛이 멀쩡해졌고, 그러면서도 온몸을 덜덜 떨기 시작했다고 한다. 도다는 모토키 지시에 따라 센소지 방면으로 차를 몰고 가면서 "토할 거면 세울 테니까 말해주세요" 하고 몇 번이나 말했다.

"그런데도 '괜찮다'라고 박박 우기면서 몸은 덜덜덜 떠는 거야. 약 같은 거면 귀찮은데 하는 생각에 조심해서 안전 운전을 했지. 공연히 경찰한테 불심검문이라도 당하면 골치 아프게 되니까."

하지만 진짜로 골치 아픈 일은 목적지에서 기다리고 있었다.

오래된 검은 세단은 어둠이 내린 스미다강을 건넜다. 점점 더 구체적이고 자세해지는 모토키의 지시에 따라 도다가 운전하는 차는 주택가 안의 복잡한 길을 몇 번씩 오른쪽으로 돌고 왼쪽으로 돌다가 5층짜리 아파트 앞에 섰다.

"여기서 잠깐만 기다려봐. 금방 올 테니까."

모토키는 그렇게 말하더니 덜덜 떠는 와중에도 계속 무릎 위에 곱게 얹어놓았던 클러치백을 겨드랑이에 끼고 차에서 내렸다. 밤중에 벌어진 그 광경이 눈앞에 떠오르는 듯해서 도다의 이야기에 넋을 놓고 있던 나는 머리 한쪽 구석으로 '야쿠자는 정말 클러치백을 일수 가방으로 들고 다니는구나' 하고 생각하며 쓸데없는 부분에 감탄했다. 당시의 도다는 그 시점에 이르러서야

'어쩌면 진짜 큰일에 휘말리게 된 거 아닌가?' 하는 생각이 들기 시작했다고 한다.

도다는 안절부절못하면서 운전석에서 기다렸다. 10분이 채 되지 않아 탕! 탕! 하는 건조한 파열음이 들렸고, 도다는 "에이 씨발!" 하고 욕을 내뱉었다. 대로변을 달리는 차에서 나는 엔진 폭발음이라고 생각하고 싶었지만, 아마 아니겠지. 순간적인 판단으로 핸드브레이크를 내리자마자 아파트에서 모토키가 빠른 걸음으로 나오더니 조수석에 올라탔다. 클러치백을 가슴에 꽉 안은 자세였다. 도다는 일단 차를 출발시킨 다음

"설마 해서 물어보는 건데 사고 치고 온 거 아니죠?"

하고 물었다.

"했어."

"미쳤어?!"

도다는 오른손 주먹으로 핸들을 내리치며 물었다.

"누군데?!"

모토키가 말한 이름은 모토키가 있는 조직과 적대하는 조직의 중간 간부였다.

"정신 나갔어?!"

도다가 또다시 소리 질렀다.

"왜 내가 당신네 조직 싸움에 휘말려야 하는데? 난 모르는 일

이니까 여기서부터는 죽든지 살든지 알아서 해."

마침 큰길가에 나온 참이어서 도다는 차를 갓길에 세우고 운전석에서 내리려고 했다. 그런데 모토키가 클러치백에서 권총을 꺼내더니 도다에게 겨누며 말했다.

"자수할 거니까 무코지마 경찰서까지 운전해."

눈빛이 번뜩이는 게 완전히 제정신이 아니었다. 빼도 박도 못하겠구나 싶어 포기한 도다는 무코지마 경찰서로 차를 운전하고 가서 모토키와 함께 체포되었다.

"그래서 나는 살인방조죄로 징역 4년을 살게 된 거야. 그나마 모범수여서 3년 만에 나오기는 했지만."

"너무 심하잖아요?! 아니, 그보다 어째서 도다 씨가 붙잡힌 거예요?"

나도 모르게 외쳤다.

"그냥 모토키라는 놈한테 속아서 아무것도 모르고 운전만 한 거잖아요?"

"그렇기는 하지. 나카무라 씨를 비롯한 스에야마파 사람들은 물론이고 모토키가 소속된 조직 사람들도 입을 모아 그렇게 말해주기는 했어. 하지만 그래봤자 야쿠자들이 하는 증언이어서 신빙성이 없었지. 게다가 사건의 진상이 끝까지 밝혀지지 않았거든. 모토키는 처음부터 '여자 하나를 두고 서로 싸우다가 상대

편 조직원을 죽였다. 개인적인 원한이다'라고 진술했단 말이야.
모토키네 조직도 '우리 조직하고는 아무 상관이 없다. 모토키가
혼자서 벌인 일이다'라고 했고. 그런데 그 말이 어디까지 사실인
지는 아무도 모르는 거지. 요즘에는 야쿠자 똘마니가 벌인 일이
라고 해도 조직의 윗선까지 책임을 묻게 되어 있으니까."

"그러니까 사실은 조직의 명령으로 모토키가 벌인 일인데 조
직에 피해가 가지 않도록 '개인적인 원한'이라고 주장했는지도
모른다는 뜻인가요?"

"응."

"여성이 얽힌 일이라면 그 당사자한테 직접 물어보면 되잖아
요?"

"남자랑 같이 모토키가 총으로 죽여버렸어. 모토키랑 그 여자
가 서로 안면이 있기는 했던 모양인데 치정이 얽힐 정도로 깊은
사이였는지는 알 수가 없지."

세상에……. 그럼 모토키는 여자를 포함해서 두 명이나 죽였
다는 말이네. 새삼 충격적이었다.

"여자도 죽었다는 소리를 들었을 때……"

도다가 말을 이어갔다.

"'이쯤 되면 나도 얌전히 벌을 받을 수밖에 없겠구나' 하고 모
든 것을 받아들일 각오가 생기더라고. 내가 멍청하게 운전해주

지 않았으면 그 야쿠자도, 여자도 죽지 않았을지 모르잖아. 돌이
킬 수 없는 짓을 했다고 생각했어."

"그건 아니죠……. 아무리 그래도 도다 씨가 뭔가 잘못한 것
같지는 않은데요."

"모토키가 조직의 명령을 받고 했건, 아니면 진짜로 혼자 저
질렀건 야쿠자가 다른 야쿠자를 덮칠 때 전혀 관계가 없는 조직
의 야쿠자를 운전수 역할로 데리고 갔다는 소리는 생전 듣도 보
도 못한 일이야. 모토키는 어떻게 해서든 나를 끌고 들어가고 싶
었던 거야. 그만큼 나한테 뭔가 원한이 있었다는 뜻이지. 등신처
럼 그런지도 모르고 모토키가 하라는 대로 하는 바람에 두 사람
이나 죽고, 스에야마파도, 모토키네 조직도 체면이 박살 난 거야.
모토키는 사형이 확정되었다는 소식을 들었는데 그렇지 않고 감
옥에서 나왔더라도 아마 무사하지 못했을 거야."

"스에야마파는 어떻게 했어요? 나카무라 씨는 도다 씨를 용서
하신 것 같던데?"

"두목이랑 형님들이 구치소로 면회 왔을 때 '우리가 돈이 없
어서 좋은 변호사를 못 써주는 바람에 네가 집행유예를 못 받을
모양이다. 미안해서 어쩌냐'고 하던데? 야쿠자가 이렇게 착해도
되는 건가?"

도다가 키득거리며 편잔하듯이 말했다. 그 말을 듣고 감이 잡

혔다.

"도다 씨. 모토키가 도다 씨한테 품었던 건 원한이 아니라 아마 질투심이었을 거예요. 도다 씨가 너무 부러웠던 거죠. 그래서 일부러 도다 씨를 끌어들였을 거예요."

"부러웠다고? 내가?"

도다가 어벙벙한 얼굴로 눈만 깜박였다. 창공을 가르는 비행운을 처음 본 어린아이처럼 한없이 천진한 표정이었다.

"음~ 그런 생각은 해본 적이 없네."

"도다 씨가 스에야마파 사람들하고 즐겁게 지냈다고 해서 그게 모토키라는 사람한테 피해를 준 것은 아니니까 역시 도다 씨는 아무 잘못도 없는 거죠."

"상담사처럼 나한테 그럴듯하게 조언하려고 하지 마."

도다가 불쾌한 표정으로 말했다.

"아무튼 지카만 앞에 있으면 내 이야기를 자꾸 하게 된다니까."

"도다 씨한테 나카무라 씨나 스에야마파가 소중한 존재이고 고마운 사람들이라는 사실은 잘 알았습니다."

도다가 이야기를 마무리하려는 것 같아 서둘러 질문을 했다.

"그런데 또 한 가지 궁금한 점이 있어요. 어떻게 해서 도다 야스하루 씨의 양자로 들어오게 된 거예요? 도다 씨가 야쿠자의 은퇴식을 위해 붓글씨를 쓴다고 하면 돌아가신 야스하루 씨는 어떻게 생각하실까요?"

"죽은 사람은 아무 생각도 안 해."

도다가 머리를 벅벅 긁으며 말했다.

"그래도 할배는 아마 '당연히 네가 써야지' 하고 말했을 거야. 처음부터 야쿠자인 줄 알면서도 나를 양자로 들인 양반이니까."

도다가 야스하루 씨를 처음 만난 것은 교도소에 있을 때였다고 한다.

"감방에도 취미활동이라는 게 있거든."

도다가 말했다.

"서예나 그림이나 하이쿠나 시 같은 걸 가르쳐주는 사람들이 자원봉사 하러 오지. 할배도 그 당시만 해도 짱짱하니 건강했으니까 전철 타고 걷고 해서 내가 있던 감옥으로 가르치러 왔었어. 처음에는 귀찮다는 생각만 했는데 같은 방에 있는 놈이 가자고 해서 할 수 없이 서예 클럽에 따라 들어갔지. 그런데 막상 해보니까 생각보다 재능이 있더라고."

도다는 그때까지 학교에서 하는 붓글씨 수업조차 한 번도 들어본 적이 없었다. 그런데 순식간에 서예의 매력에 사로잡혀 감옥 안에서 작업할 때도, 운동할 때도 머릿속으로는 붓을 어떻게 움직여야 할지에 대해 골몰하게 되었다.

취침 전의 짧은 자유시간에는 여럿이 함께 있는 혼거실(混居室)

에서 물에 적신 붓으로 묵묵히 종이에 글씨를 썼다. 먹물도 종이도 귀해서 함부로 쓸 수 없기에 고심 끝에 생각해낸 방법이었다.

"저 새끼, 또 저러고 있다"라면서 다른 죄수들이 놀리기도 하고, 몰래 붓을 숨겨놓기도 했지만 도다는 아랑곳하지 않고 연습에 매진했다.

한 달에 한 번씩 취미활동을 지도하기 위해 교도소에 오는 야스하루 씨는 하루가 다르게 실력이 좋아지는 도다의 붓글씨를 보더니

"소질이 있네."

라고 하며 이런 말을 했다.

"제대로 해볼 생각이 있으면 출소한 다음에 나한테 오너라."

남에게 칭찬을 받아본 적이 없던 도다는

"웃기는 소리 하고 있네. 어차피 아무 놈한테나 다 해주는 말이잖아."

하며 진지하게 받아들이지 않았다. 쑥스럽기도 했고 공연히 기대했다가 거부당할까 봐 두렵기도 했다. 하지만 야스하루 씨는

"간땡이가 콩알만 한 놈 같으니. 그래서 제대로 해볼 생각이 있다는 거냐, 없다는 거냐? 지금 여기서 딱 정해!"

하며 일갈했다.

"그야 할 수만 있으면 제대로 해보고 싶지. 하지만 안 되잖아.

야쿠자에다 전과자에다 공부도 한 적이 없는데."

"아니, 전과가 있건 야쿠자였건 서예를 하면 안 된다는 법이라도 있냐? 서예는 글씨를 쓰는 사람의 마음이 비치는 거울이다. 자신을 제대로 알기 위해서라도 너에게 꼭 필요하다는 생각이 드는데, 어떠냐?"

야스하루 씨는 매번 열심히 지도했고 도다도 그에 부응해서 더욱 실력을 쌓았다. 마침내 도다가 출소하는 날, 야스하루 씨 부부가 교도소 앞으로 마중을 왔다.

"할배가 벌써 스에야마파 쪽에도 이야기를 다 해두었더라고. 출소하자마자 곧바로 셋이서 사무소로 인사를 갔지. 두목은 나를 조직에서 파문 처리하면서 '이 녀석을 잘 부탁드립니다' 하고 할배랑 할매한테 머리를 깊이 숙여 인사했어. 사무소를 나설 때 형님들은 아무 말 없이 배웅해줬지. 내 어깨를 누군가가 툭 쳐줬는데 나는 누군지 돌아보지도 못하고 엉엉 울면서 할배랑 할매 뒤를 따라갔어. 그렇게 이 집에 온 거야."

도다는 야쿠자를 그만두고도 부동산 임대계약이 안 되어서 힘든 일은 없었던 셈이다.

야스하루 씨 부부의 양자로 정식으로 호적에 오른 도다는 '도다 가오루'의 삶을 시작했다. 야스하루 씨한테서 서예를 배우면서 스스로도 필사적으로 사전과 옥편을 찾아보기도 하고, 과거

275

명필들의 붓글씨를 보기도 하고, 한시를 외우기도 하면서 공부하고 연마했다. 야스하루 씨를 도와주면서 서예 교실에 오는 아이들을 마주하는 방법도 익혔다. 모든 일이 생전 처음 하는 경험이라 어설프고 힘들었지만 도다는 '제대로 된' '보통' 사람이 되려고 노력했다.

"할배야 워낙 괴짜라 그렇다 치고, 대단한 건 할매였어."

도다가 말했다.

"어디서 굴러먹다 온 놈인지도 모르는 야쿠자라면 보통은 누구나 피하고 싶잖아. 그런데 할매는 내가 그런 말을 조금이라도 하려고 하면 펄펄 뛰면서 화를 냈지. '너는 이 나이에 겨우 얻은 귀한 우리 아들인데 자꾸 서운하게 그런 식으로 말할래?!'라고 말이지. 내가 빨래해 놓으면 '아유, 고마워라' 하며 좋아했지. 부엌에 들어가서 옆에서 도와주면 '저놈의 영감탱이도 우리 가오루처럼 옆에서 거들어주면 좀 좋아?' 하며 투덜거리고. 아침에는 내 방에 마구 들어와서 '해가 중천인데 언제까지 자빠져 잘래?' 하면서 긴 자로 이불을 팡팡 때리고. 조직에 있을 때보다 그런 생각이 더 들더라고. '어쩌면 이런 게 가족 아닌가?' 하고."

문득 도다가 좋아한다면서 써 내려갔던 한시의 한 구절이 떠올랐다. '상녀부지망국한. 술집에서 일하는 여자들은 망국의 한 따위 아랑곳없다.'

가진 것 없이 어린 시절을 보내고, 그 뒤로도 여러 가지를 잃으며 살아왔지만 그래도 결국에는 소중한 사람들, 자기를 있는 그대로 받아들여 주는 자리가 생긴 셈이다.

그 붓글씨에서 울려 나오던 싸늘하게 얼어붙은 아름다운 음색은 끝내 따뜻한 곳을 찾지 못하고, 아들에게도 주지 못한 채 죽어버린 도다의 어머니에게 바치는 것이었는지도 모른다.

"나카무라 두목, 그리고 할배랑 할매 덕분에 내가 살 수 있었던 셈이지."

도다가 조용히 말했다.

"나한테는 구세주나 다름없어. 말하자면 신이지. 하나의 신에서 다른 신으로 옮겨갔을 뿐이었고, 그래서 내 글씨는 자리를 제대로 못 잡고 아직까지도 할배가 말했던 '흉내 내기'에 불과한지도 모르지만."

"절대 그렇지 않습니다."

나의 모든 진정성을 담아 진심으로 부정했다. 이제는 무슨 짓을 하건 도다를 말릴 수 없다는 사실을 알게 되었다. 도다는 예전의 신을 위해, 도다가 한 몸을 바치겠다고 마음먹은 신에게서 받은 모든 힘을 발휘해서 글씨를 쓰려 하는 것이다.

도다가 가네코 씨를 무릎에서 내려놓고 일어나 침실로 이어지는 장지문을 열었다.

"여기 좀 봐, 지카."

이부자리를 가득 뒤덮다시피 세로로 길쭉한 커다란 화선지 여덟 장이 나란히 놓여 있었다. 모두 세로 135센티미터, 가로 35센티미터 정도 되는 것이 예전에 말하던 반절지 크기로 보였다. 이게 붓글씨 이름표인 모양이었다. 모두 용맹함이 느껴지면서도 품위 있고 단정한 글씨체로 적힌 이름들이었다.

"이제 나카무라 씨의 이름표만 적으면 끝이다."

도다는 그렇게 말하더니 접어놓았던 깔개를 작업실 바닥에 펼쳤다. 나도 쟁반을 치우고 방구석으로 물러나서 소극적으로나마 도다의 작업에 협조했다. 가네코 씨도 눈치가 있는지 내 옆에 앉아서 도다가 새로운 화선지를 깔개 위에 올려놓는 모습을 가만히 지켜보았다. 이번 화선지는 전지 크기로 세로 135센티미터, 가로 70센티미터나 된다.

도다는 마지막으로 먹물이 든 알루미늄 재떨이와 두꺼운 붓을 앉은뱅이책상에서 가져왔다. 중요한 붓글씨인데 왜 먹을 갈아서 쓰지 않는 걸까? 그러고 보니 하루토의 절교 선언장을 쓸 때도 재떨이에 시판 먹물이었다. 그렇다면 이렇게 하는 게 야쿠자 세계의 합리성을 반영한 관습인가? 내가 그런 생각을 하는 동안 도다는 깔개 옆에 재떨이와 붓을 세팅했다. 화선지를 바라보고 정좌한 다음 숨을 크게 내쉬었다.

"자, 그럼."

도다는 붓을 잡았다. 그리고 사냥꾼이 방아쇠를 당길 때처럼, 처음부터 정해진 순간을 알고 있었다는 듯이 자연스럽고 부드럽게 붓끝을 종이에 댔다.

그 뒤로는 순식간에 이루어진 것 같은 느낌도 들고, 반대로 시간이 아주 천천히 흐른 것도 같았다. 팽팽한 긴장감이 있으면서도 자유롭게 뻗어가는 도다의 붓놀림이 만들어내는 검디검은 선에 방 전체의 소리와 산소가 빨려 들어가는 듯해서 나는 옴짝달싹도 못 한 채 눈으로 따라가기 바빴다.

스에야마파 해산식
은회
제삼대 스에야마파 나카무라 지로

그 글씨는 고요함이 감도는 가운데 끝없이 아름다웠고, 그러면서도 제 몸을 태우는 불꽃처럼, 혹은 끝없는 깊이를 간직한 한밤중의 호수 수면처럼 검게, 그리고 격렬하게 피어올랐다.

이것이 도다의 몸과 마음에서 우러나오는 글씨로구나. 도다의 가슴속에서 타오르는 불꽃을, 슬픔과 기쁨을, 지금까지 만난 사람들에 대한 마음마저 모두 담아내면 이런 글씨가 되는구나. 처음으로 도다가 가진 본래의 서체, 그가 빚어내는 글씨의 대단함을 직접 보게 되었다는 생각에 너무 흥분되어 온몸이 떨려왔다.

그런데 재떨이에 붓을 도로 올려놓은 도다는 일어섰다 앉았다 하며 다양한 각도에서 글씨를 확인하더니 멀리서 희미하게 들리는 삐삐 하는 소리에

"아, 건조까지 끝났네."

하며 별다른 감흥도 없이 중얼거렸다. 글씨에 매료되어 눈길을 떼지 못하던 나는 그 말뜻을 단번에 알아듣지 못해

"네?"

하고 얼굴을 들며 되물었다.

"네 옷 말이야. 다 말랐으니까 갈아입고 이제 가봐."

이름표 글씨를 좀 더 보고 싶었는데 도다에게 등을 떠밀려서 1층으로 내려갔다. 도다가 세탁기에서 꺼내 온 옷을 받아들고 현관 옆에 있는 작은방으로 다시 내몰렸다.

이대로 순순히 옷을 갈아입으면 다시는 도다를 만나지 못할 것 같았다. 도다의 이야기를 듣고 나카무라 씨를 위해 글씨를 쓰는 모습까지 목격한 이상 미카즈키 호텔의 필경사 등록은 취소할 수밖에 없다. 그래도 개인적인 관계는 계속 이어가도 되지 않을까 하는 생각이 들었다. 아니, 그러고 싶었다. 나는 도다를 더 많이 알고 싶었고, 도다가 종이 위에 펼쳐내는 붓글씨를 앞으로

도 계속 보고 싶었다.

혹시 이 운동복을 그대로 입고 가면 돌려준다는 명분으로 한 번은 다시 올 수 있지 않을까?

"저~ 옷이 아직 다 안 마른 것 같은데요."

사실은 모두 보송보송하고 따뜻하게 바짝 마른 상태였다. 그래도 문밖에 서 있을 도다에게 장지문 너머로 그렇게 말해 보았다.

"입고 있다 보면 마를 거야."

가차 없이 냉정한 대답이 돌아왔다.

"아니, 그래도 청바지가 줄어들어서 안 들어가는데."

"쓸데없는 소리 말고 빨리 갈아입어."

야쿠자 출신답게 목소리를 깔면 위협감이 장난 아니다. 할 수 없이 옷을 갈아입고, 빌려 입었던 운동복은 잘 개서 바닥에 놓아 두었다.

복도로 나온 나를 보더니, 가네코 씨를 안은 도다가 슬리퍼를 신고 현관 밑으로 내려가 미닫이문을 열었다.

"잘 가."

"저기, 도다 씨."

"마침 잘됐네. 비도 갠 모양이고."

도다는 내 운동화에서 축축하게 젖은 신문지를 빼낸 다음 현관문 옆에 세워놨던 비닐우산을 나에게 내밀었다.

"도다 씨, 제 말 좀 들어봐요. 역시 도다 씨의 글씨는 그냥 흉내 내기가 아니라는 확신이 들었어요. 만약 저 글씨 때문에 도다 씨가 야쿠자의 밀접 접촉자가 된다고 해도 5년이건 언제건 기다렸다가 다시 필경사를 해주셨으면 좋겠고, 밀접 접촉자의 밀접 접촉자라는 개념이 있는지 어떤지 모르지만 그래도 저는……."

"너는 몰라."

도다가 내 말을 가로막았다.

"그야 저는 서예에 관해서는 문외한이지만……."

"아니, 그게 아니라. 아무런 고생도 모르고 속 편하게 세상을 살아온 너는 아무리 밀접 접촉을 해도 절대로 나를 알 수가 없다고."

"그게 무슨……."

그야 나는 좋은 가족에, 좋은 직장에, 축복을 받은 편이기는 하다. 직장 동료들도 다 좋은 사람들이고 손님을 위해 정성을 다하는 이 일이 내 천직이라고 생각한다. 부모님은 별다른 고민 없이 그냥 머릿속에 떠오르는 대로 아들들에게 '노력'이라는 이름을 지어주는 속 편한 사람들이지만 자식들에 대한 부모님의 사랑을 의심해 본 적은 없다. 그러니까 나는 배고픔을 느낀 적도 없고, 여러 가지 폭력이나 굴욕을 당할까 두려워하며 떨어본 적도 없는 인생, 남부끄러울 정도로 충족되고 행복한, 아니 아무 생각 없이 속 편한 인생을 살아왔다고 할 수 있다. 하지만 그게 잘못된 일일까? 그런 이유로 영원히 서로를 이해하지 못하고 마음을 통하지 못한 채 도다와 관계를 끊어야 한다는 말인가? 그렇다면 반대로 내가 불행해지면 지금까지처럼 이 집에 와도 된다는 뜻인가? 그건 이상하지 않은가? 도다로서도 나로서도 이해할 수 없는 논리다. 도다와 개인적인 관계를 계속 맺을지 말지하는 것과 서로의 행복이나 불행, 혹은 지금까지 살아온 방식은 아무 관계가 없지 않은가?

그렇게 주장하고 싶었는데 말이 제대로 나오지 않았다. 눈앞에서 도다가 드르륵 쾅 하고 셔터를 닫아버린 것 같아서 충격을 받은 내 뇌가 마비되어 제대로 돌아가지 않았기 때문이다.

그나마 간신히

"그럼 도다 씨는 왜 저를 여기로 부르거나 대필 작업을 하게 한 건가요?"

하는 질문만 할 수 있었다.

"제가 도다 씨에 대해 전혀 알지 못하고, 알려고 하지도 않는다고 여겼다면 가까이 오게 하지 않고 업무적으로만 연락하는 관계로 내버려뒀으면 되잖아요?"

"어쩌다 보니까 그런 거지."

가네코 씨를 한쪽 팔로 안은 도다가 씩 하고 미소를 짓더니 다른 쪽 손으로 나를 현관 바깥으로 밀어냈다.

"사람이 어수룩하니 물렁해 보여서 대필하는 데 이용할 수 있겠다 싶어서 그랬어. 이제는 오지 마."

도다가 현관문을 탁 닫아버렸다. 가네코 씨가 "야옹, 야옹" 하고 웬일로 고양이다운 울음소리를 냈는데 도다가 안고 안쪽으로 들어가 버렸는지 그 소리도 금세 멀어졌다.

비가 갠 하늘 아래, 나는 부서진 비닐우산을 질질 끌면서 밤길을 걸었다. 흙탕물 웅덩이였던 도랑길도 물이 빠져서 검게 젖은 땅바닥에 듬성듬성 들러붙은 벚꽃잎이 밤하늘의 별처럼 하얗게 보였다.

5

봄의 폭풍우를 견뎌낸 벚꽃이 맑게 갠 주말에 화려하게 꽃잎을 떨궈서 꽃구경 나간 사람들의 눈을 즐겁게 한 모양이었다.

나는 꽃구경 다녀온 손님으로 북적이는 레스토랑 '크레셴도'에 임시 보충 인력으로 투입되기도 하고, 객실로 안내해드린 손님과 연분홍빛으로 물든 신주쿠 주오공원을 창문으로 내다보며 "정말 아름다운 광경이네요", "네, 정말 그러네요" 하고 이야기하는 등 여전히 바쁘게 일했다.

그렇게 동분서주하면서도 도다네 집에서 나왔을 때를 생각하면 속이 부글부글 끓곤 했다. 물론 시간이 좀 지나서 마비되었던 내 머리도 평상시대로 돌아가게 되었다. 그러니까 도다가 나를 위해서 "이제는 오지 마"라고 했겠다는 추측은 가능하다. 그렇지만 내가 원하건 원치 않건 뻑 하면 오라고 불러댔으면서 느닷없이 "이제는 오지 마"라고? "어쩌다 보니까", "이용할 수 있겠다 싶어서" 그랬다고? 내가 자신의 과거를 알게 되니까 갑자기 겁이 덜컥 나서 나를 내친다 이거지? 아 몰라, 몰라! 그런 인간은 이제 나도 몰라.

애당초 묻지도 않았는데 과거사를 줄줄 읊어댄 건 도다 본인이잖아? 물론 그렇게 된 원인으로는 내 특이체질이랄까 특기가 작용한 부분이 많기는 하겠지만. 어쨌든 자기 혼자서 떠들어놓고 자기 마음대로 "이제는 오지 마"라니, 내가 하다 하다 이런 무례한 경우까지 당해야 하나? 내가 먼저 사절하련다! 예전 야쿠자를 가까이해 봤자 좋을 일은 하나도 없을 테니 도다 같은 놈은 그냥 그 집에서 혼자 외롭게 붓글씨나 쓰고 있으라고 해!

말하자면 나는 "너는 나를 몰라"라는 말과 함께 셔터를 내리듯이 한순간에 차단당했다는 사실에 너무 화가 났다. 지금까지 함께한 시간까지 모조리 부정당한 듯해서 슬프기도 했다.

그러는 한편으로 '하기야 아무 걱정 없이 편하게 살아온 나 같은 사람은 파란만장한 인생을 겪은 도다를 진짜로 알기는 힘들겠지'라든지 '야쿠자였던 사람과 관계를 끊을 수 있어서 오히려 다행일 수도 있겠네'와 같은 패배감과 내 안위만을 챙기려는 이기심이 속삭이는 듯해서 결국 "아아, 그만, 그만! 이제 생각 안 할래!" 하고 도다의 존재를 머릿속에서 치워버리기로 했다.

동료 직원들에게는 아무런 이야기도 하지 않고 필경사 명단에서 도다의 정보를 삭제하고 붓글씨 샘플도 파일에서 없애버렸다. 비겁한 짓이었지만 미카즈키 호텔이 야쿠자의 밀접 접촉자와 거래하고 있었다는 사실이 알려지면 큰일이라는 생각이 들었고, 나 자신도 그런 일로 직장에서 잘리기 싫었다. 만일의 사태에 대비해서 "저는 전혀 몰랐습니다. 그냥 도다 씨가 이메일로 등록을 취소해달라고 하셔서 그렇게 했을 뿐입니다"라고 해명할 수 있게 처리해 두었다.

이제 정말로 도다와의 연결고리가 완전히 없어졌다. 나는 파일의 빈자리를 잠시 바라보다가 한숨을 쉬었다. 그러고는 파일을 선반에 올려놓고 아무 일도 없었던 것처럼 열심히 업무에 매진했다.

손님들을 웃는 얼굴로 맞이하고, 동료 직원들보다 훨씬 자주 듣게 되는 잡다한 이야기에 귀를 기울였다. 평온하고, 어두운 그늘이라고는 조금도 없는, 평소와 다름없는 일상이다. 미카즈키 호텔의 먼지 한 톨 없이 반질반질한 바닥에, 중후하면서도 따뜻한 분위기를 풍기는 로비에서 오늘도 손님들을 모신다.

5월 황금연휴가 끝나 꽃잎이 다 진 벚나무는 푸른 잎사귀로 덮였고 공원의 나무들이 초록빛으로 반짝이는 계절이 되었다. 미카즈키 호텔도 그 녹음 속에서 한층 아름답게 돋보였다.

그런데 내 마음은 여전히 축 가라앉아 있었다. 월말의 더비를 목이 빠지게 기다리다 못해 벌써 만날 약속을 잡으려고 전화한 하라오카 씨까지

"왜 그래? 뭐 마음에 걸리는 일이라도 생겼어?"

하고 걱정할 정도였다.

"아니에요, 괜찮아요. 그럼 약속은 지난번처럼 말 동상 꼬리 쪽에서 보는 걸로 하죠. 기대되네요."

대답은 그렇게 했는데 그사이에도 머릿속에서 치워버렸다고 했던 상념이 슬금슬금 기어 나왔다.

도다는 요즘 어떻게 지낼까? 지인이라고 하기에도 애매한 정도인 나 같은 사람까지 안 보겠다고 했으니 뻔한 이야기 아닌가? 밀접 접촉자의 밀접 접촉자, 그 사람의 밀접 접촉자라는 식으로 밀접 접촉자가 기하급수로 늘어나는 일을 막기 위해 서예 교실도 그만두고 학생들의 목소리가 사라져 버린 그 집에서 전시회에 출품하거나 판매할 기약도 없이 묵묵히 화선지에 글씨를 쓰고 있겠지. 가네코 씨만 옆에 두고.

긴 앉은뱅이책상이 나란히 놓인 1층 큰방 창가에서 가네코 씨를 무릎에 앉히고 덩그러니 홀로 있는 도다의 모습이 떠올랐다.

마당의 벚꽃이 지는 것을 바라보는 모습이다. 가슴이 아려올 정도로 외로운 광경이었다. 어디까지나 내 머리가 만들어낸 상상인데도 도무지 안절부절못하게 되어 당장이라도 달려가야 하지 않나 하는 조바심이 났다.

그러나 실행에 옮기지는 않았다. 도다는 언제나 "또 와"라고 인사했다. 도다 자신의 서체로 검게 불타듯 피어오르는 글씨를 썼던 그 밤에만 "이제는 오지 마"라고 했다. 그 말이 아마 지금 도다가 진심으로 나에게 하고픈 부탁일 것이라는 생각이 들었다.

또다시 주말에 야간 근무를 마치고 이제 집에 가야지 하고 나서려던 월요일 아침 10시 넘어 미카즈키 호텔 사무실의 전화가 울렸다. 전화를 받은 동료 직원이

"쓰즈키 씨, 잠깐만요."

하며 나를 불러세웠다.

"미키 씨라는 분 전화인데요."

연회장 예약 손님 중에도, 거래처 직원 중에도 마땅히 떠오르는 미키 씨가 없어서 '어느 분이지?' 하고 고개를 갸웃거리며 전화를 받으려는 나에게

"아직 어린 분 같던데요."

하고 동료 직원도 이상하다는 표정으로 덧붙였다. 나는 곧바로 대기 버튼을 해제하고

"하루토니?!"

하고 수화기를 향해 이름을 불렀다.

"아, 다행이다. 쓰즈키 아저씨 맞죠?"

이제야 마음이 놓인다는 투로 하루토가 말했다.

"내가 여기서 일하는 걸 어떻게 알았어? 도다 선생님한테 물어봤어?"

"아니요. 전에 명함 주셨잖아요. 대표번호라는 데로 걸었더니 '연결해 드리겠습니다. 잠시만 기다려 주세요'라고 해서 뭔가 되게 신기했어요."

"그랬구나. 그러고 보니 명함을 줬었네. 그런데 웬일이야? 일부러 연락을 다 하고?"

나야말로 신기했다. 그러면서도 도다에게 무슨 일이 생겼나 싶어 불안했다. 구체적으로는 은퇴식에 관여한 일 때문에 경찰에 체포되었다든지, 아니면 모토키가 몸담았던 조직이 벼르고 있다가 이번 일로 도다의 정체가 발각되어 습격을 당했다든지 등의 안 좋은 일 말이다.

그러나 하루토는 오히려

"쓰즈키 아저씨야말로 무슨 일이 있었어요?"

하며 볼멘소리로 물었다.

"요즘에 서예 교실에 한 번도 안 왔잖아요. 작은 쌤이랑 싸웠어요?"

"싸운 건 아닌데…… 어? 그럼 도다 서예 교실은 아직 문 안 닫았어?"

"어제도 갔고 내일도 가요. 왜 문을 닫았다고 생각해요?"

"아니 그게……."

어떻게 된 일이지? 밀접 접촉자가 기하급수적으로 대량 발생하는 것을 막을 방지책을 마련하지 않았다는 말인가?

"쓰즈키 아저씨가 꼭 와야 한단 말이에요."

당황해서 머릿속이 혼란스러운 내 상태와 상관없이 하루토는 자기 할 말을 이어갔다.

"전에 얘기했던 사사키라는 친구 있잖아요? 걔가 그러는데 집에서 도와주는 일은 많아졌는데 6학년으로 올라갔는데도 용돈이 계속 400엔이래요. 그래서 진짜로 꼭 대필해달라고 하거든요. 지난번에 말한 다음에도 작은 쌤한테 계속해서 부탁했는데 들어주지 않고, 쓰즈키 아저씨는 계속 안 오고……."

"미안하다. 마음에 걸리기는 했는데……."

진보초에서 도다에게 물어봤을 때 "별말 없던데" 하고 아무일 없었다는 듯이 은근슬쩍 넘어갔는데 역시나 도다가 시치미를 뗀 것이었다.

"그래서 사사키는 집에서 어떤 일을 도와준다는 거야?"

"여태까지처럼 현관 앞이랑 욕실 청소, 또 빨래 개는 것도 하고 있대요."

"많이 힘들겠네."

개인적으로 집안일 중에서 빨래 널기와 개기가 제일 귀찮다고 생각하기 때문에 사사키가 안 됐다는 생각이 들었다. 귀여운 여동생을 위해서 한다고는 해도 한창 밖에서 놀고 싶은 나이에 양말이니 뭐니 엉켜 있는 빨래를 하나씩 개야 하는 작업이 초등학생한테는 번거롭고 힘든 일일 것이다.

"사사키는 이번에야말로 진짜로 용돈을 올려달라는 편지를 꼭 대필해달라고 그래요. 그런데도 작은 쌤은 '지카가 없어서 못해'라고만 한단 말이에요. 내일 또 부탁할 생각인데 그 전에 작은 쌤한테 아저씨가 말 좀 해주세요."

"그건 못 할 것 같은데."

"왜요?"

도다 서예 교실은 평소대로 영업한다. 그러면 도다는 나에게만 셔터를 내린 것이다. 역시 내가 도다의 개인적인 영역을 너무 침범한 모양이다. 야쿠자의 은퇴식에 관여하겠다는 마음을 어떻게든 돌려보려고 했던 나머지 결과적으로 도다의 과거와 아픔을 억지로 끌어내서 되새기게 하고 말았다. '관여하지 말라'고 했던 것에는 도다를 걱정하는 마음도 있었지만, 그와 더불어 내 안위가 걱정되었기 때문이었다는 점도 부정할 수 없다. 도다는 나의 그런 비겁한 마음마저 충분히 알아차렸을 것이다.

새삼 나의 비겁함이 부끄럽고 창피해서 또다시 "아니 그 게⋯⋯"하며 말꼬리를 흐렸다. 그러나 하루토는

"아, 20분 쉬는 시간이 끝날 것 같아요."

하며 통화를 마치려고 했다.

"사사키는 용돈을 더 받게 되면 작은 쌤이랑 쓰즈키 아저씨한 테 우마이봉을 두 개씩 사 주겠대요. 이 전화도 선생님이 못 보게 학교 건물 뒤에서 사사키 핸드폰을 빌려서 하는 거거든요. 사실 핸드폰까지 있으면 용돈이 모자란 게 아닌데."

바로 옆에 의뢰인인 사사키가 같이 있었던 모양이다. 임금 인상 협상에 영향을 주면 안 된다고 생각했는지 "미키, 핸드폰 이야기는 빼야지!", "어? 비밀이었어?" 하고 키득거리며 같이 웃는 소리가 들리더니

"그럼, 아저씨. 꼭 해주세요."

하고 말짱한 목소리로 부탁하는 하루토의 음성을 끝으로 전화가 끊어졌다.

하루토, 미안하다. 그 부탁은 들어주기 힘들겠다. 의기소침해서 수화기를 내려놓은 내 등짝에 동료 직원들의 시선이 꽂혔다. 하긴 아이를 상대로 통화하면서 우물쭈물하고, 얼굴이 빨개지

고, 어쩔 줄 모르고 당황하기도 했으니 이상하게 보일 법도 하다. 나는 전투에 패한 무사처럼 시선의 화살들을 등에 꽂은 채로

"들어가 보겠습니다."

힘없이 인사하고 사무실에서 나왔다.

아케보노바시에 있는 집에 들어서자 벽에 걸린 〈송왕영〉 글씨가 제일 먼저 눈에 들어왔다. 이미 집 안에 녹아들었을 정도로 익숙한 광경이어서 평소에는 의식을 하지 않는다. 그렇지만 오늘은 하루토한테서 전화를 받았다. 나는 신발도 벗지 않은 채 현관에 서서 다시금 도다가 쓴 글씨를 뚫어지게 쳐다보았다.

他日想思來水頭(라일상사래수두)
그대를 그리는 마음이 쌓이면 이 냇가에 또다시 오려네.

흙탕물이 강이 되어 소용돌이치던, 그날 밤의 도랑길이 문득 떠올랐다. 나는 몸을 돌려 좁은 현관에서 뛰쳐나가 문도 잠그는 둥 마는 둥 하고는 역을 향해 뛰어갔다.

그래, 혼자 씨름하듯이 끙끙거리는 짓은 그만두자. 궁금하면 만나러 가면 된다. 일방적으로 셔터를 내렸어도 박살 내면 그만이다.

전철 안에서도 발을 동동 구르다가 시모다카이도역에 내리자

294

마자 다시 뛰기 시작했다. 장난감 기차처럼 생긴 다마 전철이 덜 컹덜컹하면서 한가로이 나를 추월했다.

다섯 갈래 길에 서자 도랑길에서 5월의 산뜻한 바람이 불어왔다. 향기로운 풀잎과 먼지가 약간 섞인 햇볕 냄새가 났다. 그 싱그러운 공기를 한껏 들이마시고서 담장 틈으로 난 좁은 길을 빠져나갔다.

눈앞에 보이는 도다 서예 교실은 예전과 다름없는 모습이었다. 뾰족한 삼각 지붕과 격자무늬 창살이 박힌 볼록 창문. 미닫이 현관문과 나무판자로 된 벽. 서양식과 일본식이 섞였으면서도 조화를 이루는, 사람 냄새 나는 집. 문기둥에는 여전히 가마보코 판자에 '도다 서예 교실'이라고 적힌 명패가 보였다. 야스하루 씨가 물려준 소중한 서예 교실을 도다가 그만두지 않아서 정말 다행이다. 그 순간만큼은 셔터의 원한도 잊고 진심으로 안도했다.

그런데 막상 기세 좋게 오기는 했어도 도다에게 무슨 말을 어떻게 해야 할지 난감했다. 마음속의 생각이 말이라는 모양새를 갖추지 못한 채 모호한 형태로 머릿속을 떠돌아다닐 뿐이었다. 그래도 얼굴을 보면 인사 정도는 나오겠지 하며 무작정 부닥쳐 보기로 하고 현관 옆의 초인종을 눌렀다.

아무리 기다려도 반응이 없었다. 아 참, 오늘은 월요일이니까 서예 교실이 쉬는 날이지! 그럼 도다는 서예 용품을 사러 외출했을지도 모른다. 여태껏 한 번도 허탕을 친 적이 없는데 정작 마음을 먹고 찾아왔을 때 아무도 없다니, 타이밍 한 번 기가 막힌다는 생각에 허탈해졌다.

기세가 꺾인 나는 터덜터덜 문밖으로 나왔다. 그냥 가야지 뭐, 하면서 도랑길 쪽으로 몸을 막 돌리는데 갑자기 뭔가 기척이 느껴져서 주변을 둘러보았다.

도다네 집 가장자리에 있는 모퉁이 길에 흑백 무늬 고양이가 보였다. 투실투실하니 듬직한 그 체구가 심히 눈에 익었다.

"가네코 씨?"

깜짝 놀라 부르자 가네코 씨로 보이는 고양이는 '흥' 하고 콧방귀를 뀌듯이 고개를 돌리더니 집 옆면으로 이어지는 길로 휙 꺾어 들어가 버렸다. 가네코 씨가 바깥출입을 하는 모습은 한 번도 본 적이 없었다. 창문이라도 열려 있어서 도망쳐 나왔나? 허겁지겁 뒤따라 모퉁이를 돌았다.

애기동백 울타리가 이어지는 길 중간에서 가네코 씨로 보이는 고양이가 멈춰 서더니 이쪽을 돌아보았다. 가네코 씨가 확실했다. 코 밑에 일직선으로 난 검은 무늬가 보였다. 가네코 씨는 내가 따라오기를 기다렸다는 듯이 다시 성큼성큼 걸어갔다.

"가네코 씨, 어디가? 집에 들어가야지."

몸을 숙여 안으려고 하는 내 팔 밑으로 빠져나간 가네코 씨가 종종걸음이 되더니 부지 끝에 있는 주차장으로 쑥 들어갔다. 허둥지둥 쫓아가서 둘러보자 주차장 안쪽, 울타리가 끊긴 곳으로 가네코 씨의 두꺼운 꼬리가 스르륵 사라지는 참이었다.

어떻게 하지? 마당 안으로 들어갔으니 집에 돌아갔겠지? 하지만 가네코 씨 아닌가? "난 자유를 사랑하는 몸이야~!" 하면서 마당을 가로질러 옆집으로 쳐들어갔을 가능성도 있다. 아무래도 확실하게 잡아서 도다가 돌아오기를 기다리는 게 낫겠다.

나는 "실례합니다~" 하고 중얼거리며 이웃이 혹시라도 빈집털이로 착각하면 어쩌나 걱정하면서 울타리가 끊긴 곳으로 들어갔다. 도다가 한동안 이 샛길로 드나들지 않았는지 여기저기 뻗친 가지가 볼과 손등을 할퀴어서 따끔거렸다. 상당한 양의 잔가지들을 부러뜨리며 간신히 마당으로 침입하는 데 성공했다.

가네코 씨는 어디 간 거야? 하며 둘러보자 벚나무 뿌리 근처에 앉아 있었다. 다행이다. 옆집으로 쳐들어가지 못하게 막을 수 있겠네. 가네코 씨를 향해 가려던 나는 다음 순간 흠칫, 하고 그 자리에 얼어붙었다. 가네코 씨 옆, 벚나무 그늘에 커다란 검은 덩어리가 보였다. 누가 쓰러져 있는 건가?

"도다 씨!"

용수철처럼 퉁겨 나가 벚나무를 향해 돌진했다. 도다였다. 감색 작업복을 입고 얼굴을 위로 향한 채 나무 그늘에 쓰러져 있었다. 긴 팔 티셔츠를 입은 팔이 힘없이 땅바닥에 늘어져 있는 게 보였다. '혹시나 울타리 너머로 총을 맞거나 한 거 아냐?' 하는 생각에 허겁지겁 달려가 무릎으로 슬라이딩을 했다. 도다의 몸 위로 내 몸을 덮다시피 하며 양쪽 어깨를 잡고 흔들었다.

"도다 씨! 왜 그래요? 정신 차려요!"

그러다가 혹시 뇌졸중 같은 거면 흔들면 안 되는데 하는 생각이 갑자기 들어 손을 놓았더니 뒤통수를 바닥에 콩 찧은 도다가

"어엉?"

하며 눈을 떴다.

"지카네? 여기서 뭐 해? 오지 말라고 했는데."

도다는 복근을 써서 가볍게 윗몸을 일으키더니 한껏 기지개를 켰다.

"왜 이런 데서 낮잠을 자는 거예요? 식겁했잖아요!"

나는 온몸에 힘이 풀려서 두 손으로 땅바닥을 짚었다. 촉촉한 땅의 온기가 느껴졌다.

"기분 좋잖아. 이맘때는 여기서 낮잠 많이 자는데."

"나무에서 벌레 안 떨어져요?"

"너야말로 왜 우리 집 마당에 있는 거야?"

가네코 씨가, 하고 말하려다 둘러보니 그 가네코 씨는 이미 마

당을 바라보는 낮은 창문을 통해 작은방으로 돌아간 상태였다. '도망쳐? 누가?' 하는 표정으로 창가에서 앞발을 날름날름 핥는 모습이 보였다.

나는 땅바닥을 짚었던 손을 무릎 위에 올려놓고 자세를 바로 했다. 흙바닥에 정좌한 자세가 마치 할복하는 무사처럼 되어버렸지만 하는 수 없었다.

"도다 씨의 필경사 등록은 취소했습니다."

"그래."

"하지만 저는 앞으로도 여기 올 겁니다."

"왜~? 그러지 마."

"왜냐고 물어보고 싶은 사람은 바로 저예요. 도다 씨, 서예 교실은 계속한다면서요? 학생들이 밀접 접촉자의 밀접 접촉자가 되는 건 상관없어요?"

"그야, 서예 교실을 닫아버리면 먹고살 수도 없고, 할배한테도 면목이 없으니까."

도다가 멋쩍은 표정으로 볼을 긁적였다.

"학생들은 여차하면 '몰랐습니다'로 끝날 수 있으니까 상관없어."

도다가 가진 윤리와 판단의 기준이 어떤 건지 영 종잡을 수가 없었지만

"그럼 저도 '몰랐습니다' 하면 되잖아요."

하고 따졌다.

"아니, 근데 지카 너는……."

도다가 난처한 얼굴이 되었다.

"호텔은 그런 부분에 대해 압박이 심하다고 네 입으로 그랬잖아. 혹시라도 들켜서 네가 호텔에서 잘리면 어떡해?"

그 말을 듣고 확신이 생겼다. 도다가 일부러 선을 긋는 차가운 말을 내뱉고 셔터를 내린 이유는 내 신상을 걱정해서였다. 물론 실제로는 셔터가 아니라 미닫이문을 닫았지만, 어쨌든 겁을 먹은 사람은 도다가 아니라 바로 나였다. 사실 나도 도다의 진의가 무엇인지 어렴풋이 짐작은 했다. 그런데 계속 가까이 지내다가는 골치 아픈 일에 휘말릴 수 있겠다는 비겁한 생각과 내가 이해 심도 없고 폐만 끼치는 존재에 불과해서 도다를 만나러 찾아가도 매몰차게 내쫓길 것 같은 두려운 마음에 사로잡혀 꼼짝을 못했다. 이러한 태만은 호텔리어로서 있을 수 없는 일이다.

나는 도다의 얼굴을 똑바로 바라봤다.

"도다 씨. 우리는 친구……"

하며 기세 좋게 말하려다가 잠깐 멈칫하고는

"는 아니지요."

하고 말꼬리를 흐렸다.

"아니지."

도다도 끄덕였다.

"그래도 '그대 가고 나면 봄 산은 뉘와 함께 노닐까?'인 건 확실하네요."

"그래? 같이 놀 친구가 그렇게 없어?"

도다가 불쌍하다는 듯이 쳐다보길래 "아니거든요" 하고 반박했다. 본인도 남 말할 때가 아닌 걸로 아는데 그런 반응을 보이다니, 어처구니가 없었다.

"어쨌든 이렇게 있다가는 그 얼마 안 되는 친구하고 가는 경마도 제대로 즐기지 못할 것 같단 말이에요. 그래서 지금까지 하던 대로 가끔 생각나면 부담 없이 오기로 했어요. 교실을 견학하기도 하고, 도다 씨가 글씨 쓰는 걸 보기도 하고, 가끔은 술도 한잔 같이하고 싶기도 하니까요."

나는 도다의 글씨를 좋아하게 되었다. 아니, 도다의 글씨를 통해 붓글씨라는 표현방식 그 자체에 매료되었다. 흰색과 검은색, 직선과 곡선의 경계와 어우러짐이 만들어내는 신비한 우주. 언젠가 인류가 멸망해 버려도 모래 속에 파묻힌 종잇조각이나 돌조각을 발굴한 외계생명체는 그 글씨 속에 모든 동식물이, 예전에 존재했던 풍경들이, 그리고 사람들의 마음이 봉인되어 있음을 느낄 수 있을 것이다. 설사 종이에 적히고 돌에 새겨진 글자를 해독하지는 못한다 해도, 그래서 단순히 문양으로만 보인다 해도 말이다. 먹물의 흐름은 시간을 초월하여 검고 선명하고 생생하게 피어올라 공간을 가득 메우며 외계생명체 앞에서 다시금 만물에 대해 노래하기 시작할 것이다.

"그렇지만……"

아직도 뭔가 이유를 대고 거부하려는 도다에게

"혹시라도 미카즈키 호텔에서 잘리면 그때는 본격적으로 대필업을 시작하지요, 뭐."

하고 웃으며 말해주었다.

"도다 씨한테는 대필 파트너가 필요하잖아요. 아무리 가네코 씨가 유일한 친구라 하더라도 이 작업만큼은 함께 못 하잖아요?"

"진심이야? 우마이봉이 맛있기는 하지만 밥 대신 먹기는 힘들 텐데."

"가끔은 쇠고기도 먹을 수 있을 텐데 뭐 어때요."

땅바닥에 정좌하고 있던 내가 벌떡 일어서서 청바지 무릎에 묻은 흙을 탁탁 털었다.

"그나저나 도다 씨, 사사키의 의뢰를 몇 번이나 거절했다면서요?"

"믹키 이 녀석! 그런데 어떻게 일러바쳤지?"

도다도 일어서며 어색한 표정으로 작업복 소매를 흔들어 등에 붙은 풀들을 털어냈다.

"그게 그러니까, 나는 부모·자식 간의 대화가 어떤 건지 잘 모르는데 지카가 없으니까 뭐라고 써야 할지 몰라서."

"걱정하지 말고 맡겨주세요."

한순간 말이 막혔다. 갑자기 가슴에 차오르는 감정 때문에 목이 메었기 때문이다. '언제 동물원에 같이 갑시다'라고 말해주고 싶었다. 가네코 씨랑 하루토랑 교실에 오는 학생들한테도 말해서 다 같이 맑게 갠 날에 판다를 보러 가자고.

그러나 실제로는

"잘 모르거나 못하는 부분이 있으면 서로 돕고 보완하는 게 바로 파트너 아니겠어요?"

하고 일부러 익살스럽게 얼버무리는 데 그쳤다.

"저는 미카즈키 호텔 노조에 가입한 사람이니까 확실하게 임금 인상을 요구하는 글귀를 생각해내겠습니다."

"거참 든든하군."

이제야 도다의 얼굴에 웃음이 번졌다.

"할 수 없지, 뭐. 점심부터 먹고 난 다음에 슬슬 작업을 시작해야지."

"넵!"

도다의 뒤를 따라 1층 작은방에 올라갔다. 뒤에 있는 마당의 벚나무에서 나뭇잎 흔들리는 소리가 들렸고, 방에서 기다리던 가네코 씨는 "와웅, 와웅" 하고 간식을 내놓으라고 성화였고, 방 안에 감도는 광물과 식물 중간 어디쯤인 듯한 먹물의 향기가 달콤하고 그리운 촉촉함으로 코끝을 스쳤다.

감사의 말

이 책을 집필하면서 여기에 성함을 적지 않은 분들도 포함해서 많은 분에게 도움을 받았습니다.

도움을 주신 모든 분에게 진심으로 감사 말씀을 드립니다.

내용 중에 사실과 다른 부분이 있다면 의도에 의한 것이건, 혹은 의도하지 않은 것이건 전적으로 작가에게 책임이 있습니다.

서예 감수: 미쿠니 산(御國燦) 님

철도 감수: 에나리 씨 부부(えなりさんご夫妻)

초등학생 어휘 감수: 기요하라 지케이(淸原自惠) 님

고양이 생태 감수: 이시하라 구미코(石原久実子) 님

고양이 발자국 협조: 모치(モチ), 소라(ソラ)

주요 참고 문헌

《玉電が走った街 今昔 世田谷の路面電車と街並み変遷一世紀》(林順信編著, JTBパブリッシング)

《角川書道字典》(伏見冲敬編, 角川書店)

《書道辞典》(飯島春敬編, 東京堂出版)

《わたしの唐詩選》(中野孝次, 文春文庫)

《中国名詩鑑賞辞典》(山田勝美, 角用ソフィア文庫)

《社牧時選》(松浦友久·植木久行騙訳, 岩波文庫)

《義理回状とヤクザの世界》(洋泉社MOOK)

《アウトロー論集·補巻 義理回状の研究》(猪野健治, 現代書館)

《潜入ルポ ヤクザの修羅場》(鈴木智彦, 文春新書)

먹
의

흔
들
림

◦ 본 작품은 신초샤(新潮社)와 아마존(Amazon) 오디오북 오디블(Audible)을 위해 새로 쓴 작품입니다.

먹의 흔들림

1판 1쇄 인쇄   2025년 2월 4일
1판 1쇄 발행   2025년 2월 19일

지은이   미우라 시온
옮긴이   임희선

발행인   황민호
본부장   박정훈
책임편집   신주식
기획편집   김선림 최경민 윤혜림
마케팅   조안나 이유진
국제판권   이주은 조지연
제작   최택순 성시원

발행처   대원씨아이㈜
주소   서울특별시 용산구 한강대로15길 9-12
전화   (02)2071-2095
팩스   (02)749-2105
등록   제3-563호
등록일자   1992년 5월 11일

www.dwci.co.kr

ISBN   979-11-423-0781-2 03830